SV

Band 543 der Bibliothek Suhrkamp

# Hermann Lenz
# Spiegelhütte

Suhrkamp Verlag

Erste Auflage 1977

Druck: Nomos Verlagsgesellschaft, Baden-Baden
Printed in Germany

*»Wer stehenbleibt, rückt weit vor in der Zeit.«*

*Inhalt*

Einhorn geh nach Drommersheim
9
Calvaria oder eine Audienz in S.
101
Geheime Ziffernkanzlei
183

# Einhorn geh nach Drommersheim

Aus der Strafanstalt Drommersheim entlassen, fuhr ich im Omnibus in die Stadt und ging ins alte Viertel, wo Ecke Kanalgasse/Webergasse zwei Häuser abgebrochen wurden. Zwielicht herrschte, ich trat in die Wirtschaft *Spiegelhütte* und kam dort mit einer blonden Person ins Gespräch, einer, die ausgebleichtes Haar hatte und rauchte; sie schob die Unterlippe vor, sah mürrisch aus, trug eine schwarze Lederjacke und sagte, ihr Motorrad habe sie draußen im Hof stehen. Dann fragte sie, woher ich komme. Ich sagte: »Aus Drommersheim natürlich. Woher soll ich sonst kommen?« Darauf sie: »Kahlscheren lassen sich heute viele. Übrigens ist es bei Ihnen auch schon nachgewachsen.« Sie lächelte und fragte nach einer Weile: »Weshalb eigentlich?«

»Rauschgifthandel und Diebstahlsache.«

»Sonst nichts?«

»Doch. Körperverletzung.«

Seltsamerweise sagte sie darauf: »Kann ich verstehen«, und mir fiel ein, wie ich beim Verhör gefragt worden war, ob ich bereue, was ich getan habe. Über diese Frage hatte ich mich damals ebenso gewundert wie jetzt über die Worte der Blonden, der ich erwiderte:

»Und bei Ihnen also: Unglück in der Ehe.«

»Das auch, aber ich bin schuldig.«

»Ich auch«, sagte ich, trank einen Schluck Bier und sah an ihr vorbei. Nach einer Weile fragte sie: »Wie kommen Sie auf Ehewidrigkeiten?«

»Weil Sie sonst nicht hier säßen. Das ist doch eine Spelunke.«

»Sie lächelte auf ihre, wie mir schien, zynische Art und sagte:

»Sie sind kein Professioneller.«

»Warum?«

»Weil Sie sich für schuldig halten. Alle Professionellen sind unschuldig.«

»Ach, *so* meinen Sie das.«
»Wollen Sie einmal zu mir kommen? Saphirweg sieben, das ist leicht zu merken. Das Haus kennt in Drommersheim jeder. Sie werden leicht hinfinden. Ich muß jetzt weg.«
Sie ging. Ich dachte: ›die hat dich schon wieder vergessen‹, aber dann kam es mir vor, als hätte ich den Namen Saphirweg in der Strafanstalt gehört; dabei mußte von jemand die Rede gewesen sein, der alte Drommersheimer zum Essen einlud, ohne eine Gegenleistung zu verlangen. Also eine Enttäuschte, die glaubte, alle Strafgefangenen fühlten sich anders als die Gewöhnlichen, die sonntags die Saphirwege bevölkern und abends in den Wirtschaften sitzen; sie seien Ausgeschlossene, und nur mit solchen könne sie sich verständigen – eine Meinung, die aber nur halb stimmte. Jedenfalls hatte die Frau das, was ich für mich einen ›Riß im Charakter‹ nenne. Ihr Wesen war gespalten, und die Teile fügten sich nicht mehr zusammen; deshalb sagten die Normalen vor ihr: ›Die ist extravagant‹, oder: ›Sie hat einen Stich.‹ Aber einen Stich haben wir alle, wir, die Fremden, die nicht mehr zu den anderen gehören. Wir haben niemals zu ihnen gehört, wir können uns angleichen und versuchen, so freundlich und liebenswürdig wie nur möglich zu sein, damit wir uns von niemand unterscheiden – es gelingt uns doch nie ganz. Entweder, wir werden ein unbehagliches Gefühl gegenüber allen anderen nicht los, oder, wir sind ihnen nicht geheuer. Woran das liegt, habe ich nie herausgebracht.
Jetzt hörte ich draußen Motorradgeknatter, also fuhr die Dame ab. Ja, sie war eine Dame und hatte sich nur ungewöhnlich mit einer baumelnden Motorradbrille unterm Kinn und einer besonderen Art ölfleckiger und lederbesetzter Keilhosen kostümiert, aber daß sie nicht zu den Gästen der *Spiegelhütte* zählte, das war offensichtlich. Wenn jemand von Hause aus einer bestimmten Gesellschaftsschicht angehört, in die er nicht hineinpaßt, weil er

sich irgendwelcher Eigenheiten oder abseitiger Wünsche wegen mit seinen Angehörigen verfeindet hat, sich von ihnen trennen will und das Gefühl hat, er ginge auf knisterndem Boden, so merkt das unsereiner gleich; vielleicht sieht er's an der Kleidung, ja, an der besonders deutlich, denn solche Leute sind entweder nachlässig oder übertrieben elegant angezogen und haben einen abwesenden Blick. Jedenfalls ist unsereiner nie ganz ›da‹; es kommt oft vor, daß jemand zu uns sagt: ›Du hörst ja gar nicht zu.‹

Die Dame schien bemerkenswert zu sein, und ich beschloß, morgen vormittag sofort nach Drommersheim hinauszufahren, also dorthin, wo ich hergekommen war.

Drommersheim ist ein trister Ort. Wer mit dem Omnibus am westlichen Ortsausgang ankommt, sieht einen Fabrikschlot in der Tiefe zwischen bewaldeten Hängen und roten Dächern. Ein Schotterwerk hat einen Hügel angefressen; die Hügelwunde schaut herüber, und über die roten Dächer zieht eine gelbe Wolke, als werde getrockneter Eiter ins Tal geweht. Im Schotterwerk arbeiten viele Strafgefangenen; auch ich war dort, hatte aber einen guten Platz in der Schreibstube; es ging mir besser als den andern, wenigstens im letzten halben Jahr. Jedenfalls würden Sie, wenn Sie nach Drommersheim kämen, am liebsten gleich wieder umkehren. Sie sehen ins flache Land zurück, wo die Asphaltstraße glänzt und ein paar Obstbäume in nebliger Luft stehen, auch wenn der Regen wieder leis anfängt und das flache Land im Westen sich genauso öd ausstreckt wie der Ort selbst.

Weil ich mich auf dem Arbeitsamt gemeldet hatte und, vor mich hinschauend, im Wartesaal und in der *Spiegelhütte* gesessen war, denn Quartier hatte ich noch keins gefunden, kam ich am nächsten Tag erst abends nach Drommersheim. Ich stieg aus dem Omnibus aus, meine Baskenmütze auf dem Kopf, und knöpfte den Trenchcoat unterm Kinn

zu, weil der Regen stach. Gut, daß es dunkel wird, sagte ich zu mir, da siehst du das triste Nest nicht so genau, und in einer Viertelstunde machen sie auch im Schotterwerk Feierabend. Auf der Straße, die wie ein Schneckenrücken glänzte, ging ich weiter, in der Hand meinen Koffer aus Kunstleder, hart wie Blech; meine Stiefel waren in der Gefängniswerkstatt frisch besohlt worden, also konnte mir nicht viel passieren. Und eigentlich paßte ich gut nach Drommersheim, rein äußerlich betrachtet.
Drommersheims erstes Haus liegt von den andern durch Gärten getrennt, wohl eine frühere Herberge. Es ist ein kahler Kasten mit grünlicher Giebelwand, die im Zwielicht hervorschaut. Ich dachte: dort nimmst du erst mal einen Schnaps, als sie schon da war; sie stand im Flur bei den Aborten, sah auf ein gelbes Plakat und sagte: »Helfen Sie mir. Ich suche die Abfahrt in Richtung Sendlach.«
»Nach Sendlach? Da sind Sie falsch, das liegt doch südlich. Von hier kommen Sie nicht nach Sendlach. Da müssen Sie in die Bahn einsteigen. Wo ist denn Ihr Motorrad? Mit dem Motorrad wäre es ein Katzensprung.«
»Ach was ...« Sie machte eine vage Handbewegung und lächelte. Ich dachte: ›die lächelt hilflos.‹ Sie hatte schrundige, zerarbeitete Hände. »Nun ja, so ein Vehikel kommt zuweilen in die Werkstatt. Aber lassen wir das Motorrad beiseite. Ich muß jedenfalls nach Sendlach.«
»Wann?«
»Ach, wann ... Das interessiert mich nicht. Sie jedenfalls brauchen sich das nicht zu überlegen. Übrigens: wir kennen uns doch, wie?« Sie hatte schmale Augen.
»Ja. Seit gestern abend. Sie waren in der *Spiegelhütte*, und ich kam von Drommersheim?«
»Sicherlich. Aber ich meine dieses hier. Ich war nämlich ...«
»Von Drommersheim? Also von hier? Oder gibt's noch ein anderes Drommersheim?«

terkörben vor den Fenstern stehen müssen; statt dessen dehnte sich dort ein zerrissener, mit niederen Grasbüscheln besetzter Erdfleck wie ein schäbiges Fell; es sah aus, als hätten sie die Strafanstalt mindestens schon vor einem Jahre abgerissen. Ich fragte meine Gefährtin, ob sie davon nichts wisse; sie sagte: »Strafanstalt?« und lachte. »Hier in Drommersheim? Entschuldige, aber du irrst dich. Bei uns gibt es das nicht; hier darf jeder tun und treiben, was er will. Allerdings wird er sich davor hüten, aus der Reihe zu tanzen.«

Sie ging neben mir in ihren ölfleckigen Hosen, die schwarze Lederjacke locker umgehängt, daß die Ärmel baumelten und ihre nackten Arme hervorschauten.

Statt des Amtsgerichts, wo ich im Hof für den Amtsrichter zuweilen Holz gespalten hatte, zog sich eine hohe Mauer mit Grasbüscheln unterm gelbrauchigen Himmel hin. Torbögen, die wie Reste eine Aquädukts aussahen, waren in die Mauer eingefügt, von der Sand herunterrann, was sich anhörte, als herrsche hier ständiges Regenrieseln. – »Sieh sie genau an, die Mauer, von ihr kannst du viel lernen. Das ist das Heiligtum von Drommersheim ... Tempel und Kirchen werden zwar auch noch benützt, aber schließlich sind sie doch nichts andres als Museumsstücke; wir würdigen sie nach ihrem ästhetischen Wert, und viele glauben nur noch an diese rieselnde Mauer. Ich bedaure das, finde es aber tröstlich, wenn man sich mit der Vergänglichkeit befreundet. Du nicht auch?«

»Ja. Vielleicht ist es das einzige, an das man glauben kann; aber nur: vielleicht ... So etwas wie Wahrheit ...«

»Was hast du gesagt? Das Wort kenne ich nicht«, sagte Senta, zog mich hinter einen verfallenen Hasenstall und flüsterte: »An deiner Stelle würde ich hier solche Wörter nicht gebrauchen. Es ist möglich, daß du verspottet wirst, wenn du sie in den Mund nimmst.«

»Aber ich sagte doch, daß ich nicht daran glaube. Ich

glaube nur an die Vergänglichkeit«, verteidigte ich mich.
»Wir sind uns einig. Wie du dir denken kannst, ist mir vieles gleichgültig geworden. Das meiste ist unnötig. Warum sind beispielsweise die Leute moralisch? Weil sie vor sich selbst Angst haben. Übrigens hält sich sowieso niemand an den Kodex.«
Sie hustete und verschluckte sich. Dann atmete sie auf und sagte: »Sehr brav . . . Du hast recht. Aber unter uns: hier weiß das jeder. Alle Lehrbücher für Ethik hat man weggeworfen. Drüben unter der Mauer sind sie eingegraben worden.«
Sie deutete hinüber. Ein breiter und verwildeter Rasenstreifen streckte sich vor der Mauer aus; ebenso struppig lagen hinter rostigen Drahtzäunen kleine Gärten. Wenn also diese Mauer so etwas wie ein Heiligtum war, eifrig besucht konnte es nicht werden, weil sonst der Weg davor ausgetreten gewesen wäre; aber darum brauchte ich mich nicht zu kümmern. Ich gehörte nicht hierher und sah mir alles aus der Ferne an. Freilich, insgeheim glaubte ich die Drommersheimer beneiden zu können, weil sie die Strafanstalt abgerissen und alle um Wahrheit und Moral beflissenen Lehrbücher unter der Mauer der Vergänglichkeit vergraben hatten; aber da stimmte dann sonst etwas nicht. Jedenfalls fröhlich, befreit und von keinen Sorgen geplagt konnte man die Menschen hier nicht nennen, da brauchte ich nur meine Begleiterin anzusehen, die gequält, bedrückt und ungepflegt aussah. Sie hatte Falten um die Augen, war aber höchstens fünfunddreißig Jahre alt.
»Ihr glaubt also an die Vergänglichkeit. Sonst glaubt ihr nichts?« fragte ich.
»Doch. Der oberste Regent, dem wir uns unterwerfen, ist unser Gewissen. Jeder kann tun, was er will, er muß es aber mit sich selbst ausmachen.«
›Oh‹, dachte ich, ›eine peinsame Sache, hier geht es dir sicher schlecht. Dein Gewissen hat dich immer arg ge-

zwickt wie eine Zecke, und immer wieder hast du versucht, es abzuschütteln; aber es hat sich in dir festgefressen wie ein Schmarotzer; jetzt sitzt er in dir, und du kannst ihn nicht mehr herausreißen.‹

»Keine Angst«, sagte Senta, »du wirst schon mit dir zurechtkommen; du kannst jederzeit umkehren, denn hier werden nur die festgehalten, die drüben« – sie deutete mit einer Kopfbewegung nach Westen, wo die Stadt lag – »sozusagen zu Ende gekommen sind, und so weit bis du ja noch lange nicht. Im Gegenteil, du willst dort neu anfangen, wie mir scheint?«

»Ja. Das heißt: wenn es mir gelingt. Viel Hoffnung habe ich allerdings nicht.«

»Vielleicht schöpfst du sie hier. Ich meine: wenn du gesehen hast, wie es hier zugeht; hier, wo man die alten Lehrbücher vergraben hat und neue nicht mehr herstellt.«

»Wird bei euch nichts gelesen?« fragte ich.

»Doch. Manche lesen schon noch was ... Meistens alte Adreßbücher. Aber daß einer zum Beispiel so etwas wie den ›Faust‹ liest, ich glaube, das kommt selten vor.«

»Wenn ihr konsequent wäret, müßtet ihr eigentlich auch den ›Faust‹ unter eurer Mauer vergraben, meinst du nicht?« Wieder versuchte sie zu lächeln, aber dann wurde eine Grimasse daraus, als schmecke sie Saures, bis sie mit unbewegtem Gesicht erwiderte: »So genau geht es bei uns nicht zu. Wir sind keine Pedanten. Man merkt, daß du zum erstenmal hier bist, sonst würdest du keine derart scharfsinnige Bemerkung machen. Bei uns denken nämlich alle stumpf, falls du dir darunter etwas vorstellen kannst. Weißt du, so etwas, ob der ›Faust‹ unter die Vergänglichkeitsmauer eingegraben werden muß, das liegt für uns abseits; wir haben genug mit dem zu schaffen, was in uns selber gräbt und brennt.«

»Sag mal: Bist du von irgendwem dazu aufgefordert worden, mich hier herumzuführen; Ich meine, ob es bei euch

eine Behörde gibt, die dich sozusagen herbeordert hat?«
»Nein. Jeder ist seine eigene Behörde.«
»Dann bist du also nur dir selbst Rechenschaft schuldig?«
»Vielleicht. Ich weiß es nicht.«
Es war nichts aus ihr herauszubringen, und ich mußte mich auf mich selbst verlassen. »Gehen wir weiter?« fragte ich. Statt zu antworten, zog sie mich beiseite. Ein Tier, das an einen Fisch erinnerte, aber eine Schlange war, die einen Fischkopf hatte, schlich im Rinnstein, wo Wasser sickerte. – »Die sind selten; man muß aufpassen, daß man keinen zertritt. Sie stehen unter Naturschutz. Außerdem sind sie gefährlich. Nimm dich vor ihnen in acht.«
Eine Reihe brauner Pferde, kräftig, mit langen Schwänzen und glänzenden Kruppen, stand vor einem Haus, das ein braunes Walmdach und enge Fensterritzen hatte; die Pferde schnaubten und stampften. Hier sah es altertümlich aus und erinnerte an Posthaltereien, wo Pferde gewechselt werden. Deshalb fragte ich: »Habt ihr womöglich noch Postkutschen?«
»Ja. Aber du wirst wahrscheinlich keine zu Gesicht bekommen.«
»Warum? Ich sähe gern mal wieder eine. In meiner Kindheit hat es die noch gegeben; sie sind in abgelegene Dörfer gefahren. Manchmal bin ich auf der Brücke oder vor dem Gasthaus ›Zur Sonne‹ in der Hauptstraße einer begegnet. Meistens sind schwarzröckige katholische Pfarrer drin gesessen, die zu Diasporagemeinden hinausgefahren sind. Und der Postillion hatte ein gebogenes Horn mit Löchern wie in einer Flöte.«
»Aber irgendeine Rolle haben doch Postkutschen in deinem Leben nicht gespielt? Ich meine: ob sich früher für dich etwas ereignet hat, das mit einer Postkutsche zusammenhing? Na also . . . Damit können wir uns in deinem Fall den Aufwand sparen.«
Neben uns kamen Kinder aus einem einstöckigen Haus,

Schulranzen auf den Rücken; sie hielten sich an den Händen fest, Buben und Mädchen, alle nach einer Mode gekleidet, die mir nur aus Bilderbüchern meiner Mutter vertraut war. Die Buben hatten lange Hosen an und trugen Schildmützen; bei den Mädchen fielen mir helle Kleider auf, die bis zu den Knöcheln reichten und aus fein gewobenem Gazestoff gefertigt waren, wie er sonst nirgends mehr zu sehen ist. Manche Buben trugen steife Strohhüte, und ein Knabe, dem eine Locke aus feinem braunen Haar an die Schläfe rührte, fiel mir seines sanften Gesichtes und seiner abwesenden Augen wegen auf; aus seinem dunkelgrünen Samtkittel kam eine Art niederer Halskrause hervor, die, gefältelt und weiß, den Hals locker umgab. Ich glaubte ihn zu kennen. Meine Begleiterin sagte: »Es stimmt schon ... Du bist es selbst.« Der Knabe ging vorbei, Bücher und Hefte unterm Arm, und sah durch mich hindurch. Mit den anderen sang er die Worte: »Du bist ein anderer.«
Die Kinder liefen übers Kopfpflaster der Straße, zwischen dem Gras wuchs, und verloren sich drüben in einer Gasse, die eine hohe Mauer säumte. Platanen mit fleckiger Rinde auf den dicken Stämmen standen hinter der Mauer und legten lilafarbene Schatten auf die Straße. Immer noch herrschte orangefarbenes Abendlicht, zwielichtig gedämpft. Wahrscheinlich war's hier immer so, und ich glaubte mich zu erinnern, daß in gewissen Träumen diese Luftfarbe geherrscht hatte; aber das war mehr ein unsicheres Gefühl als eine klar umrissene Erinnerung. Überhaupt herrschte hier das Vage, Ungenaue, die verschwimmenden Konturen, denn nichts schien scharf umrissen; auch was die Menschen dachten, war verschwommen, wie die Nachricht meiner Begleiterin bewiesen hatte, unter der Vergänglichkeitsmauer, deren trockenes Rieseln und Rinnen immer noch zu hören war, seien alle ethischen Lehrbücher vergraben worden: eine absurde Mitteilung, die mir nicht aus dem Kopf gehen wollte.

»Wir können also nicht konsequent denken. Das glaubst du doch?« fragte Senta, und ich war verblüfft, weil sie meinen Gedanken erraten hatte.
»Ja«, sagte ich.
»Aber hast du draußen, ich meine: drüben in der Stadt, dort wo du herkommst, jemand getroffen, der konsequent denkt?«
»Nein.«
»Dann überlasse dich doch einmal der Inkonsequenz. Es hat keinen Sinn, wenn du dir etwas vormachst. Wir machen uns hier jedenfalls nichts vor.«
»Alle Achtung, wenn ihr so ehrlich seid«, sagte ich und sah mich wieder nach der Vergänglichkeitsmauer um. Sie war auch hier zu sehen, immer wieder öffneten sich Ausblicke in Häuserlücken oder über verwilderte Gärten hinweg, die mich die hohe, grasüberwucherte, halb verfallene und sandig gelbe Mauer sehen ließen, diesen verbauten Aquädukt, von dem Senta sagte, ein gewisser Dextrianus habe ihn unter Marc Aurel errichten lassen. Und ich sagte, mit Marc Aurel fühle ich mich sozusagen vertraut, und fragte, ob sie glaube, daß es möglich sei, in seine Kanzlei einzutreten, ich meine: als einer, der ihm die Schreibtafel nachtrage, seine Befehle notiere, ihn an Verabredungen erinnere und seinen Terminkalender führe.
»Vielleicht. Wer weiß, am Ende ist er daran interessiert, entlassene Sträflinge zu beschäftigen.«
»Wenn er so ist, wie ich ihn aus seinen Schriften kenne, wird ihn das nicht stören.«
»Ja, aus den Schriften ... In seinen Schriften ist doch jeder anders als in Wirklichkeit. Falls dir das noch nicht aufgefallen ist, möchte ich dich darauf hinweisen. Um dir eine Enttäuschung zu ersparen.«
»Das kann ich nicht glauben. Jeder ist so, wie er schreibt«, sagte ich, »jeder entlarvt sich im Schreiben. Jedenfalls waren die Alten, diese Heiden der Verfallszeit, wie man

gemeinhin sagt, großzügig. Ein Sträfling ist für Marc Aurel interessanter als – nun sagen wir einmal: ein christlicher Laienprediger.«

»Jede Zeit ist eine Verfallszeit«, sagte Senta, hob den Zeigefinger und horchte. In der Windstille des Tages, der sich zu lichten schien, war Rinnen und sandiges Rauschen lebendig.

»Übrigens: wenn du zu Marc Aurel willst – vorher mußt du dich einem Reinigungsbad unterziehen.«

»Mir kommt's vor, als sei mein Aufenthalt hier in Drommersheim nichts anderes.«

»Gut, daß du es erkennst und dich nicht dagegen sträubst.« Sie nickte und schien befriedigt.

Ein schwarzes Auto hielt mit quietschenden Reifen auf der Straße; eine Armlänge stand es von mir entfernt, ein hochräderiges Gefährt mit breitem Aufbau wie ein Kutschenkasten und einem verschiebbaren Glasdach statt der Decke. Als Student hatte ich einmal ein ähnliches Automobil vor einem Hotel stehen sehen. Es hatte rosa Polster und unterm Glasdach eine Art Seidengardine gehabt, die durch eine Kordel mit golddurchwirkter Troddel auf- und zugezogen werden konnte, wenn die Sonne stach. Jetzt war die Deckengardine offen, weil das Drommersheimer Wetter keinen Anlaß bot, sich vor scharfen Sonnenstrahlen schützen zu müssen; die Ausstattungspracht der Polster war verschossen, ausgebleicht, und da und dort zeigten sich Risse in der Seide. Dies alles sah ich überdeutlich, zusammen mit schwarzer Damenunterwäsche, die ineinandergeschoben und achtlos hingeworfen auf dem leeren Rücksitz lag und aus der eine Stange Camelzigaretten herausragte. Dann sah ich eine Hand überm Verdeck, als winke sie oder wolle die Luft abtasten. Innen saßen zwei Mädchen, eine mit hellem und gebauschtem Haar, die üppig war, eine weit ausgeschnittene weiße Bluse trug und mir ihr Stupsnasengesicht zudrehte. Daneben eine vom brünetten Typ, die

Hände in lila Handschuhen auf dem Lenkrad und das starre und strenge Gesicht mit gebogener Nase geradeaus gerichtet.

»Fahr weiter. Er ist es nicht«, sagte die Blonde. Der Wagen ruckte an und fuhr davon.

»Die fahren in die Stadt zurück. Deshalb haben sie dich nicht erkannt. Aber du weißt, wer sie sind?« fragte Senta.

»Freilich. Zwei aus der ›Spiegelhütte‹. Sie sagen, sie seien Tänzerinnen. Du, das sind solide Mädchen, mit denen kannst du etwas anfangen. Nüchterne Damen und gar nicht überspannt. Etwas zum Ausruhen und zur inneren Entspannung, aber verlassen kannst du dich natürlich nicht auf sie ... Ich gebe es zu und sage es offen: die zwei gehören zu einer Clique, die es sich wohlsein läßt. Oder anders ausgedrückt: wir haben uns vergnügt. Es war nicht übel.«

»Gebunden an die zwei und verantwortlich für sie hast du dich nicht zu fühlen brauchen?«

»Zum Glück nicht. Die wollten doch auch ungebunden bleiben. Das sind gesunde Weiber; von denen kannst du viel bekommen, vorausgesetzt, daß sie Lust dazu haben. Denn launisch sind sie natürlich sehr. Aber Lust haben sie immer gehabt, das war das Gute, und zu beklagen brauchte ich mich nicht. Manchmal war's mir fast zuviel. Aber lieber zu viel als zu wenig.«

»Offene Worte ... Ehrlichkeit hat etwas für sich. Darauf lasse ich nichts kommen«, sagte Senta.

»Mich wundert nur eines: woher die das üppige Automobil haben«, sagte ich.

»Sie dürfen es benützen bis zum Ortsausgang. Es gehört dem praeses provinciae, also dem Statthalter, wenn du das besser verstehst. Bei uns gelten noch die römischen Titel, weil wir Heiden sind.«

»Glaubt ihr an Götter?«

»Ja, an die Vergänglichkeit und daß immer das gleiche

wiederkehrt. Die Geschichte ist sinnlos und wird vom Zufall bestimmt. Neben der Vergänglichkeit glauben wir also an den Zufall und ans Unvorhergesehene. Das Unwahrscheinliche und das Absurde sind unsere Gottheiten, wenn du so willst. Oder anders ausgedrückt: wir sind konsequent modern. Das muß dir doch gefallen, wie? Oder glaubst du an ein Leben, das der Läuterung entgegengeht? Jeder erlebt nur Momente, Impressionen, Episoden und spürt den Hauch des Augenblicks.«

»Zuviel Philosophie«, sagte ich.

»Nun, wir bemühen uns.«

»Also gebt ihr allem den Sinn der Sinnlosigkeit, weil ihr den wirklichen Sinn nicht erkennen könnt. Wie die modernen Philosophen.«

»Ich bin ganz mit dir einig«, sagte sie, bewegte die Hand, als wolle sie etwas wegdrängen, und sah auf Drommersheim hinaus, über dem die Wolken dünner wurden. Ein Licht wie schwimmendes Zinn legte sich auf die eingesunkenen Dächer, die um eine Fabrik mit kahlen Kaminen niedrig gestreckt waren. Es mußte eine tote Fabrik sein, in der schon lange nicht mehr gearbeitet wurde. Ihre hohen Fenster waren blind und staubbepudert, da und dort fehlten einzelne Scheiben, oder ihr Glas war gesprungen. Ein eiserner Zaun umgab sie mit rostigen Lanzen, die Goldspuren an den Spitzen hatten. Ein Weg führte erhöht an ihr vorbei, die rückwärtige Front der Fabrik, ihr Hintereingang, war uns zugekehrt, doch hätte man zu ihr über viele Treppenstufen hinuntergehen müssen, die teilweise zerbrochen und mit glitschigem Moosschimmel bedeckt waren. Grasbüschel drangen aus den Ritzen.

Ich sah hinunter. Neben der Tür standen hinter staubigen Fenstern Flaschen mit bunten Etiketten, ein zerfetzter Vorhang bewegte sich, und ein Mann kam heraus, ein breitschulteriger mit weißem Haar, der die Tür hinter sich zufallen ließ, daß es schmetterte. In weiten Samthosen und

das Hemd am Hals geöffnet, stieg er langsam die Stufen herauf und lächelte mir zu. Es war mein Vater. Er streckte mir die Hand entgegen: »Erfreulich, daß du da bist. Sieh dir's an, was daraus geworden ist. Weißt du, eigentlich ist's ja zum Lachen. Ich meine: man muß alles komisch nehmen, sonst kommt man heut nicht weiter.«
»Wohin sollen wir denn kommen? Ich meine: Ob du ein Ziel weißt?«
»Ein Ziel? Dort drüben liegt es. Du hörst es rieseln«, antwortete er und deutete auf die alte Mauer. »Aber was dahinter liegt, weiß ich ebensowenig wie irgendein anderer in Drommersheim. Auch die Frauen«, fügte er hinzu und ließ ein Lächeln unter den grauen Bartspitzen verschwinden, »haben davon keine Ahnung.«
›Jetzt spielt er auf deine Freundinnen an‹, dachte ich und sagte: »Also wird auch ein Damenfreund wie ich keine Antwort bekommen?«
Er schüttelte den Kopf, sah auf den Boden und sagte: »Von deinen vergeblichen Versuchen, dich zurechtzufinden, habe ich natürlich auch gehört. Sie schimpfen alle arg auf dich. Ich habe dich verteidigt und gesagt: ›Meinem Franz ist das, was nicht existiert, wichtiger.‹ Ich meine es nämlich so . . .«
Und er lehnte sich ans rostige Geländer, zog eine Zigarre aus der Tasche und sagte: »Hättest du vielleicht Feuer?« Ich zündete ein Streichholz an und gab es ihm. Dann fuhr er fort: »Danke . . . Also, die Geschichte mit den Mädchen und die Rauschgiftsache, die sind Kavaliersdelikte. Wenn du mächtig gewesen wärst, ich meine: als ein Prominenter mit viel Geld, hätten sie dich deshalb nur bewundert und beneidet; aber so, mit leeren Taschen, ist es ein Vergehen, das geahndet werden muß . . . Und dann, worauf ich eigentlich hinaus will: Bei den Mädchen und beim Rauschgifthandel hast du gedacht: vielleicht erlebe ich dort etwas, das mich emporhebt . . . Aber im Irdischen hebt dich nur

eines empor: das, was du dir ausdenkst und was nicht existiert. Das Ungreifbare, das ist wichtig, daran kannst du dich halten. Alles andere . . .«, und er blies seinen Zigarrenrauch übers Geländer zur Fabrik hinunter, die er schon lang hatte aufgeben müssen, eben auch des Geldes wegen. Sie war – eine Glashütte – früher nicht in Drommersheim gestanden, sondern weiter östlich, am Rand der großen Wälder, Böhmen zu. Jetzt sah er hinüber, den Daumen unterm Hosenträgerband und die Hand mit der Zigarre auf dem Geländer: »Viel erreichen wirst du nie, auch als großer Mann. Denn wohin führt's? Nach Drommersheim . . . Und da sitzt du dann, wartest, und worauf du wartest, bringst du nicht heraus.«
»Glaubst du, daß ich bei euch sozusagen durch den Fleischwolf gedreht werde? Ich weiß nicht, ob du . . .«
Er winkte ab: »Versteh dich gut, kann mir denken, worauf du hinauswillst. Ja, neben anderem haben sie auch in dieser Richtung allerlei mit uns vor; früher hat man so was ›Läuterung‹ geheißen. Mich lassen sie zwecks Läuterung hier sitzen und herumgehen. Viel hat sich mir bis jetzt noch nicht geoffenbart, aber es kann sein, daß man selber wenig davon spürt, wenn man ›durchsichtig‹ oder ›rein‹ wird; meinetwegen kannst du auch ›transparent‹ sagen . . . Aber ich halte dich auf. Du bist nicht allein . . .« Und er kehrte Senta den Rücken zu, als versuche er, sich vor ihr zu verbergen. Dann gab er mir die Hand und sagte, indem er auf die Fabrik hinwies: »Wenn du hinuntergehen und dir alles ansehen willst – die Tür habe ich angelehnt gelassen. Schließe nachher bitte ab und gib die Schlüssel deiner Dame. Alles Gute, Franz . . . Ich habe das Gefühl, als sähen wir uns so bald nicht mehr wieder. Freilich, man kann nie wissen . . .«
Er ging fort, ich sah ihm nach, und Senta sagte: »Mit ihm bist du immer gut gestanden?«
»Ja. Sehr gut sogar. Wahrscheinlich war's ein Fehler. Als

Mann sollte man mit seinem Vater schlecht stehen. Das gehört dazu.«

»Ist's nicht angenehmer, wenn man sich verträgt?«

»Ja, aber Ärger mit dem Vater, das gibt sozusagen Kieselsäure ins weiche Gras. Meinem Vater hat es gefallen, wenn ich sinniert habe. Das war schlecht. Er hätte sagen sollen: ›Schaff was Rechtes, werde wie die andern; es ist falsch, wenn du dich immer träumerisch auflösen willst. Nach oben kommst du nie, bleib am Boden.‹ Statt dessen sagte er: ›Du hast recht, Franz; wenn du dir ausdenkst, wie es wäre, wenn du fliegen könntest, so ist das viel interessanter als im Flugzeug sitzen. Immer ist die Wirklichkeit enttäuschend . . .‹ Deshalb denke ich jetzt: Ärger mit dem Vater, das ist die Kieselsäure im weichen Gras, das stärkt dem weichen Gras das Rückgrat.«

»Du hast recht, aber dein Vater auch. Ihr beide glaubt ja immer noch ans Spintisieren. Das wird hier hochgeschätzt.«

›Dann bist du hier am rechten Ort; du kannst dich bequem einrichten und alles laufen lassen‹, dachte ich, wurde aber im geheimen ein unsicheres Gefühl nicht los. Wahrscheinlich war es falsch, was ich dachte, die Drommersheimer waren streng, nur ließen sie's nicht merken. Sie taten so, als dürfe jeder nach seinen Launen leben, gängelten ihn aber an unsichtbaren Fäden. Jedenfalls kam's mir vor, als werde ich zumindest von Senta gelenkt, die wahrscheinlich auch nur nach oberen Weisungen handelte; ich solle ihr nachher den Schlüssel der toten Fabrik geben, hatte mein Vater zu mir gesagt. Und obwohl ich neugierig auf die Fabrik war, glaubte ich, es stecke eine List dahinter. Vielleicht ging ich in eine Falle.

Senta stand schon auf den schiefen Stufen und streckte mir die Hand entgegen; sie führte mich hinunter: »Paß auf, ich kenne mich hier besser aus als du.« – »Trotzdem verrätst du mir nicht, was hier gespielt wird«, sagte ich, und sie

erwiderte: »Zum Schluß wirst du es merken.«
Ich kam in einen Maschinensaal. Der Boden, ein Zementbelag, hatte Risse, in denen Gras nistete. Die Maschinen waren verrostet; hinter einer Kolbenstange flatterte eine Eule auf und taumelte unter der Decke. Das war keine Glashütte; in einer solchen hätten andere Maschinen stehen müssen, sie wären mir bekannt gewesen, aber diese hier schienen zu einer Motorenfabrik zu gehören, einem längst überholten, des Verschrottens würdigen Werk; manche waren im Boden eingebrochen und standen schief wie auf Sand gelaufene Schiffe, und das Gras um sie bewegte sich kniehoch. Ein zusammengerollter, schwarzer Gummischlauch lag darin. Als ich mit Senta näherkam, rollte er sich träge auf, wurde lang und glitt als Schlange unter abgestellte, armdicke Eisenwalzen, die an der Wand lehnten und von denen eine zur Seite gerutscht war und eine Scheibe eingeschlagen hatte. Die Eule streifte mit den Flügeln an die Fenster, was sich anhörte, als werde in einer Ecke geflüstert.
Hinter einem Dampfkessel, der in eine Betonmulde zementiert war, lag das blonde Mädchen aus dem üppigen Automobil auf einer Matratze. Die Brünette kehrte mir den Rücken zu, schien etwas an die Wand zu kratzen und sagte: »Der merkt doch auch heute noch nichts.«
»Da ist er schon ... Komm, setz dich her zu uns, wir wollen dir was zeigen. Das ist ein neuer Reiz, das ist was Exquisites ... Warte nur, was wir dir heute Feines bieten. Hier sind wir ungestört.« Und die Blonde winkte mir, sagte: »Bitte, komm ganz nahe ... Du sollst dich zu mir setzen ... So. Und jetzt zeige ich dir etwas.«
Sie öffnete ihre Bluse und deutete auf eine wulstige Narbe, die rot und violett war. – »Ein Regenbogen unter der linken Brust, ist das nichts Apartes? Und reizt es dich nicht? Nach jedem Fest, nach jedem Amüsement, nach jeder unserer Vergnügungen, habe ich mich übers Bett

hinunterhängen lassen und die Brust ans kantige Holz gepreßt; ich habe geheult, es war mir mies.«
»Warum hast du mir nichts davon erzählt? Hätte ich gewußt, daß es dich quält, dann hätte ich gesagt: Ich komme nie mehr zu dir, wir müssen aufhören.«
»Hörst du, was er sagt?« ließ sich die andere vernehmen, die immer noch mit einem spitz zugeschliffenen Stein in die Wand kratzte. »Genau wie ich dir gesagt habe: so wird er darauf reagieren. Es nützt nichts, wenn du alles sagst.«
»Ach, sei still!« rief sie ihr zu. »Hör nicht auf die, sie ist immer dunkel verhängt. Setz dich näher zu mir und küß meinen Regenbogen . . . So, und jetzt sage ich dir noch etwas: Ich habe auch gewußt, daß du antworten wirst: Jetzt muß Schluß sein zwischen uns. Das habe ich nicht hören wollen. Ich weiß nicht, was es ist, aber dir konnte ich alles erzählen. Du hast ja nie etwas von dir erzählt, und das hat mich anfangs gequält, bis ich's gewöhnt war. Also gut, hab ich gedacht, er schweigt, aber ihm kann ich alles sagen und weiß, daß er's nicht weiterträgt. Das ist zwar eine Kleinigkeit, aber sie tut mir wohl.«
»Er versteht dich nicht. Er hat keine Ahnung, wie es in dir aussieht. Nachher bereust du, daß du geschwätzt hast«, sagte die Dunkle an der Wand.
Sie machte eine wegwerfende Geste und fuhr fort: »Also, ich konnte dir alles erzählen: vom Büro und so . . . wie sie mir nachgelaufen sind und wie ich zu jedem gesagt habe: ›Also gut, ich mache es mit dir, damit ich meine Ruhe habe.‹ Und ganz unten habe ich gedacht: mit dem Gravenreuther ist doch alles anders. Und wenn wir uns durcheinandergemischt haben, war es nachher genauso wie mit den andern: ich habe seifigen Geschmack im Mund gehabt.«
»Also hätten wir es lassen sollen. Bloß miteinander reden, das wäre gut gewesen.«
Sie verzerrte das Gesicht und ließ sich auf der Matratze zurückfallen; im Liegen sagte sie: »Das Unglück ist, daß

du anders bist als ich. Aber vielleicht kriegst du eine Ahnung von dem, was ich will, durch unser Gespräch unter verrosteten Maschinen, wo die Eule schwebt, die Schlange rutscht ... Die Eule und die Schlange möchte ich verbinden; sie sollen ineinanderwachsen, eine soll sich in der anderen auflösen, dann wäre das Glück da ... Aber in Drommersheim sagt jeder: es ist eine Auszeichnung für dich, wenn du kein Glück hast. Das ist falsch, weil alle Menschen unglücklich sind. Eule und Schlange müssen zusammenschmelzen, was soviel bedeutet wie ...«

»Er versteht nicht, daß jemand unglücklich ist, deshalb kommt ihr nicht zusammen. Oder er ist auch mit sich uneins, und ihr versteht euch nur, wenn ihr redet, und nicht, wenn ihr beieinanderliegt«, sagte die Dunkle drüben an der Wand.

»Also kann man nichts machen. Vielleicht weiß sie, was uns beiden fehlt«, sagte das Mädchen auf der Matratze und sah Senta an.

»Liebe«, sagte Senta. »Liebe fehlt ihm, sonst nichts. Er erreicht sie nicht. In der Liebe schmelzen Eule und Schlange zusammen. Aber wartet doch ab, er muß sich nur über sich selbst klarwerden, deshalb ist er in Drommersheim. Das ist doch ein Zwischenaufenthalt, bevor es weitergeht ... Kein Wunder, daß heut einer erstarrt ist, wenn überall nur die Maschinen herrschen. Hier sind zum Glück alle Maschinen rostig ... Dann seid ihr also mit dem Wagen des Statthalters nicht weitergekommen?«

»Bis zum Ortsausgang. Dort hat es geheißen: ihr müßt wieder zurück, das Wichtigste habt ihr versäumt. Geht in die tote Fabrik und wartet. Hier haben wir dann einen alten Mann getroffen, der gesagt hat: ›Die Eule und die Schlange sind zahm, die tun euch nichts.‹«

»Mehr nicht? Du, das war mein Vater«, sagte ich, und Senta flüsterte mir zu: »Sei still, das brauchen die dort nicht zu hören; oder willst du deine Sorgen auf deinen

alten Herrn abladen? Der hat hier genug mit sich selbst zu tun. Komm, wir verschwinden.«
Ich ging hinter Senta hinaus. Draußen wußte ich nicht, ob ich abschließen sollte, aber sie sagte: »Tu, was dein Vater dich geheißen hat.« Also schloß ich ab und gab ihr den Schlüssel.

»Das wäre also die erste Station gewesen«, sagte Senta, nickte mir zu und ging weiter, immer noch in ihrer ölflekkigen Keilhose, die schwarze Lederjacke locker umgehängt. Die scheint nicht zu frieren, dachte ich, denn mir war's kalt, obwohl hier so etwas wie Sommer herrschte; sicher konnte ich es nicht feststellen, auch die Tageszeit kam mir verwischt vor, und ich wußte nicht, ob es Morgen oder Abend war. Wahrscheinlich beides, das Wetter schien veränderlich zu sein.
Vor einer Bretterbude standen Frauen mit Kopftüchern beieinander und sahen sich nach uns um. Ich las die Schilder auf der vom Regen ausgewaschenen Bretterwand. Seit meiner Kindheit hatte ich nicht mehr die Zigarettenreklame ›Salem Aleikum – Für Feinschmecker‹ gesehen, auf der ein Herr im Frack mit gesträubtem Schnurrbart lächelte; ein Schild mit der Aufschrift ›Lotto-Collectur, Freitag erste Ziehung für Linz‹, kam mir vollends veraltet vor. Drommersheim schien also an einer Tradition mit auffallend biedermeierlichen Zügen festzuhalten, was mich angenehm berührte, denn für Vergangenheitsreste skurriler Art hatte ich immer Sympathie gehabt. Auch kam's mir vor, als veränderte ich mich selbst immer mehr in einen Drommersheimer, hätte schon lang hier gelebt oder wäre am Ende gar ein Einheimischer, ohne es zu wissen. Jedenfalls paßte mein Äußeres: der lange, längst aus der Mode gekommene Trenchcoat mit Gürtelschnalle, Lederknöpfen und Achselklappen sowie die schwarze Baskenmütze, die ich im Krieg in Frankreich gekauft hatte, gut nach Drom-

mersheim. Mein Mantel mit dem Wollfutter war zwar abgewetzt, aber sauber; in den sieben Jahren Strafanstalt hatte ich ihn geschont.
Eine Frau mit dicken Brillengläsern, die so scharf geschliffen waren, daß sie die Pupillen erbsengroß verkleinerten, stieß eine andere mit den Ellenbogen an und sagte: »Dort steht einer, den kenne ich noch nicht. Vielleicht ist es der? Nur einer soll heute gekommen sein ... Aber einer, der hat Orgien gefeiert und Rauschgift verschachert, das muß man dem Herrn Dechant melden ... Schau nicht so auffällig hin.« Und die beiden drängten sich an ein Schiebefenster und ließen sich von einem Mann mit knochigem Gesicht und einer halbierten, in Stahl gefaßten Brille Krautköpfe geben, wofür sie dünne Silbermünzen, nicht größer als der Fingernagel eines Kindes, aus gestrickten Börsen hervorzählten.
»Was kostet hier ein Krautkopf?« fragte ich Senta und erfuhr: »Einen halben Groschen Rheinisch, aber in Currentmünze zu zahlen.« – »Aha«, sagte ich, obwohl ich nicht wußte, was ›Currentmünze‹ und ›Groschen Rheinisch‹ bedeuteten.
»Für dich ist das Geld zunächst illusorisch, du wirst schon noch sehen, wie's hier zugeht.«
»Geld habe ich dabei, aber es ist von drüben. Ob es hier gilt, weiß ich allerdings nicht.«
»Hier gilt jede Währung, und niemand braucht sie umzuwechseln. Was jeder in der Tasche hat, verbraucht er.«
Das war praktisch. Ich billigte ein Finanzgebaren, das meiner Gleichgültigkeit in Dingen, die die Geldwirtschaft betrafen, großzügig entgegenkam. Jedenfalls Sorgen finanzieller Art brauchte ich mir in Drommersheim keine zu machen, das war ganz nach meinem Sinn. Dagegen die inneren Sorgen, die peinsamen Einflüsterungen des Gewissens, die nahm mir auch hier niemand ab. Jedenfalls war bereits bis zu den alten Weibern vor der Bretterbude die

Nachricht vom gewissenlosen Gravenreuther durchgesikkert, so daß angenommen werden durfte, in puncto Moral seien die Drommersheimer äußerst streng, ganz im Gegensatz zu Sentas kühnen Worten angesichts der Vergänglichkeitsmauer, vor der sie behauptet hatte, Wörter wie Moral und Wahrheit seien aus dem Drommersheimer Sprachschatz getilgt worden. Oder sollten die Drommersheimer vielleicht weder von Moral noch von Wahrheit reden, sie aber um so unerbittlicher verwirklichen? Dann müßte ich hier lediglich geläuterten Menschen begegnen, während ich solche, wie ich zu finden hoffte, also Gleichgültige, Sinnliche, Spintisierer und Sinnierer, die nicht mit dem Leben fertig wurden und am liebsten das beiseite geräumt hätten, was man Wirklichkeit hieß.
›Lebe, wie's dir paßt‹, sagte ich zu mir selbst; ›die ersten Scherereien mit überspannten Frauenzimmern hast du hinter dich gebracht und brauchst nur noch diese offizielle Senta Sonnensperger mit ihrem sanften Gerede von Liebe und von Seele loszuwerden, damit du unabhängig bist. Freilich, davonlaufen kannst du ihr nicht; sie fischt dich immer wieder heraus aus dem Drommersheimer Traumschlamm und gehört womöglich zur Hierarchie des Ortes. Hat sie dir nicht vom praeses provinciae erzählt?‹ Und ich tröstete mich mit dem Gedanken, daß es immer wieder weitergehe, Neues sich allenthalben anbiete und die sogenannten Lebenswege mir auch heut mit dreiundfünfzig Jahren immer noch offenstünden. Besonders in Drommersheim mußte es Möglichkeiten geben, etwas Bemerkenswertes aufzuspüren; langweilig würde es mir hier nicht werden, das hatte ich im Gefühl.
Also meldete sich der alte, lässige Lebensschlenderer wiederum in mir zu Wort, der in der Strafanstalt geschlummert hatte, aber jetzt wieder neue Bezirke witterte, in die einzudringen lohnte. Drommersheim schien ein bemerkenswertes Revier zu sein, wo es noch manches zu entdek-

ken gab. Zwar sahen seine Häuser schäbig und herabgekommen aus, und seine Gärten waren verwildert, aber das lockte mich gerade; dahinter gab es Neues zu entdecken, denn Drommersheim war geheimnisvoll, und das ist heute selten.
Zunächst wollte ich in Erfahrung bringen, ob die schiefen Hütten alles waren, was der Ort an Menschenwohnungen zu bieten hatte, oder ob dahinter andere Viertel sich ausdehnten und ob es Villen und alte Palaisbauten gab. Ich fragte Senta, die in einen Apfel biß und sich an einer Gassenecke auf einen Stein setzte, der rund war wie ein Zuckerhut, dem man die Spitze abgeschnitten hat. Mit ihren wesenlosen Augen sah sie in die Ferne und sagte: »Sieh selber nach. Ich weiß, daß ich dir lästig bin. Aber bei dir bleiben soll ich trotzdem?«
»Ja, bleib da.«
Nun kam eine schwarze Kalesche die enge Gasse heruntergerumpelt; die Pferde setzten Schritt vor Schritt. Senta stand auf und trat neben mich. Mit dem angebissenen Apfel wies sie auf das Gefährt, das den Stein, auf dem sie gesessen war, fast streifte. Innen saß ein Mann mit hochgestelltem, steifen Rockkragen, der goldbestickt war, und hielt einen Galanteriedegen zwischen den Knien; es war ein hagerer und grauhaariger Mann, der lächelte, als er an Senta vorbeifuhr.
»Wer ist das gewesen?« fragte ich.
»Mein Vater.«
»Ist er Diplomat?«
»Ja. Er kommt von einem Empfang beim Statthalter und fährt nach Hause. Ich wohne bei ihm, obwohl ich schon dreiunddreißig bin, führe ihm den Haushalt und kann mir nichts Besseres denken, nachdem ich meinen Mann verlassen habe.«
»Welches Land vertritt dein Vater?«
»Da fragst du mich zuviel. Aber ich weiß noch, daß ich

dort aufgewachsen bin, wo auf der Landkarte ›Die Inseln über dem Winde‹ steht. Interessant, nicht wahr? Ja, dort gibt es Kaffee- und Kakaoplantagen. Die Eingeborenen machten einen Aufstand und demolierten unsere Villa. Deshalb wurden wir hierher beordert. Übrigens: meinem Mann bin ich schon auf den Inseln über dem Winde davongelaufen.«

»Pech gehabt?« sagte ich.

»Ach, wie man's nimmt ...«

›Du wirst nie dahinterkommen, was es mit ihr für eine Bewandtnis hat‹, dachte ich und fragte, ob sie einen Tabakladen wisse, ich wolle mir Tabak für meine Pfeife kaufen. – »Weiter oben«, sagte sie, deutete mit dem Daumen über die Schulter die Gasse hinauf, die von Schwibbögen überwölbt war, und warf den Apfelbutzen fort. »Übrigens dort«, sie zeigte mit dem Kinn geradeaus, »siehst du etwas von dem, was du hier suchst.«

Sie meinte wohl das einzelne Haus, ein rötliches Palais mit Schieferdach und Garten hinter einer hohen Mauer. Es lag in der Talsenke am Ende einer Pappelchaussee auf dem anderen Flußufer, wo nun die Kutsche weitereilte und die Pferde, die Köpfe steif emporgehoben, ihre Vorderbeine streckten.

»Euer Haus?« fragte ich.

Sie schüttelte den Kopf: »Der Wohnsitz des Statthalters. Wenn du davorstehst, wirst du sehn, daß die Grundmauern römisch sind.«

»Fährt dein Vater wieder zu ihm? Er war doch gerade bei ihm.«

»Ja. Sie trafen sich in den Protokollsälen im Rathaus. Wegen irgendeiner offiziellen Sache, wahrscheinlich Neueinbürgerungen. Aber jetzt ist er privat bei ihm. Der Statthalter liebt die Staatsempfänge nicht. Nachher muß er sich entspannen, und sie sitzen zusammen im Garten unter einem Leinendach. Wie zwei Pensionisten in alter Zeit.

Den Frack mit dem goldbestickten Kragen zieht der Papu dann natürlich aus.«

»Wer ist der Papu?«

»Mein Vater. Ich sage Papu zu ihm. Befremdlich für dich?«

»Nein. Ich habe jemand gekannt, der zu seinem Vater auch Papu gesagt hat. Richtig, jetzt weiß ich's wieder; der, der mir erzählt hat, in Drommersheim lebe eine Frau, die lade entlassene Strafgefangene zum Mittagessen ein. Er war ein lieber Kerl, allerdings recht scheu, mißtrauisch. Der hat also Papu zu seinem Vater gesagt.«

»Und die Frau bin vielleicht ich gewesen.«

»Ich gebe zu, daß ich das auch schon gedacht habe«, sagte ich, aber sie überhörte es. Langsam ging sie mit mir weiter, fragte, ob ich bemerke, daß die Dämmerung begonnen habe, und kratzte im Gehen mit einem Zündholz Schmutz aus ihren Fingernägeln, wie es sich für eine befremdliche und sonderbare Dame in einem merkwürdigen Ort gehörte.

»Warum willst du Tabak kaufen? Rauch doch Marihuana«, sagte sie und hielt mir auf der flachen Hand eine selbstgedrehte Zigarette hin, die in der Mitte einen Wulst hatte.

»Nein, danke ... Das war einmal, jetzt will ich nichts mehr damit zu tun haben. Und geraucht habe ich früher solche Zigaretten nie; ich hab sie nur verkauft.«

»Das ist ja enorm lasterhaft! Ehrlich gesagt: so viel Verworfenheit hätte ich dir gar nicht zugetraut. Gibst du nicht ein bißchen an? Ich meine: vielleicht bildest du es dir nur ein, daß du Marihuanazigaretten verkauft hast?«

»Weshalb bin ich dann sieben Jahre in der Drommersheimer Strafanstalt gewesen?«

»Strafanstalt? Hier gibt's doch keine mehr; ich habe dir das schon einmal gesagt. Im letzten Herbst ist sie abgerissen worden. Aber wenn du es sagst, muß es natürlich stimmen. Etwas Wahres wird schon dran sein. Irgendeiner dummen Geschichte wegen hast du ein schlechtes Gewissen und bildest dir ein, du seist sieben Jahre in der Drommersheimer Strafanstalt gesessen. Zu stimmen braucht's natürlich nicht.«

»Dann meinst du also, ich hätte es geträumt?«

»Ja.«

Das war eine witzige Person, diese Senta Sonnersperger. Jetzt sagte die also, ich hätte geträumt, was wirklich gewesen war . . . ›Gar nicht schlecht‹, dachte ich. Und dabei war ich mir während der sieben Jahre in der Strafanstalt wie des Teufels rußiger Bruder aus dem Märchen vorgekommen. Da wurde von einem Soldaten erzählt, der aus dem Krieg zurückkam und nicht wußte, was er anfangen sollte. Der Teufel sagte zu ihm: »Komm zu mir, heize meine Kessel, aber du darfst dich weder waschen noch deine Nägel schneiden oder dein Haar scheren.« Der Soldat tat, wie es der Teufel wünschte. Nach sieben Jahren war seine Dienstzeit um, und der Teufel sagte: »Kehre den Dreck hinterm Ofen zusammen und stopfe ihn als Lohn für deine Arbeit in den Ranzen.« Der Soldat dachte: das ist ein bißchen wenig. Aber als er später im Wald seinen Ranzen aufmachte, war er bis an den Rand mit Gold gefüllt. So ungefähr war's im Märchen gewesen, es paßte auch beinah auf mich, nur hatte sich der Dreck im Ranzen bis heut noch nicht in Gold verwandelt. Auch sonst war manches anders gekommen, wie zum Beispiel die Sache mit Drommersheim und der Senta Sonnensperger; aber das kümmerte mich wenig. Wenn ich nur bald das Gold bekam, dann hatte sich der Aufenthalt in Drommersheim gelohnt.

»Nun, mein rußiger Bruder, jetzt holen wir also Tabak für deine Pfeife«, sagte Senta.

Es war mir unangenehm, daß sie alles wußte, was ich dachte, obwohl ich mich allmählich daran gewöhnt hatte. Jetzt ging sie hinter mir in der Gasse, die zu oberen Bezirken zwischen hohen und engbrüstigen Mauern emporführte, von denen manche die Dächer verdeckende

Zinnen und Stützbögen hatten, an denen Grasbüschel niederhingen. Als Schlucht stieg die Gasse am Hang hinauf, und oben leuchtete ein langer Bau, orangefarben gestreckt, als läge er im Abendlicht. Das Haus sah wie eine Residenz aus, hatte aber mit dickem Rost belegte Eisenläden, in die Sternornamente gestanzt waren. Ich fragte Senta, was das für ein Gebäude sei, und sie sagte: »Früher ist es so etwas wie eine Residenz gewesen, da hast du recht. Heute wird es als Tabakspeicher benützt. Es hat lange Säle mit bemalten Wänden, und im eingesunkenen Parkettboden nisten Igel. Man sollte es vielleicht herrichten lassen, aber dann wäre es zu groß für Drommersheim. Der Statthalter bevorzugte das Private, deshalb genügt ihm der mittelalterliche Rathaussaal; er sagt: ›Karl dem Fünften hat er auch genügt, also werde ich erst recht damit zufrieden sein.‹ Das finde ich sympathisch.«
Ein dicker, kleiner Mann in weiten Hosen und einem dünnen Kittel, der seidig glänzte und an den Taschen tief herunterhing, stapfte mühsam die Gasse herunter, einen großen, schwarzen Hut tief ins Gesicht gerückt; er stützte sich auf einen Stock. Zwei Kinder liefen vor ihm auseinander, stellten sich an die Wand und sagten leise: »Guten Tag, Herr Regen.« Auch Senta wich vor ihm zurück und knickste, wie man es früher bei Hof gemacht hat, und ich nahm meine Baskenmütze ab. Unter der Hutkrempe des Mannes schimmerten große blaue Augen. Dann sah mich Senta an, als sagte sie: ›Hüte dich, zu fragen, wer das ist.‹
Ich zog meine Pfeife aus der Manteltasche, steckte den kleinen Finger in den leeren Kopf, sah aufs Pflaster und sagte: »Dringend notwendig, etwas hineinzustopfen.«
»Ach so, du mußt etwas Habhaftes zwischen die Finger bekommen, sonst wird's dir schwindlig. Ich verstehe. Es ist nur noch eine Minute weit.«
Vor der Residenz ging sie in einen Torbogen hinein, hinter dem sich ein weiter Hof mit weißem Bogen wie auf einer

alten Landstraße ausdehnte, von der sommers Staub in die Gräser geweht wird. Auf dem Hof standen Leiterwagen beieinander, hoch beladen und mit Plachen überspannt, wahrscheinlich als Regenschutz.

»Fourierkarten des Futtermeisters einer Dragonerschwadron, die in der Residenz liegt«, sagte Senta und zuckte mit der Schulter: »Militär ist nicht mein Fall, deiner wahrscheinlich auch nicht.«

»Wenn ich nur nicht als Soldat mitmachen muß; ansonsten wirkt Militär doch recht dekorativ; es belebt das Straßenbild. Paradeuniformen mit Helmbüschen und Epauletten, von denen goldene und silberne Fransen herabhängen, haben für mich immer etwas angenehm Skurriles.«

»Also bist du ein Ästhet.«

»Ja. Ist das in Drommersheim verpönt?«

»Ach so . . . ich weiß nicht recht . . .« Sie zögerte und sah sich um. Dann sagte sie rasch: »Du paßt natürlich gut nach Drommersheim. Das habe ich gewußt und deshalb immer wieder gesagt: Laßt ihn doch herkommen . . . Hier geht's hinein in dein Tabakgeschäft.«

Im Durchgang deutete Senta auf eine Tür, wahrscheinlich zur Pförtnerstube. Es kam mir nicht geheuer vor, aber ich dachte: ›was kann dir schon passieren . . .‹ und trat ein. Dahinter ging es eine Stufe tiefer, aber weil ich darauf gefaßt war, stolperte ich nicht. Ich kannte den Laden, obwohl ich noch nie hiergewesen war, und fand mich innen gleich zurecht; ein Raum mit dicken Mauern und Kreuzrippen an der gewölbten Decke; von oben grinste ein in Stein gehauenes Gesicht herab. Hinterm Ladentisch saß ein Mann, dem langes, graues Haar über die Schläfen hing. Seine dick umrandete, schwarze Hornbrille war ihm auf der Nase vorgerutscht; so saß er da und las in einem Buch. Er las auch weiter, als ich die Tür hinter mir zuklinkte. Senta blieb draußen.

Ich stellte mich ihm gegenüber, er sah auf und streckte mir

die Hand entgegen, die ich ergriff: »So, auch wieder hiesig? Sie sind lange weggewesen.«
»Ja«, sagte ich, »sieben Jahre.« Den Mann kannte ich zwar nicht, war aber froh, weil er mich begrüßte.
»Eine lange Zeit.«
»Jetzt kommt sie mir wie eine Nacht vor, aber mit einem schlechten Traum.«
»So ist das immer, wenn man Zeit zum Zurückdenken hat, besonders in unserem Alter. Ich meine: das jüngst Vergangene ist immer unerträglich. Höchstens die Kindheit, die läßt sich im Zurückdenken ertragen, obwohl sie genauso mulmig war wie alles andere, nur täuscht sie einen später. Aber ich langweile Sie, Sie wollen sicher wieder cigarets with tea.«
»Nein danke, damit ist endgültig Schluß. Stimulantia sind nicht mehr erwünscht. Wissen Sie, ich kenne das viel zu genau.«
»Aber Sie haben doch nie selbst geraucht? Und das Geschäft wollen Sie nicht mehr weiterführen? Sie«, und er tippte mir im Sitzen mit dickem Zeigefinger auf die Gürtelschnalle meines Mantels, »das wäre falsch. Hier ist großer Bedarf.«
»Ich will nicht mehr.«
»Moralisch geworden?«
»Nein, einfach die Lust verloren. Ich kenne mich auch noch nicht aus mit euern Staatsorganen. Vor anderthalb Stunden bin ich nach Drommersheim gekommen.«
»Das besagt nichts. Und unter uns: Das Risiko ist hier genauso hoch wie drüben, auch wenn wir unser Stadtgefängnis abgerissen haben.« Er sah mich starr an, stand auf, nahm die Brille ab und schaute mir mit aufgerissenen Augen ins Gesicht. Dann murmelte er etwas, das ich nicht verstand, und sagte schließlich: »Gut war's halt doch, daß ich mich damals nicht darauf eingelassen habe. Wissen Sie, ich meine jetzt die Sache mit der Senta Sonnensperger. Sie

haben leider Pech gehabt. Und ich habe mich aus der Schlinge gezogen, haha!« Er lachte. Dabei riß er die Augen auf und setzte sich zögernd hinter den Ladentisch.

Ich kannte den Mann nicht, er aber schien über mich Bescheid zu wissen und brachte sogar Senta Sonnensperger ins Gespräch. Vielleicht gab es in Drommersheim einen Doppelgänger, der sich bewegt hatte, als wäre er mein Spiegelbild. Kurios, aber ich ließ es mir gefallen. Widersprechen hätte nichts genützt, und wenn ich gesagt hätte: ›Diese Senta, von der Sie reden, ist mir heute beim Einhorn-Wirtshaus oder meinetwegen drüben in der Stadt Ecke Kanalgasse/Webergasse in der Wirtschaft *Spiegelhütte* zugelaufen‹, so hätte mich dieser Mann ausgelacht und sich an die Stirn getippt. Aso gut, ich fand mich damit ab, mit einem Kerl verwechselt zu werden, der ich zwar einmal gewesen war, mit dem ich aber nichts mehr zu tun haben wollte. Und wenn er jetzt sagte, ich sei ein unzuverlässiger Geselle, so mußte ich ihm recht geben, weil ich nach dem Krieg meinen Launen gelebt hatte. Zuweilen war's schwierig gewesen, aber mit der Zeit hatte ich mich daran gewöhnt wie später an die Strafanstalt. Ich war zum erstenmal in Drommersheim, tat aber so, als kennte ich mich hier gut aus, und dachte: ›mal sehen, mal abwarten, was der alles von dir weiß‹. Und ich wartete, bis der andere wieder den Mund aufmachte.

»War schlau, daß Sie im entscheidenden Moment verduftet sind; ich bin Ihnen dankbar«, sagte der Tabakhändler und zwinkerte mir zu.

»Man tut, was man kann«, sagte ich. »Oder glauben Sie, ich ließe meine besten Freunde im Stich?«

»Na . . . auf Ihre Freunde . . . haben Sie ja nie übermäßig Rücksicht – ich meine: rücksichtsvoll sein ist unsere schwache Seite, wie? Ist auch unnötig . . . Unnötige Sentimentalität.«

Ich nickte. Wieder sah der andere verwundert zu mir auf,

strich sein langes graues Haar zurück, nahm die Brille ab und rieb sich die Augen. Dann fuhr er fort: »Die besten Freunde sind die Geschäftsfreunde, da weiß man, woran man ist, wie man sich einzurichten hat ... Ja, ich habe aufgepaßt auf Ihre nüchternen Worte ... hab sie mir gemerkt. Na, und unter uns: es war doch ganz gescheit von mir, daß ich mich herausgehalten habe, wie? Wenn Sie mich verpfiffen hätten, wäre Ihnen mehr passiert als mir. Ich meine jetzt: was die Senta betrifft.«

»Die Senta?« sagte ich und bereute sogleich, daß mir die Frage entschlüpft war. Der Tabakhändler schaute auf, ein breitschultriger Mann mit fahlen Augen, die scharf wurden. Dann sagte er:

»Jetzt sehe ich's. Es stimmt.«

»Was stimmt?«

»Daß Sie ein anderer sind. Aber ich habe nichts gesagt, oder?«

»Bloß das mit der Senta«, sagte ich, worauf der andere aufstand, daß der Stuhl krachte und rutschte, sich über den Ladentisch beugte und sagte:

»Wenn ich Ihnen einen Rat geben darf: erzählen Sie's nicht weiter. Es könnte unangenehm für Sie werden. Schließlich sind Sie allein in Drommersheim. Ich nicht.«

»Hm«, sagte ich, »das stimmt. Aber, wissen Sie: ich bin sowieso ein Waschlappen, das heißt: Komplikationen bin ich nicht gewachsen. Ich will in nichts hineinkommen.«

»So? Merkwürdig ... Ich sage merkwürdig, weil der Landgraf – nun, Sie wissen ja nicht, wer damit gemeint ist, ziehen gleich wieder weiter, denn wie ich sehe«, und er deutete auf meinen abgewetzten Trenchcoat, »sind Sie auf der Durchreise. Also, weil der Landgraf das auch immer gesagt hat: ich will in nichts hineinkommen. – Aber Schluß damit. Wissen Sie, es ist was Eigenes: Sie haben auch seine Stimme. Bloß der Bart fehlt. Ich meine: so hier ...« Und er strich sich mit dem Zeigefinger einmal links, dann

wieder rechts über die Oberlippe. »Ja, ein sogenanntes Lebemannsbärtchen«, fügte er hinzu. »Aber wenn man nicht so genau hinschaut . . . Nun ja, ich weiß, daß Sie trotzdem ein anderer sind. Jetzt sehe ich's.«
›Er will mich schnell wieder draußen haben‹, dachte ich und sagte: »Nun, so was kann man schließlich abrasieren.«
Der andere wandte sich zur Seite; es sah aus, als fröstele es ihn. »Können Sie mir einen guten Pfeifentabak empfehlen?« fragte ich und dachte: ›auf einmal riecht's hier süßlich.‹
»Pfeifentabak? Aber Sie haben doch . . . Ich meine . . . Dann nehmen Sie den da. Der ist zu empfehlen.«
Ich bezahlte und dachte: ›dem zittern ja die Finger. Ja, ich geh schon, du wirst mich los . . .‹ Ich stolperte auf der Stufe. Drüben sah der Tabakhändler auf die Geldscheine, die ich ihm gegeben hatte, ließ den Unterkiefer herabhängen und schüttelte den Kopf. Ich ging hinaus.
Im Durchlaß drehte sich Senta, die an einem Pfeiler lehnte, nach mir um: »Na, wie war's?«
»Interessant. Aber warte einen Augenblick, ich will mein Geld nachzählen.« Und ich nahm Münzen und Scheine aus der Tasche und blätterte sie auseinander. Es waren lauter Francs und Sous und Escudos, portugiesisches und französisches Geld. Senta schmunzelte, als sie mein Erstaunen sah, und fragte:
»Nicht zufrieden?«
»Doch. Nur ist es viel mehr, als ich zuvor besessen habe.«
»Da täuschst du dich. Der Franc und der Escudo stehen schlechter als die D-Mark.«
»Aber ich habe doch . . .«
»Solches Geld hat mein verflossener Mann auch gehabt, vielleicht sogar dieselben Scheine. Aber da kann man sich natürlich täuschen, obwohl auf den Inseln über dem Winde nur Franc gelten.«
»Sag, kennst du einen namens Landgraf?«
»Ja. Mein Mann hat so geheißen.«

Der Tabakhändler hatte also von einem gewissen Landgraf erzählt, dem ich gleichen sollte. Und was hatte er berichtet? Im Weitergehen durch die halbdunklen Gassen, wo an den Ecken und weit voneinander entfernt Gaslampen an verschnörkelten Eisenarmen zitronengelb brannten, hatte ich Mühe, mich an das Gespräch zu erinnern, wahrscheinlich, weil Senta jetzt schneller ging. Aber dieser Landgraf mußte eine gewisse Senta Sonnensperger mit Rauschgift zugrunde gerichtet haben, das stand jedenfalls fest; anders konnte ich mir seine Andeutungen nicht erklären. Ob es die gewesen war, die mich durch Drommersheim führte, blieb allerdings ungewiß.

›Was geht dich das Leben anderer Leute an?‹ beruhigte ich mich, ›du hast Mühe genug, mit deinem zurechtzukommen.‹ Zudem fühlte ich mich schlapp, wohl weil ich lange nichts gegessen hatte. Jedenfalls war seit meiner Abfahrt aus der Stadt und den Stunden, die ich hier verbracht hatte, mehr Zeit vergangen, als ich glaubte; das sagten mir mein Magen und mein überreizter Kopf. Und weil ich keine Uhr besaß, in Drommersheim auch nirgends Turmuhren schlugen und an Geschäften jene bläulich erhellten und der Reklame dienenden Zeitweiser fehlten, die man bei uns kennt, wußte ich nicht, wie spät es war. Ehrlich gesagt: ich hatte kein Bedürfnis, dies zu erfahren, und wenn ich Senta danach gefragt hätte, hätte sie getan, als verstünde sie mich nicht. Zeit war hier tabu, also überließ ich mich meinem Gefühl und sagte zu ihr: »Ich hätte nichts dagegen, wenn ich bald meine Füße ausstrecken könnte. Mein Vater hat in solch einem Fall immer gesagt: ›Sitz nieder, Gottlieb, du wirst müde sein‹, denn mein Vater hat Gottlieb geheißen. Gottlieb Gravenreuther – eigentlich nicht schlecht?«

»Sehr gut sogar. Aber, stell dir vor: das weiß ich längst.«

»Was weißt du eigentlich nicht?« fragte ich.

»Wie du dich hier verhalten wirst und wie du bist.«

»Sonst weißt du alles?«

»Also von dir bestimmt. Nur sind es eben trockene Tatsachen aus den Akten.«
Meinte sie die Akten der Strafanstalt? Aber als Sträfling war ich ein stiller, gutmütiger Kerl gewesen. Niemand hatte sich über mich beklagen können, das mußte mir in Drommersheim zugute gehalten werden. ›Oder haben die so etwas wie einen Erziehungskurs oder eine Strafexpedition mit mir vor?‹ dachte ich und glaubte die beklommene, heimlich gespannte und windstille Friedhofsluft zu atmen, wie sie in einem tyrannisch regierten Lande herrscht.

›Zum Glück ist es noch hell‹, dachte ich. Der Abend rauchte golden. Drommersheim streckte sich unter klarem Himmel, eine gedehnte, von Gassen durchzweigte Siedlung, wie mir schien, als ich hinter der Residenz neben Senta in die Weite sah. Ein Plan, nach dem alles errichtet worden, war nicht zu erkennen, ja, es schien, als hätten sich Teile verschiedener Städte und Ortschaften, wo ich einmal gewesen war, zu Drommersheim vereinigt; an welchen Ort es mich aber erinnerte, das wußte ich nicht, nur bekannt kam es mir vor, obwohl dann alles doch wieder verändert war. ›Veränderliches Drommersheim, du kannst dich nicht verstecken‹, sagte ich bei mir, wußte aber nicht, was ich damit meinte. Jedenfalls, hier hinter der Residenz war ich in der Altstadt, obwohl es in Drommersheim wahrscheinlich nur Altes gab.
Wir gingen am Hang auf einem engen Weg. Sonne wärmte moosige Steine, Schatten bewegten sich vor meinen Schuhen, als huschten Eidechsen vorbei, und wenn ich zum Fluß hinunterschaute, über dem eine graue, mit dicken Eckpfeilern bewehrte Brücke führte, sah ich durch Gärten, wo Latten pfirsichschwere Äste stützten, denn hier gab's viele Pfirsiche. Es war, als wäre ich als Bub hier gewesen, ich erinnerte mich, wie ich auf einer Radfahrt hier Pfirsiche und Cakes gegessen hatte, und sagte zu Senta:

»Bin ich früher eigentlich ein rücksichtsloser Geschäftsmann gewesen?«
»Nein. Warum?«
»Der Tabakhändler hat nämlich zu mir gesagt, ich wolle nur mit Geschäftsfreunden zu tun haben; andere Freunde sollten mir vom Halse bleiben.«
»Vielleicht hast du das einmal eine Zeitlang gedacht, ich meine: als erwachsener Mann. Es kann ja sein, daß du enttäuscht worden bist von sogenannten guten Freunden und gedacht hast: von jetzt ab will ich nur noch mit Geschäftsfreunden zu tun haben.«
»Ach, so meinst du's . . . Das ist allerdings möglich. Dann glaubst du also nicht, daß mich der Tabakhändler mit einem anderen verwechselt hat?«
»Das weiß man nie genau. Oder weißt du vielleicht selber genau, wie du bist?«
»Da hast du allerdings recht. Aber dann schwimmt alles, und du kannst dich auf nichts verlassen. Jedenfalls weiß ich, daß ich den Tabakhändler nicht kenne.«
Senta zuckte mit den Schultern, ich ärgerte mich, blieb stehen und sagte: »Dann will ich wenigstens wissen, ob ich so ein eiskalter Bursche wie dieser Landgraf gewesen bin.«
»Nein, mit dem hast du nichts gemein, außer daß du ihm gleichst. Ich meine: äußerlich. Aber das ist auch gleichgültig. Da, schau hinunter, kennst du das nicht?«
Das andere Flußufer rückte näher; es war, als wehe es heran, orangefarben und rauchig. Dann stand es wieder fest, ein sanfter Hügel, der sich streckte, mit einzelnen gelben Häusern und einer weißen Kapelle im Grünen.
»Ja, wie Beimerstetten. So ungefähr sieht's aus. Aber damals bin ich doch kein harter, kalter und böser Mensch gewesen?«
»Nun ja, mit elf . . .« sagte Senta und schmunzelte. Wahrscheinlich wollte sie mich ärgern. »Mit elf Jahren ist jeder Charakter fertig, die Seele ändert sich nicht, und wer

damals ein widerwärtiger Bursche gewesen ist, der bleibt's für immer«, sagte ich.
»Weshalb verteidigst du dich denn? Ist also vielleicht doch etwas Wahres dran, wenn es heißt, du seist ein kalter Bursche?«
»Vielleicht schon. Oder ich bin den andern kalt erschienen, weil ich enttäuscht worden bin, wie du gesagt hast. Die andern sind mir oft auf die Nerven gegangen.«
»Also gut. Im übrigen ist es gleichgültig. Komm, wir gehen die Treppen hinunter.«
Sie zeigte auf eine Weinbergstiege. Der Abhang, wo jetzt Obstgärten standen, war früher mit Weinbergen bebaut gewesen. Es schob sich ja auch drüben noch ein baumbestandener Erdrücken vor, und Mauern stützten wie Basteien die Weinberge. Dabei fiel's mir ein, daß ich den Drommersheimer unter Weinkennern hatte loben hören. Im Tiefersteigen aber verloren sich die Treppenstufen, wir kamen auf einen Waldweg mit Wurzeln, als drängten vergrabene Knochen aus der Erde, und an einer Biegung, wo ein Holzstapel in der Sonne nach Harz roch und Wespen flogen, ging ein hochgewachsener Mann mit Hakennase und gebräuntem Gesicht an uns vorbei. Er blieb stehen, sah den Elfenbeinknopf seines Stocks an und berührte mit der Spitze ein versteinertes Ammonshorn im nadelbedeckten Waldboden.
Er schmunzelte, ein abwesender Spaziergänger, der auf die Seite sah.
Es war mein Onkel. Immer noch trug er eine lila Deckkrawatte zum Vatermörderkragen und einen Anzug aus Rohseide; er war also elegant gekleidet, mein reicher Onkel, der dem Vater oft mit Geld hatte aushelfen müssen, mit Geld und geschäftlichen Ratschlägen.
»Na Franz«, sagte er jetzt, »wunderst du dich nicht, weil du mir hier begegnest?«
»Ehrlich gesagt: Nein. Ich bin's gewohnt. In Drommers-

heim kannst du jedem begegnen. Hast du das noch nicht gemerkt? Und du hast mich doch früher nie gemocht.«
»Ich weiß. Und es hat sich bis heute nicht geändert. Schließlich bist du in einer Strafanstalt gewesen . . . Versteh mich richtig: Was du getan hast, stört mich nicht. Aber daß du dich hast hinter Schloß und Riegel setzen lassen, das finde ich, ehrlich gesagt, beschämend. Es gibt doch genug Möglichkeiten . . . ich meine, es ist unanständig, wenn jemand nicht genug Schläue aufbringt, sich ums Gefängnis zu drücken. Wie hab ich früher zu deinem Vater gesagt? Dein Franz ist mir zu weich, habe ich gesagt, mit dem kann ich nichts anfangen, der bringt's zu nichts. Und hat es vielleicht nicht gestimmt? Na also . . . Aber ich bin, wie du dir denken kannst, wieder einmal auf dem Wege zu meiner Amanda. Das Bahnwärterhaus liegt gleich dort unten. Kommst du auch hin? Du kannst dir dort selbst zuschauen. Das solltest du dir nicht entgehen lassen.«
Der Onkel ging weiter und verschwand hinter überhängenden Buchenblättern, die zitronengrün leuchteten.
»Guter Mann, dein Onkel«, sagte Senta, »alle Achtung; langweilig ist er jedenfalls nicht. Wollen wir also hinunter zum Bahnwärterhaus?«
»Ja, Mit dem Bahnwärter hat er seine Geliebte verheiratet, und die hat einen Sohn von ihm. Kaum ist der Sohn ein Jahr alt gewesen, so hat er das mit dem Bahnwärter arrangiert . . . Aber besucht hat er sie trotzdem immer wieder. Schließlich ist der Bahnwärter auch von ihm unterstützt worden, und da mein Onkel nie etwas umsonst getan hat . . .«
›Der Mann interessiert mich‹, sagte Senta.
»Interessante Männer können unangenehm sein. Meistens sind sie das.«
Senta lachte: »Da glaubt er also, er sage mir etwas Neues.« Dann biß sie sich auf den Fingernagel und schüttelte den Kopf: »Nein, ich sage es dir später.«

»Hängt's mit diesem Landgraf zusammen, was du mir sagen willst?«

»Komm mit zum Bahnwärterhaus.«

Wieder war nichts aus ihr herauszubringen, aber allmählich war ich es gewohnt. Ich kümmerte mich nicht darum, zündete meine Pfeife an und schmeckte süß duftenden Tabak und den Geruch erwärmten, frisch geschlagenen Holzes.

»Leichengeruch«, sagte Senta. »Für unsere Nasen riecht's nach Harz und Wärme, aber mit der Nase eines Baums gerochen: eben Leichendurft . . .«

Die Worte verblüfften mich, aber ich dachte: ›es stimmt, was sie sagt‹, und sah den dicken, alten Mann im schwarzen Lüsterjäckchen herankommen, dem wir zum erstenmal in der Gasse mit den Schwibbögen begegnet waren. Seine Taschen zipfelten tief herunter, der Schlapphut verdeckte die Stirn, und seine Augen leuchteten hellblau. Er ging langsam, mir fiel ein, wie in der Gasse vor ihm die Kinder geknixt und »Guten Abend, Herr Regen« zu ihm gesagt hatten. Er stützte sich auf ein gelbes Stöckchen und kam langsam mit wischenden Füßen und wie einer näher, der einen Schlaganfall gehabt hat und deshalb nicht mehr ganz hierhergehört. Sein Gesicht war ein unbewegter, fetter Schild, aus dem es mich blausteinern ansah.

Senta zog mich auf die Seite; knixte sie, als wäre sie bei Hof auf einem Fest, und ich verbeugte mich.

»Zu dem sagen doch die Kinder ›Herr Regen‹, nicht wahr?«

»Nun ja, die Kinder . . .«, sagte sie und sah mich abweisend an. Also wollte sie, daß ich nicht weiterfragte. Vielleicht konnte es gefährlich für mich werden, wenn ich in sie drang, obwohl die Drommersheimer Erlebnisse alles andere als behaglich für mich waren; aber um einige Grade schlechter konnte es immer kommen, und schließlich war ich in der Gewalt der Drommersheimer und auf ihre

Nachsicht angewiesen. Also schön brav sein, die Senta ist eine Aufpasserin, eine Spitzelin oder Bewacherin, und du bist neugierig darauf, was hier passiert; verdirb dir nichts und füge dich ein.

»Du ermahnst dich zur Loyalität, das ist schlau«, sagte Senta. »Übrigens: gegen den Dicken im schwarzen Lüsterjäckchen können wir alle nichts machen, auch der Statthalter nicht. Du wirst es schon noch merken.«

»Weißt du, was er in seinen Taschen hat? Die müssen doch vollgestopft sein, sonst hingen sie nicht so tief herunter.«

»Es heißt, er sammle abgeschnittenes Haar, wahrscheinlich weil er früher Friseur gewesen ist. Jetzt hat er eine Rente . . . Du weißt, daß das Haar in den Gräbern weiterwächst, auch wenn der Leib tot ist?«

»Nein.«

»Dann erfährst du's jetzt. Gut, daß dir die Drommersheimer etwas Neues sagen können.«

Wir kamen zum Bahnübergang, dessen Schranken geschlossen waren. Dahinter führten rostige Schienen vorbei, und Senta sagte, das sei ein totes Gleis. Daß hinter den Drahtgehängen der Schranken der Boden grasig überwachsen war und überm Schotter zwischen den Schienen vergilbte Halme sich bewegten, gefiel mir, weil es die Illusion verstärkte, es hätte sich seit meinen Knabenjahren, als ich drüben den Bahnwärter besucht hatte, nichts verändert. Neben den Schranken war ein Durchgang mit einem Pfosten, auf dem sich ein Speichenkreuz drehte, der jeden, der hinüberging, einzeln in seine Zange nahm.

So kamen wir auf die andere Seite. Rechts stand das Bahnwärterhaus mit teerpappebedecktem Hasenstall und engem Garten. Senta führte mich vor ein Fenster, wo ich ins Zimmer hineinsah. Ich wollte weggehen, weil ich dachte, man könne uns hier stehen sehen, aber sie hielt mich fest und sagte: »Denen dort drinnen sind wir doch gleichgültig.«

Die Gattin des Bahnwärters saß auf einem Schemel zu Füßen des Onkels, eine gebräunte, breithüftige Frau mit hellem Haar. Sie reckte die Stupsnase, schob den weiten Rock zurecht, sah in ihre weichpolsterige Hand, lachte und zog einen Schuh aus. Ihr nackter Fuß rührte sich auf dem Teppich, die Hand ließ sie in den Schuh hinunterhängen. Der Onkel im Lehnsessel rieb sein Gesicht, als sei er zornig. Am Tisch saß der Bahnwärter im sonntäglich gebürsteten Uniformrock und spielte auf der Zither. Leise klang es heraus, er sang zum Spiel, und ich hörte seine kräftige Baßstimme: »Ein Schäfermädchen weidete . . .« Der Bahnwärter strich sich über den schwarzen Schnurrbart und drehte eine Spitze langsam aus. – »Ein hämischer Bursche. Der ist dem Onkel überlegen«, flüsterte mir Senta zu, und ich sagte: »Als Kind bin ich auch nicht aus ihm klug geworden. Schließlich hat er vom Onkel Geld genommen; auch den Teppich und die Möbel hat er sich von ihm schenken lassen.«

Ein Kind ging hinter uns vorbei. Wieder war es dieser Knabe im dunklen Samtkittel mit den abwesenden Augen; eine braune Locke berührte seine Schläfe. Er hielt ein grün gesprenkeltes Ei und eine Bussardfeder in der Hand. Die Lippen mit dem Flaum der Bussardfeder streifend, die Augen zum Ei gesenkt, ging er an mir vorbei. Ich folgte ihm bis zur Böschung, wo er in die Sonne schaute und das Ei mit der Federspitze durchstieß. Dann trank er's aus. – »Ein Raubvogel wirst du werden«, flüsterte der Knabe, hielt die Feder vor die Augen und sah zum Rand des Bahndammes hinauf, zu dieser grünen, von Schachtelhalmen flirrenden Grenze, die nun wasserflüssig wurde, als löse sie sich auf. Es war, als sähe ich den Bahndamm, die Geleise, das Bahnwärterhaus von weitem und von oben; ich hatte mich hineingestohlen in Raubvogelaugen und war entfernt von denen, die in der Stube saßen. Niemand konnte so weit fort sein wie ich vom Leidenschaftsgemisch

in der Bahnwärterstube, wo einer Zither spielte, eine breithüftige Frau einen Schuh auszog, und der Onkel im rohseidenen Anzug sich die Backen rieb.
»Sie hassen Leidenschaften und wollen Friede. Kennen Sie den Knaben?« sagte jemand hinter mir.
Ich wandte mich um. Der Bahnwärter lehnte am Hasenstall, in der Hand einen Trommelrevolver, der aufgeklappt war; in seinem Lauf steckte eine Bürste.
»Der Knabe? Das bin ich. Und Sie machen also Ihre Waffe sauber. Werden Sie sie einmal brauchen?«
»Ja. Aber nicht gegen die da drinnen.« Er deutete auf das Haus. »Dafür bin ich zu feig.«
»Zum Selbstmord gehört am meisten Mut«, unterbrach ihn Senta. »Und der Knabe dort ergibt sich dem Raubvogelspiel.«
»Dieser Knabe ist wirklichkeitsblind«, sagte der Bahnwärter.
»Erlauben Sie, daß ich Ihnen widerspreche«, sagte ich. »Der Knabe sieht alles allzuscharf, deshalb treibt er das Spiel, das ihn befreit. Hier in Drommersheim ist so etwas geradezu erwünscht.«
»Nun ja, in Drommersheim . . .«, sagte der Bahnwärter, drehte an seiner Schnurrbartspitze und fügte, indem er rasch und scharf zu mir aufschaute, hinzu: »Sie sind mit dem herrschenden Geist einverstanden?«
»Wenn ich wüßte, was Sie mit ›herrschendem Geist‹ meinen . . .«, sagte ich.
»Machen Sie mir doch nichts vor. Sie dürfen ja nicht offen reden. Kein Wunder bei dieser Begleitung.« Und er sah Senta an, die zu ihm sagte:
»Sagen Sie ihm doch die Wahrheit, klären Sie ihn auf.«
»In den Zeitungen steht, man dürfe sagen, was man denkt, aber keine Zeitung schreibt, was viele denken. Dieses Drommersheim ist eine Gründung bourgeoiser Kreise. Die Begüterten haben es aufgerichtet. Sie wollen alte Häuser,

und wir wollen neue. Sehen Sie denn nicht, daß sogar die Eisenbahngeleise dick verrostet sind? Es gibt hier keine Eisenbahn.«

»Wenn sie nicht benötigt wird, warum soll man sie dann in Betrieb halten? Seien Sie doch froh, daß Sie ihre Ruhe haben. Gäbe es die Eisenbahn, und Sie müßten Streckenwärterdienste leisten, dann sagten Sie: Es ist eine Schinderei, nicht mal einen richtigen Feierabend habe ich.«

Der Mann drehte sich um. Senta wollte weitergehen, und wir kamen auf einen sandigen Weg unter Tannen, wo Leute spazierengingen, alle in altmodischen Kleidern. Ich fragte sie, ob das Unbehagen des Bahnwärters seinen guten Grund habe, und sie erwiderte: »Ja. Weil es bei ihm zu Haus nicht stimmt. Kein Wunder, wenn dein Onkel immer wieder zu seiner Frau kommt. Und weil er häuslichen Ärger hat, sagt er: Ganz Drommersheim ist schlecht, morsch, faul, oder: Schuld hat die Regierung. Aber so ist es ja überall.«

»Dann habt ihr also auch Ärger mit Unzufriedenen? Schade. Weißt du, ich habe gedacht, bei euch sei alles friedlich.«

»Der Statthalter will diesen Zustand auch erreichen, aber wo ist's möglich? Vielleicht ganz weit drüben, das kann schon sein.« Und sie deutete schräg nach oben. »Aber jedenfalls nicht hier im Zwischenland.«

Die Flußauen breiteten sich aus, von lila Schatten gekühlt. Das Tal war weit und sanft. In den Wäldern stand eine Burgruine wie ein leerer Lehnsessel aus Stein. Ein Mann mit einer langen Pfeife ging über die Wiesen, rauchte und sang. Den steifen Strohhut im Nacken, ging der beleibte Mann an hohen Schilfstauden vorbei zur Flußbiegung hinunter, wo Wasser von zackigen Felsen tropfte. Die Tropfen klangen, es plumpste und gurgelte im glatten Wasser; das waren Aale, die in den Fluß schlüpften. Als Kind hatte ich das oft gesehen. Der Mann, der drüben

rauchte und sang, glich einem Bankier, mit dem mein Vater befreundet gewesen war, und wieder kam der Knabe, der ich war, auf uns zu; er hielt einen Flitzbogen in der Hand und schaute auf den Weg, als er zwischen Senta und mir hindurchging. Er schoß hinter uns einen Pfeil in den Himmel und sprang übers nasse Gras, das unter seinen Schuhen schwappte.
»Warum der mich nie erkennt?« fragte ich Senta.
»Weil er ein anderer ist als du.«
»Dann ist der also tot und lebt in Drommersheim?«
»Tot gibt es nicht. Alles was ist, besteht für immer.«
»Aber es gibt doch nur Vergangenheit?«
»In der Vergangenheit ist alles ewig.«

Wir sahen Drommersheim im Abendlicht, und es erschien so alt, wie ich noch keinen Ort gesehen hatte, obwohl seine Häuser auch nicht älter waren als die anderer Städte, deren frühere Gestalt erhalten geblieben war. Trotzdem hatte diese hier etwas Eigentümliches, das mir nirgendwo begegnet war, denn Drommersheim erschien wie ausgebrannt. Die Häuser, die gelbe Flanke der Residenz, der Dom mit grüner Kuppel, dazwischen die Gärten und die Treppen an den Hängen, dies alles lagerte löcherig und schrundig, eine von vielerlei Gängen durchzogene Fluchtburg, in rauchig rotem und dunstigem Schein. Der Fluß und der Hügel wurden von Nebel aufgelöst, so daß der Ort zu schweben schien. Der Himmel hatte schräg hochgekämmte Wolkenfransen, als wüchsen sie aus den Tuffhöhlungen der Stadt empor.
»Ja, Drommersheim vergeht, du kannst's abwarten«, sagte Senta.
»Ich denke, ich bin mindestens noch eine Nacht bei euch?«
»Eine Nacht schon . . .«
Also war's auch bald zu Ende, ich konnte es abwarten; gut, daß mich Senta jetzt einweihte, dann brauchte ich mir nicht

einzubilden, ich könnte hier heimisch werden. Und ich redete in Gedanken mit mir selbst, sagte: ›Ja, das gefiele dir, hier die Vergangenheit durchwandern und zu jeder Stunde etwas Neues entdecken dürfen . . . Hier ist's nicht so wie drüben, wo man immer alles schon im voraus weiß. Und da du glaubst, vom Vergangenen sei vieles besser als vom Gegenwärtigen, müssen es Senta und die Ihren darauf anlegen, dir den Aufenthalt zu verleiden, sonst werden sie dich nicht mehr los.‹

»Die Kehrseite eures Lebens habe ich bis jetzt bloß ahnen können«, sagte ich.

»Das sagst du nur, um dich vor dieser Kehrseite zu schützen. Aber du kannst beruhigt sein: wir stellen dich ihr auch noch gegenüber.«

Wir gingen über die Brücke. Ein Soldat mit hohem Lacktschako, die Raupenkette unterm Kinn, trat aus einem Schilderhaus und sagte: »Bitte schön, den Brückenzoll entrichten.« Aber dann erkannte er Senta, salutierte und ließ uns vorbeigehen. Es war ein Bursche mit jung sprossendem blondem Bart in einer Uniform, die gelblichweiß wie lange in einer Truhe gelegene Kleider war und deren Altersfarbe keine noch so gründliche Wäsche entfernt.

Durch einen Torbogen ritt ein Mann im silbernen Brustpanzer mit kurzer Purpurtoga, ohne Helm; er war grauhaarig, ich kannte ihn, und Senta sagte:

»Jetzt hast du den also auch noch gesehen.«

»Ob es der echte ist, weiß ich trotzdem nicht.«

»Immerhin: eine gute Maske.« Senta lächelte, ich dachte: du hast etwas versäumt, und rehte mich nach dem Reiter um. Aber da gingen nur zwei Frauen in Kopftüchern und schwarzen Mänteln über die Straße, beide von langhaarigen Windspielen begleitet. Das Pflaster dröhnte unter den Rädern eines Ochsenkarrens, der Heu geladen hatte und gemächlich vorbeizog. Die grau überwölbte Straße schien in einen Felsen einzudringen, doch waren es Festungsbau-

ten, ein Turm und ein quer gelagertes Bauwerk in klassischem Stil, das an ein Jesuitenkolleg erinnerte, unter dem wir hindurchgingen. Brückenartig war hier Drommersheim gebaut. Unterm Gewölbe der Straße stapfte ein Esel mit zwei leeren Körben allein einer Goldmauer entgegen, die sich hinter einer Torwölbung ausstreckte.
Durch eine Seitengasse kamen wir zum Rathaus. ›Roter Herzfleck‹ hieß der Platz. Eine Hauswand hatte ochsenblutfarbene Tünche, verwaschen und mit nassen Flecken, und die Pflastersteine waren mit Moos ausgegossen. Olivfarbene Feuchte bedeckte das Rathaus, einen Bau, der gemeißelte Fensterkreuze und einen Erker hatte, dessen dunkle Butzenscheiben von Licht überrieselt wurden. Hier herrsche ›eine feine Gefälligkeit des Lichtes und des Mooses‹, sagte Senta und bedeutete mir, der Statthalter lege Wert darauf, daß eine ›gewisse grüne, matte und zinnschimmernde Stille‹ erhalten bleibe. »Das sind keine Worte, das ist gewachsene Geschichte und beständige Empfindung, die er nicht ausgelöscht haben will«, fügte sie hinzu, und ich dachte: ›der muß Sorgen haben, wenn er sich darum kümmert.‹ Aber ich war froh, daß es heute wenigstens in Drommersheim einen Statthalter gab, dem so etwas wichtig war.
»Dann erledigt er seine Staatsgeschäfte nebenher, ironisch und mit leichter Hand? Das ist beruhigend. Einen solchen Politiker habe ich mir oft gewünscht.«
»Wenigstens begegnet er dir hier in Drommersheim. Eine einmalige Gelegenheit!« sagte Senta und hob den Zeigefinger. »Übrigens wartet er auf dich. Du bist zur Audienz bestellt. Ich darf dich führen.«
»Zur Audienz?« Ich sah an mir herunter.
»Wenn du nicht gemerkt hast, daß Kleidersorgen keinen Drommersheimer quälen . . .«
»Ja, es ist beschämend. Das haftet mir halt noch von drüben an.«

Vor der Rathauspforte, einem engen Eingang, saß ein Soldat auf ausgetretenen Treppenstufen, den Säbel zwischen den Knien, und wischte seinen Tschako mit einem roten Taschentuch aus. Als er Senta erkannte, stand er auf und öffnete uns die schwere Tür, in die eine lebensgroße Madonnenstatue eingelassen war, ein schwarzes Schnitzwerk von gotischer Strenge und durch blauen Glashintergrund entrückt, obwohl ich dicht davorstand. Senta sagte: »Berühre es«, und ich griff nach der Mondsichel, auf der die Madonna stand; es war, als spürte ich Wasser an den Fingern. Wir gingen dann allein über die Treppe. Innen war das Rathaus leer, verlassen, altersschwarz. In einem Saal mit grauem Boden und Gobelins neben den Fenstern wurde auf einem Podium ein Baldachin von schrägen Lanzen festgehalten, eine Art dünnen Goldstoffzeltes mit schwärzlichen Fäden, ein langer Teppich, der so ausgespannt war, daß er ein Zelt andeutete; an den Seiten und vorne war das Zelt geöffnet.

Senta schaute sich um, schüttelte den Kopf und ging mit mir in die Vorhalle hinaus, wo sich eine Kapelle öffnete. Es war ein Raum mit Kreuzrippen, in dem nur wenige Leute Platz hatten und der leer war. Senta knixte vor dem Altar und bekreuzigte sich. Das Altarbild war geschwärzt, und ein Männerkopf schaute heraus, der den Weltenherrscher darstellen mochte, doch kam mir's vor, als wär es ein profanes Bild.

Wieder auf dem Platz vor dem Rathaus, fragte ich, ob dies alles gewesen sei, und Senta erwiderte: »Jawohl. Genügt's dir nicht?«

Dämmerung herrschte, es war fast Nacht. Eine weite Krinoline schleifte violett und rosafarben an mir vorbei. Wir kamen in ein dunkles Viertel. Die Straße war leer und senkte sich; zu beiden Seiten standen einstöckige, wohl vor hundertdreißig Jahren erbaute Häuser. In einem Erker

brannte eine Kerze. Ich dachte: ›es ist gut, daß Senta keine harten Absätze hat, denn so hört man unsere Schritte kaum‹; auch ich trug Gummisohlen.
Sie blieb dann neben einer Gaslaterne mit geschweiftem und verschnörkeltem Kandelaber stehen, stellte den Fuß auf die Verzierungen am Rinnstein und sagte: »Jetzt weiß ich nicht mehr, wo es war. Aber weit kann es nicht sein.« Ich fragte: »Was?« und sie schüttelte den Kopf. Wir gingen weiter; es kam mir vor, als würden irgendwo Saiten eines Musikinstruments gezupft, und ich las auf einem Straßenschild an nasser Wand das Wort ›Maygasse‹ in gotischen Bronzelettern. Dann saß in einem Durchlaß ein Mann mit tief in die Stirn gezogener Kappe auf einer Kiste, eingemummt in einen Mantel und vor sich eine Harfe. Wieder drehte sich Senta um, schaute zur anderen Straßenseite hinüber und trat nicht weit vom Harfenspieler in einen Hof. Ein Treppenhaus öffnete sich. Von unten fiel Licht auf langgestreckte, flache Stufen. – »Hier bleibst du stehen und wartest«, sagte sie, als wäre ich ein Kind, ging hinunter und blieb dann linker Hand, wo die Treppenmauer hell war und ein Kellergang abzweigte, vor einem Holzverschlag mit vergittertem Schiebefenster stehen, aus dem Licht drang. Sie sah hinein, unter der Brettertür überm Boden war eine Lichtritze, die ihre schmutzigen und derben, dicksohligen Schuhe beleuchtete, neben denen einer jener Schlangenfische lag, die mir schon draußen beim Einhorn-Wirtshaus aufgefallen waren. Dieser hier, ein dikkes Exemplar mit einem Kopf wie ein Karpfen und ausgestrecktem Schlangenleib, der die Schwanzspitze hob, war ausgeglüht, eine violette Hülse, die das Maul aufsperrte und vom Licht der Türritze durchdrungen wurde, als wäre er aus Celluloid. Senta schaute durchs Gitterfenster, der Harfenspieler war von fern zu hören, und hinterm Bretterverschlag bewegte sich etwas, als wälze sich ein Leib auf einer Lagerstatt.

Mit erhobenem Kopf und starrem, ich dachte: unerbittlichem Gesichtsausdruck stieg sie dann langsam die Treppe herauf; in ihren Keilhosen und der schwarzen Lederjacke sah sie befremdlich aus. Ich folgte ihr, wir kamen wieder auf die Straße mit den einstöckigen Häusern, und ich sah in den Durchlaß hinein, wo der Harfenspieler gesessen hatte. Er war nicht mehr da.

Wir überholten einen Mann, einen untersetzten Kerl in schwarzem Wollmantel, einen barhäuptigen Menschen, kräftig, fast beleibt und das Haar überm runden Schädel kurz geschoren; sein Hinterkopf fiel zum Nacken gerade ab. Im Lampenlicht sah ich eine fleischige Nase unter einer starkknochigen Stirn. Jetzt ging er hinter uns. – »Der kennt mich«, flüsterte Senta. »Er wird dich gleich ansprechen.«

Nach einer Weile ging er an mir vorbei, drehte sich um und sagte: »Hallo, Alois!« Breit, die Hände in den Taschen, stand er vor mir. »Daß ich dich hier treffe, hätte ich nicht gedacht. Diplomatenkarriere aufgegeben, was?« Und er lachte. »Aber daß ihr zwei wieder zusammen seid, wundert mich einigermaßen.«

»Das ist kein Wunder«, sagte Senta.

Er sah mich an, schien unsicher zu werden oder etwas zu überlegen und sagte: »Entschuldige, daß ich dich so grob angesprochen habe. Ich verstehe, wenn ihr allein sein wollt. Aber ihr besucht mich in der ›Spiegelhütte‹? Du, ich habe frische Tütchen hereinbekommen!« Und er lächelte verschmitzt und schnalzte mit den Fingern: »Ich sage dir – einfach deliziös!«

Er entfernte sich schnell. – »Gibt es hier auch eine *Spiegelhütte*?« fragte ich.

»Ja. Nur ist sie eleganter als die in der Stadt.«

»Wie heißt der Mann?«

»Es ist ein gewisser Louis Hecht, ein Selfmademan. Oh, der ist reich geworden! Wir kennen ihn seit Guadeloupe.«

»Wir?«
»Ja, entschuldige schon . . . Es ist mir so herausgefahren. Ich kenne ihn seit Guadeloupe, wo wir früher gewesen sind. Oder erinnerst du dich nicht mehr an die Inseln über dem Winde?«
»Wie heiße ich für den?«
»Alois Landgraf. Du bist ein gebürtiger Bayer. Aus Regensburg.«
»Ja, ich bin aus Regensburg, das stimmt. Seit dem dreizehnten Jahrhundert gibt es uns dort; ich meine jetzt die Gravenreuther.«
»Ich habe an Alois Landgraf gedacht«, sagte Senta.
»Eine vertrackte Geschichte, findest du nicht auch?«
»Aber amüsant. Warte nur, sie wird noch spannend.«
»Mir kommt's vor, als rutsche ich langsam aus meinem Leib heraus. Und was hat dieser . . . Louis . . . Hecht – so heißt er doch? – mit dem ›Tütchen‹ gemeint?«
»Kokain. Eine seiner vielen Liebhabereien. Bei uns kann jeder Rauschgift kaufen, falls er das Risiko auf sich nehmen will. Wenn er im Rausch erwischt wird, geht's ihm natürlich schlecht. Die Händler werden nicht behindert, weil sie nicht schnupfen.«
»Dann seid ihr also eine Besserungsanstalt?«
»Das weiß ich nicht. Ich will dich nur mit unsern Bräuchen bekannt machen, damit du dich eingewöhnen kannst.«
»Dafür bin ich dir dankbar, weil ich ja nun einmal hier sein muß.«
»Übermäßig freundlich klingt das nicht. Aber ich weiß schon: bei uns herrscht keine angenehme Lebensluft.«
Es hörte sich bedrückt an. Ich sagte: »Angenehme Lebensluft – wo gibt's die schon, ich meine: heutzutage . . .« Wir standen vor Bahnschranken, und dahinter glitten erhellte Schnellzugwagen vorbei; in den Coupés bereiteten sich die Passagiere zum Aussteigen vor; eine Dame im grünen Pullover bürstete vor dem Fenster ihr Haar aus dem Nak-

ken herauf, und ein Herr im grauen Mantel ging hinter ihr durch eine Schiebetür. Die Menschen bewegten sich in erleuchteten Kammern, die vorüberschwebten. Das gefiel mir, ich sehe gern erhellte Züge in der Nacht, nur wunderte es mich, daß dieses Drommersheim Schnellzugstation sein sollte, abgesehen davon, daß der Bahnwärter gesagt hatte, hier fahre keine Eisenbahn mehr. Ich fragte Senta, wie es damit stehe, sie sagte: »Der Bahnwärter ist doch ein Querulant; nur seine Strecke ist stillgelegt, das ärgert ihn; aber dem wird kein Zug mehr anvertraut ... Im übrigen täuschst du dich über uns und hast noch lange nicht alles gesehen, was Drommersheim zu bieten hat.«
Aus einer Unterführung kamen zwei Männer herauf; der eine spreizte die Hände, als balle er Unsichtbares. »Und eine mit solchen dicken Brüsten und ganz schwarz ...«, hörte ich, worauf Senta sagte: »Also, was willst du mehr?«

Ich fragte sie in der Maygasse: »Wie war jener Alois Landgraf?« und sie antwortete: »Abwesend und elegant, etwa so groß wie du. Du weißt, daß du ihm gleichst?«
»Wahrscheinlich wäre ich sonst nicht nach Drommersheim gekommen. Aber elegant bin ich doch nicht?«
»Das hängt nur vom Kostüm ab. Du bist zwar ein bißchen abgerissen – man kann auch schäbig sagen –, aber wenn du Gelegenheit hättest, dich fein anzuziehen, wärst du wie er. Ich meine jetzt nicht nur das Äußere, denn ein eleganter Mann ist auch in einem schäbigen Rock elegant.« Dann schwieg sie, sah in die Nacht und fügte nach einer Pause hinzu: »Jetzt ist der Landgraf allerdings auch nicht mehr elegant.«
»Woher weißt du das? Ist er hier?«
»Ob er hier ist oder anderswo, spielt keine Rolle. Ich weiß es nur.«
Gut, sollte sie es also wissen. Woher sie ihr Wissen hatte, kümmerte mich nicht. Er mußte wohl so etwas wie ein

Zwielicht-Mann gewesen sein, wahrscheinlich weil er alles aus einem Abstand sah wie ich. Also ein Unbeteiligter, vielleicht aus Schwäche oder Melancholie oder aus beidem. War Melancholie immer ein Zeichen von Schwäche oder von Schwere? Es kam darauf an, ob man selber zu den Melancholischen gehörte, dann glaubte man, Melancholie entstehe aus einer gewissen Schwere der Empfindung oder werde von Zweifelsucht bestimmt. Wahrscheinlich gab's keine klare Antwort darauf, und Senta mußte sich damit begnügen, festzustellen: Alois Landgraf oder Franz Anton Gravenreuther sind melancholisch. Ich sagte ihr dies im Weitergehen, sie stimmte mir zu und war nur mühsam dazu zu bewegen, vom unbekannten Landgraf wenigstens andeutungsweise zu erzählen. Ich fragte nicht, ob sie den meine, der ihr Mann gewesen war und ebenso geheißen hatte.

»Ein Grauäugiger, was selten ist. Meistens heißt es: er hat graue Augen, und wenn du genau hinschaust, sind sie bläulich«, sagte Senta. »Jedenfalls ist es mir so vorgekommen, als wäre er nie richtig da. Das ist natürlich immer anziehend, weißt du. Und dünne Anzüge hat er getragen, alle aus glattem Stoff. Er war schwarzhaarig, das hat zu Südamerika und zu Guadeloupe gut gepaßt. Er gehörte dorthin. Gearbeitet hat er wenig. Oft ist er auf seiner Veranda gesessen und hat zugesehen, wie sich die Blattpflanzen unter den Schattenschraffuren der Jalousieritzen bewegt haben. Kaufmann war er, der Handel ist sein Lebenselement gewesen, wenn du so willst. Also ein Bleicher, Schlanker, Hochgewachsener mit grauen Augen, der selten geschwitzt hat. Bloß auf der Stirn habe ich bei ihm Schweißtröpfchen gesehen, ein Zeichen für gute Herztätigkeit. Das heißt: sein Kreislauf war intakt.«

Es kam mir vor, als gliche ich ihm nicht, denn ich war weder bleich noch schlank; allerdings, ich war auch hochgewachsen, glaubte aber von mir zu wissen, daß ich braune

Augen, breite Schultern und ein Gesicht hatte, das trotz der Gefängnishaft weder bleich noch fahl war. Dann erinnerte ich mich wieder ihrer letzten Worte und daß sie von seinen Schweißtröpfchen auf der Stirn erzählt hatte. Deshalb sagte ich:

»Gute Herztätigkeit meinst du also im medizinischen Sinn. Hat er nie einen Autounfall gehabt, ist er nie nervös geworden?«

»Nein, das nicht. Aber wie kommst du auf Autounfall?« Sie blieb vor mir stehen und sah mich glitzernd an.

»Aus keinem speziellen Grund. Ich denke nur: er hat also Automobile gehabt. Und daß du dann an einen Unfall denkst, ist nicht außergewöhnlich.«

»Ja, er hatte einen schweren, einen schwerwiegenden Autounfall mit bedenklichen Folgen. Aber ihm ist nichts passiert.«

»Und wie ist's seinem Beifahrer ergangen?«

»Es war keiner dabei.«

»Aber vielleicht eine Beifahrerin. Oder ist das unmöglich?« Sie sah geradeaus und sagte, den Kopf hoch aufgerichtet, wobei ihr Hals im Schein einer Laterne weiß war: »Lange weiße Automobile waren seine Schwäche. Schmuck, teure Stoffe, alte Möbel, die kamen ihm zu. Von Automobilen waren es immer solche, die vorne höher erscheinen als hinten, also an Fische erinnern und aussehen, als trügen sie eine dünne Schicht aus weißem Phosphor, solche, von denen ich immer gedacht habe: nachts leuchten sie grünlich. Diese Farbe siehst du, wenn du ein glühendes Zigarettenende in rotem Licht betrachtest, dann wird es glasig grünlich.«

»Mit Rauschgift hat er sich nicht abgegeben?«

»Doch. Aber nur Hanfprodukte und solche, die aus Mohnkapseln kommen, haben ihn interessiert, das heißt also: Pflanzengifte. Vor tierischen hatte er einen Abscheu, wahrscheinlich, weil ihn mit Tieren eine starke Sympathie verband. Der konnte lange einer Schlange oder Eidechse zusehen. Er hat einmal gesagt: ›Das Fell, die Haut, das Federkleid, den Pelz eines Tiers berühren, ist für mich außergewöhnlich.‹ Kannst du dir daraus seinen Charakter erklären?«

»Ich glaube, er hat sich gefürchtet. Deshalb war für ihn alles fremdartig.«

»Nein, das ist falsch. Mutig war er, von ihm ging etwas Kühnes aus.«

»Unter kühn und mutig kann ich mir nichts vorstellen. Du mußt ein Ereignis schildern; ich muß sehen, wie er sich verhalten hat, sonst kann ich nichts sagen.«

»Das will ich nicht«, sagte sie, und ich dachte: ›weil du sonst etwas von dir erzählen müßtest.‹

Der Landgraf war ein sonderbarer Bursche, aber das mit den Tieren konnte ich verstehen. Wenn ich von dem etwas erführe, wüßte ich auch über mich Bescheid, dachte ich, denn sich selbst kennt ja keiner. Ich fragte, ob sie glaube, daß ein Mensch sich im Lauf des Lebens ändere, und sie sagte: »Das sind nur Nuancen. Von Grund aus ändern kann sich keiner. Wenn man von einem sagt: Er ist im Alter mild geworden oder angriffslustig, so hängt das meistens mit der Veränderung zusammen, der sein Leib unterworfen ist. Allerdings kann's auch sein, er will später etwas ausprobieren, das er früher versäumt hat, aber das, was in ihm ist, bleibt gleich. Oder glaubst du nicht, daß die Seele fertig ist, sagen wir vom ersten Lebensjahre an? Später wird jeder höchstens vorsichtiger, außer er bekommt sich nicht in die Gewalt. Das Untere wird aber immer wieder nach oben gespült. Der Bodensatz bestimmt den Wein.«

Vieldeutige Weisheiten. Alles schwamm. Die Drommersheimer schienen träumerisch, inkonsequent zu sein; das war ganz nach meinem Sinn. Allmählich fühlte ich mich heimisch, wenigstens was diese unzusammenhängende und

der Gedankenflucht verwandte Art des Nachdenkens betraf. Wir kamen in den inneren Bezirk des Orts, der städtisch war. Dies überraschte mich. Kutschen und Automobile fuhren fast lautlos vorbei. Es war die Stunde der Geschäfte. Drüben stand ein dunkles Palais mit hohem Giebel und Halbsäulen. Im Erdgeschoß hatte es Fenster wie für eine Wohnung, die als Schaufenster dienten; im einen lag eine Krokodilledertasche, ein anderes war verhängt von einem Vorhang, und unten, wo der Vorhang hochgezogen war, gingen Füße in seidenen Strümpfen vorbei, einer weißen Seide mit kunstvoller Durchbruchstickerei, in die jene halbmythischen Schlangenfische eingewoben waren, von denen ich bis jetzt nur zwei gesehen hatte. Weiter unten lief ein Brunnen laut plätschernd in einem dunklen Hofviereck, die Wasserstrahlen vom Mondlicht gefärbt.
Auf den Trottoirs war Eleganz zu sehen, die nur entsteht, wenn sich die Mode einem altmodischen Ideal angleicht. Ich sah geschweifte Absätze, Schuhe mit Lederrosetten und Kleider, die wasserfallartige Rüschen zierten; eine Dame im Reitkostüm mit Zylinder und gefälteltem, gestärktem Fichu schwebte vorbei; zwei Frauen trugen chinesisch flache Hüte, die von Bändern unterm Kinn gehalten wurden, und eine Einzelgängerin hatte einen Florentinerhut mit künstlichen Blumen aufgesetzt. Für Herren schienen Schoßröcke modern zu sein, meistens olivgrün oder sandfarben; selten hatte einer Bügelfalten in den Hosen. Es herrschte eine weiche Nacht. In meinem alten Mantel fiel ich nicht auf, nur wurde er mir jetzt zu warm. Hier konnte jeder gekleidet gehen, wie es ihm behagte, und neugierigen, herablassenden oder spöttisch abschätzigen Blicken waren Senta und ich nicht ausgesetzt. Im Gegenteil, die Mienen der Passanten schienen Achtung zu spiegeln, wahrscheinlich weil sie wußten, wer Senta war, denn es kam mir vor, als kennten sich hier alle.
Ich mußte wieder an den Landgraf denken, der mir glei-

chen sollte. Es wäre merkwürdig, wenn er mir hier begegnete, sagte ich zu mir selbst. Ob ich ihn erkennen würde? Vielleicht war er schon an mir vorbeigegangen und ich hatte ihn nicht beachtet. Ein seltsames Gefühl, wenn man weiß: hier gibt's irgendwo einen, der dir äußerlich gleicht und auch sonst ähnelt, aber besser lebt als du. Neidisch auf ihn war ich nicht, aber neugierig. Es beunruhigte mich, obwohl Unruhe, Unsicherheit und das Gefühl, auf nachgiebigem Boden zu gehen, mir seit der Kindheit vertraut waren; bis heute hatte sich nichts geändert.
Der lebte also elegant und sorglos. Er konnte tun, was er wollte, es geschah ihm nichts. Auch nach jenem geheimnisvollen Autounfall, über den sich Senta ausschwieg, hatte er keine Unannehmlichkeiten auf sich nehmen müssen. Er war einer, der mit Rauschgift handelte, als wären's Autoreifen oder irgend etwas anderes, das jedermann notwendig brauchte, während ich für dieselbe Tätigkeit sieben Jahre als des Teufels rußiger Bruder in einer Strafanstalt hatte verbringen müssen. Und ich fragte Senta, ob sie wisse, was er jetzt tue und wie's ihm gehe.
»Hör auf mit dem Landgraf, ich will nichts mehr von ihm wissen. Jedenfalls heißt es, er sei nicht zu beneiden.«
»Seit wann geht es ihm schlecht?«
»Seit heute abend. Er ist mit demselben Omnibus wie du nach Drommersheim gekommen.«
Das war eine Nachricht ... über die konnte ich nicht einmal den Kopf schütteln. Sie bewies nur, daß ich in ein Netz von Zusammenhängen geraten war, das ich nicht durchschaute. Von denen, die das Netz knüpften, wußte ich auch nichts, und den Sinn des Ganzen sah ich nicht ein, außer ich glaubte wie die Drommersheimer ans Absurde. Und im Gehen auf der belebten Straße, deren Wagenverkehr mir ruhiger und gedämpfter vorkam, als ich es von früher gewohnt war, fielen mir Verse eines Gedichts ein, das so aufhörte:

»Kein Heiliger, der's nicht aus dem Sünder wurde,
Und ewige Wahrheit bleibt nur das Absurde.«

»Woher kennst du das?« fragte Senta laut.

»Ich weiß nicht mehr . . . Oder warte . . . Nein, ich weiß es nicht. In der Strafanstalt ist es als Kassiber von Hand zu Hand gegangen. Uns Ausgestoßenen hat es gefallen. Den Enttäuschten gefällt Zynisches ebenso wie den Empfindlichen.«

»Die Verse muß ich meinem Vater sagen. Sicher interessiert sich auch der Statthalter dafür. Du mußt sie mir in der *Spiegelhütte* aufschreiben, erinnere mich bitte daran.«

»Gern. Nur kann es sein, daß ich es vergesse.«

»Dann vergißt du's halt. Ich meine: wenn du es vergessen sollst, vergißt du es; es soll so sein.«

»Aha, Fatalismus. Der ist mir auch gemäß«, sagte ich und versuchte, mir die Passagiere im Omnibus vorzustellen, weil Senta gesagt hatte, Landgraf sei auch darin gesessen. Also, da war einmal der Chauffeur, der konnte es nicht gewesen sein . . . Und die alte Frau mit dem Henkelkorb voll toter Rebhühner auch nicht . . . Der Mann mit dem wie durchscheinenden Gesicht, dem weißen Haar und der randlosen Brille, der ebensowenig. Und dann war nur noch ein Mädchen in den roten Ledersitzen gesessen, ein halbes Kind, das abwesend gelächelt und seinen hellblauen Regenschirm vor den Knien gedreht hatte. Wer von diesen Landgraf gewesen sein sollte, konnte ich nicht herausfinden; es blieb nur noch der Chauffeur, und dem hatte ich ins Gesicht gesehen und Geld von ihm herausbekommen, als er mir mein Billett gegeben hatte. Trotzdem konnte ich mich nicht mehr an ihn erinnern und tröstete mich mit dem Gedanken: wer erinnert sich schon an sein eigenes Gesicht. Senta lächelte neben mir. Jetzt lächelte sie höhnisch.

Wir waren in einer engen Gasse mit hohen Häusern und schmalen Trottoirs. Ich ließ Senta vorausgehen. Sie drehte

sich immer wieder nach mir um, als fürchte sie, ich könnte ihr entwischen. Keine Angst, ich blieb schon da und fand mich mit der Rolle ab, die ich hier spielen mußte. Wäre ich weggelaufen, so hätten sie mich spätestens am Einhorn-Wirtshaus aufgehalten und wieder in den Ort zurückgeschickt, wo Senta mich erwartete.
»Hier bin ich also für die anderen ein anderer. Ich habe mich damit abgefunden, kein Wunder bei einem alten Gefängnisbruder«, sagte ich zu ihr.
»Es ist nur gut für dich, wenn du so denkst«, gab sie zurück.
Jetzt war es kalt. Ich glaubte, Schneeluft zu riechen, wunderte mich aber nicht darüber und knöpfte meinen Trenchcoat unterm Kinn zu. Im Wind wehten spitze Schneekörner und stachen mir in die Backen. Veränderliches Drommersheimer Wetter . . ., dachte ich und ging auf dem schmalen Trottoir voraus, damit mich Senta im Auge behalten konnte. Ein Mann, dem ich ausweichen mußte, kam um die Ecke, ein korpulenter Herr mit rosigem Gesicht, gerötet von der Winterkälte, der leis schnaufte, als trieb er üppigen Gestaden der Nacht entgegen, ein Herr mit Pelzkragen und großer Nase. Senta schaute ihm nach und sagte leis: »Wenn ich mich nicht irre, so war es Doktor Zotz.« Sie schaute auf den Boden: »Doktor Benno Zotz, Minister für Wirtschaftspropaganda. Das ist der Gegenspieler unseres Statthalters, mußt du wissen.«
»Das muß ich gar nicht wissen. Minister haben mich nie interessiert«, antwortete ich.
»Sei doch nicht so dumm und verderbe uns das Konzept.«
»Welches Konzept? Wenn ihr schon einen armen Teufel wie mich zu dunklen Geschichten mißbrauchen wollt, dann sagt ihm wenigstens, um was es geht.«
»Gleich . . . Sofort. Warte noch eine Weile, ich sehe auch nicht klar.« Sie schien unruhig zu werden, betrachtete im

Gaslicht ihre von Schrunden gefurchte und zerarbeitete Hand, die fleckig rot war, und fügte nach einer Weile hinzu: »Was glaubst du, wie ich es bereue, daß ich zu dir gesagt habe, du verdürbest uns das Konzept.«

Es gefiel mir, daß sie's zugab. Sie sah an einer der alten, dünn mit Schnee belegten Häuserfassaden hinauf, deren Gesimse schimmerten; einzelne Fenster waren orangefarben erleuchtet, lauter friedliche, mit Spitzengardinen verhängte Zufluchtsräume empfindlicher Leute, die sich vor der neuen Brutalität fürchteten. Ich sagte dies zu Senta, die mich groß anschaute und flüsterte: »Also haben wir uns in dir nicht getäuscht.«

»Wollt ihr hier das Alte konservieren, ich meine: eine versunkene Lebensform? Drüben auf dem Corso bin ich fast nur altmodisch gekleideten Herrschaften begegnet. Die waren merkwürdig elegant.«

»Es ist so, wie du sagst. Der Statthalter ist von gestern. Ich bin es auch.«

»Dann wackelt also euer Traumstaat und ihr wißt: aus ist der Traum . . . Aber ihr glaubt doch an die Vergänglichkeit, ans Absurde und daß nichts einen Sinn hat. Das ist hochmodern.«

»Nur zum Schein haben wir das alles aufgerichtet. Um allen Abtrünnigen entgegenzukommen, ihnen den Wind aus den Segeln zu nehmen. Um das Babylonische zu bannen, indem wir es beschwören. In Wirklichkeit wollen wir Ordnung, Glaube, Friede.«

»Und da ist also dieser Minister für Wirtschaftspropaganda der gefährliche Rebell? Der sieht mir recht behaglich aus.«

Sie sah sich um, schaute an den Häusern hinauf und flüsterte: »Komm, gehen wir weiter . . . Also, der Minister gehört nur aus primitiven Gründen zu den Babyloniern. Er will gut leben und nebenher ein bißchen den Mund vollnehmen. Das darf er gerne, wir haben nichts dagegen; er ist notwendig, daß ab und zu jemand eine Lippe riskiert.

Trotzdem unterhöhlt er alles, ohne es zu wollen; er ist naiv . . . Die Unzufriedenen aber warten auf einen Rebellen, und der heißt Alois Landgraf.«

»Derselbe, der mir gleicht? Du, das ist zum Lachen.«

»Für dich vielleicht, für uns leider nicht. Wie gesagt, fürs erste kann Landgraf nichts unternehmen, obwohl er mit dir hergekommen ist. Erspare mir bitte . . .«

»Jetzt wird mir manches klar . . . Ach *so* ist das . . . Dann muß also ich als Landgraf in Drommersheim auftreten und mich mit dir den Leuten zeigen, damit sie denken: der Rebell macht gemeinsame Sache mit der Reaktion. Sie sollen verwirrt werden.«

»Es kommt natürlich auch noch etwas anderes hinzu, aber im Grunde ist es so, wie du es von mir hörst. Nicht, daß ich dir etwas vorenthalten möchte, du sollst wissen, was hier gespielt wird, und ich weiß leider auch nicht mehr als das, was ich dir jetzt erzähle. Aber ich glaube, es geht dahinter noch etwas anderes vor, von dem ich keine Ahnung habe. Ich weiß nicht, was es ist, aber wer weiß schon, was mit ihm geschieht. Ich jedenfalls weiß es leider nicht. Mein Papu weiß ein bißchen mehr, aber er sagt's mir nicht, der Statthalter weiß mehr als der Papu und schweigt sich vor ihm aus, und wer noch mehr als der Statthalter weiß, davon haben wir wie gesagt alle keine Ahnung. Aber dieser Unbekannte existiert, dafür gibt es lebendige Beweise hier in Drommersheim.« Und Senta deutete in der nachtschwarzen Gasse auf ein vergittertes Abflußloch im Rinnstein, aus dem ein violett glänzender Fischkopf auftauchte, der seinen Schlangenleib durch die Gitterstäbe wand.

»So etwas ist gerade kein erfreulicher Beweis für eine Macht, die über dem Statthalter stehen soll. Ehrlich gesagt: mir graut's davor.«

»Mir auch. Aber wenn es dir graut, so beweist das, daß etwas Unsichtbares existiert; sonst würde es dir ja nicht grauen.«

Ich konnte nichts dagegen sagen. Es hörte sich phantastisch an, eine unglaubwürdige, nebeldurchdrungene Spekulation. Freilich, die Schlangenfische waren da, mit ihnen mußten sowohl alle Drommersheimer als auch ich rechnen. Trotzdem sagte ich zu Senta: »Eure Gedanken machen mir den Kopf schwer. Ich will etwas Leichtes haben, will heraus aus eurer stumpfsinnigen Melancholie!«

»Ich will auch heraus, aber wir gehen in die *Spiegelhütte*. Das ist ein Cabaret der Babylonier. Dort wird allerlei geboten. Du kommst auf deine Rechnung«, sagte sie.

»Ein staatlich genehmigtes Ventil der Leidenschaften also ... Dort darf man sich babylonisch gebärden, aber sonst muß man tugendhaft sein?«

»Nicht ganz. Du siehst nur eine Seite. Ungefähr stimmt es natürlich, was du sagst.«

»Also brodelt der allgemeine Lebensfluß auch bei euch. Ich meine den, der alles Alte wegschwemmt, damit sich Neues emporschaffen kann? Wer klug ist, freut sich darüber oder er nimmt's wenigstens gelassen hin. Aber ich als Melancholiker, der so tut, als wäre es ihm gleichgültig, während er in Wirklichkeit am Alten hängt, der hat's nicht leicht. Du hast's ja auch nicht leicht, dein Vater hat's nicht leicht, und der, der über dem Statthalter steht und den niemand sieht, der hat es wahrscheinlich am schwersten.«

Sie nickte, machte ›hm‹ und ging in der Gasse weiter, die auf einen kleinen Platz führte, wo junge Leute aus einem niedrigen Automobil stiegen und die Beine in engen Hosen streckten, daß es aussah, als würden sie unsichtbar von oben bewegt. Einer johlte, als Senta an ihnen vorbeiging; dann pfiff er leise durch die Zähne, winkte den anderen zu und preßte den Zeigefinger an die Lippen. So verschwanden sie aufrechten Ganges, gerade und steif in der finsteren Gasse.

»Du wirst gefürchtet. Die jungen Leute benehmen sich manierlich, wenn sie dich erkennen«, sagte ich.

»Ja, ein schlechtes Zeichen ... Wollen wir dort etwas essen?« sagte sie und deutete auf einen bläulich erhellten Glaspavillon. »Allerdings gibt es nur Milch und Mischgetränke, sogenannte shakes.«

»Das ist genau das Richtige für mich: Sanftes Essen, weder aufreizende Getränke noch ausschweifende Gedanken, dann wandelst du mild und freundlich in den Schlafbezirk hinüber.«

»Spotte nur«, sagte sie leise. »Du spottest ja nur über dich. Du bist auch einer, der das zerstören hilft, was er liebt. Oder er möchte es lieben, kann es aber nicht mehr lieben. Verzwickt, verzwickt.«

Wir lachten. Nichts hatte einen Sinn, und wir wurden weggeschwemmt und lachten.

Die Milchbar war von fahlem Röhrenlicht durchstrahlt, ein violetter Schein, der Tische mit Nickelbeinen, ein Büffet, weiß bemäntelte Bedienerinnen, Gäste und die Spiegelwand hinter der Theke zu toten Dingen machte; alle sahen aus, als wären sie in Wachs getaucht. – »Milch ist für den Magen ganz besonders samtig«, sagte Senta und pries das fahle Licht als Licht der Langeweile und des Leichenhauses in einer Zeit, die sich seltsamerweise wild gebärde und von Leben zu strotzen glaube, indes die Leichenhausbeleuchtung alles mumifiziere und austrockne. – »Da ist doch das Petroleumlicht etwas anderes, um vom Kerzenschimmer ganz zu schweigen. Aber heute wollen sie's so haben; wir mußten auch in Drommersheim das Totenkammerlicht einführen, sonst hätten viele revoltiert«, fügte sie hinzu und lächelte auf ihre unsichere, abwesende und wie mir jetzt schien: verängstigte Weise, während sie sich durch eine schwer bewegliche Glastür mit Nickelgriffen ins Innere drängte, wo Milchgeruch herrschte und die Leute in Mänteln an den Tischen, diesen lackschwarzen Palletten, saßen. Ein Stück Wand leuchtete himbeerrot, und der Boden war mit grünen Tafeln ausgelegt. Vor den Fenstern

hielt, überm Kotflügel eine steife Fahne, ein schwarzer Wagen. Neben dem Fahrer saß ein Mann mit leinener Sportmütze und Zigarre; er hatte ein frisches Gesicht und schwang sich aus dem Auto, die Grazie der Korpulenten um die Hüften, ein dunkelblau umhüllter Herr in weichflauschigem Mantel. – »Dort naht jetzt dein Minister«, sagte ich und deutete ans Fenster, wo sich ein großnasiger Kopf unterm Sportmützendach vorbeischob.
Er kam herein, glänzte jovial und fleischig, salutierte, winkte, schüttelte Hände, jetzt umringt von weißen Frauenmänteln wie ein Arzt bei der Visite. Dann durchpflügte er die hellen Hüllen, kam federnd herbei, verbeugte sich vor Senta, ließ seinen Mund über ihren Handrücken schweben und spreizte den kleinen Finger. Leise schnaufend richtete er sich auf, ein makellos Rasierter, und nickte der drallen Bedienerin zu, die ihm kichernd eine Flasche Joghurt brachte. »Ich liebe es mit einem Spritzer herben Sanddorns, Sie aber, Gnädigste, bevorzugen Honig, wenn ich nicht irre? Das steht Ihnen zu.« In beringter Hand rauchte seine Zigarre, und ein Diamantkorn blitzte an seinem kleinen Finger. – »Kein Bedarf an Süßigkeiten für die Gattin?« fragte Senta und führte den Daumen an die Nase, als nähme sie eine Prise Schnupftabak. – »Meine Frau schnupft anders«, sagte Zotz, spreizte die Finger, daß unterm Daumen die Sehnenmulde sich vertiefte, ließ unsichtbares Pulver in die Höhlung rinnen und führte die Hand tief einatmend zur Nase. – »So ist es am praktischsten, weil man auf diese Weise nichts verschüttet«, sagte Senta, und Zotz berichtete, nach seiner Art von einem Thema ins andere springend, er habe vorhin rasch Mantel und Hut gewechselt, denn im Pelz sei's ihm zu warm geworden: »Ich verfüge über eine Bürozimmerflucht, ein Glück, weil ich dann nicht von früh bis spät zu Haus sein muß. Hüte und Mäntel verwahre ich auch im Büro.« – »Sie Verwandlungskünstler«, sagte Senta und drohte ihm mit

dem Zeigefinger, doch blieb Zotz unerschüttert und rief: »Bloß keinen Neid!«
Also waren wir ihm vorhin in der Maygsse begegnet, und Senta hatte recht gehabt, denn dieser Korpulente, der immer noch seine Sportmütze trug, verwandelte sich, indem er seine Kleider wechselte. Unerkannt ging er durch die Stadt, ein freundlicher Voyageur und Kenner zärtlicher Genüsse, der sich unter die Menschen mischte, um die Wirkungskraft seines Amtes als Minister für Wirtschaftspropaganda ›gewissermaßen am Objekt‹ zu überprüfen. So drückte er sich aus, und Senta nickte ihm ernst zu, flocht eine sachkundige Phrase über den erhöhten Diskontsatz der Staatsbank ein und fügte hinzu, der Herr Minister werde die segensreiche Wirkung einer gleichermaßen sozialen wie weitschauenden Maßnahme beispielsweise im Etablissement ihres gemeinsamen Freundes Hecht oder in der Tänzerinnen-Pension Bollmann bereits festgestellt haben. Da wiegte Zotz den Kopf, verschränkte die Arme, schaute in seinen Zigarrenrauch und sagte zu mir: »Reden wir von realen Dingen. Sie wissen, daß ich mich zwecks Freizeitgestaltung als homme de lettres betätige und im Begriff bin, eine Studie psychologischer und sozialkritischer Art abzuschließen, betitelt: ›Die Resignation der Abgesunkenen‹. Sie können sich vorstellen, wie ich es mir denke« – er beschrieb einen Kreis mit der Zigarre –, »weil Ihnen als dem Angehörigen erlauchter Vorfahren die Materie vertraut sein dürfte. Wären Sie bereit, mir einige persönliche Aufschlüsse zukommen zu lassen, am liebsten in bekenntnishafter Form, die als document humain für meine Arbeit verwertbar wären?«
Der wußte also, wer ich war, und verwechselte mich keineswegs mit jenem ominösen Landgraf, von dem Senta erzählt hatte. Deshalb sagte ich: »Gerne, aber ich bin ungewandt, meine schriftliche Ausdrucksfähigkeit ermangelt einer gewissen Glätte, einer Politur, die dringend nötig

wäre, um Ihren Wünschen zu entsprechen. Übrigens stelle ich mir vor, daß einige Bemerkungen über die Decadenz bourgeoiser Familien im Hinblick auf die Rauschgiftstatistik Ihr Interesse stärker beanspruchen dürfte als irgendwelche vagen Äußerungen über mich selbst. Denn es bleibt immer nebulos, was man über die eigene Person berichtet.«

»Verkleinern Sie sich nicht, mein Lieber, würdigen Sie Ihre Fähigkeiten nicht herab, sonst denken alle: der kokettiert nur mit seiner Bescheidenheit. Es mag stimmen, daß Sie innerlich lädiert sind, kein Wunder, wenn man Ihre Herkunft bedenkt, aber immer wieder diese – Sie entschuldigen schon – Schneckenmentalität, die Sie zur Schau stellen – nein. In Wirklichkeit halten Sie sich für den einzigen, der uns, die Primitiven, die am schmutzigen Dasein Freude haben und anerkannt, ja bewundert werden wollen, bis in die zarteste Seelenfaser durchschaut. Also setzen Sie sich hin und schreiben Sie, es hängt für Sie viel davon ab. Das können Sie mir glauben!« sagte Zotz und richtete sich auf. Breit und groß, die Faust geballt, saß er am Tisch, aber lachen konnte ich trotz allem nicht über ihn. Der Mann war mächtig, und jetzt zeigte er sich, wie Mächtige sich gerne präsentieren: den Unterkiefer vorgereckt, blutvollen Gesichts mit großen blauen Augen und silberigen Schläfenhaaren. Dem hätte eine wallende weiße Perücke und ein Feldherrnstab zugestanden, wenn man siebzehnhunderteinundsechzig statt neunzehnhunderteinundsechzig geschrieben hätte. Und während ich ihm zusah, wie er rauchte, als hätte einer seiner Hofbediensteten eine Salutkanone abgefeuert, verschob sich sein grauer Seideshawl unterm Mantel, wobei ein hellblauer Stoffkragen, der wie bei einer Uniform unterm Kinn eng verhakt war, herausschaute. Der Kragen, von einer roten Biese eingefaßt, hatte keine Rangabzeichen, und an der Seite, wo die Brust begann, wurden die Zacken eines silberstrahligen Ordenssternes sichtbar.

»Ja, betrachten Sie nur meine bedeutsame Dekoration, sie ist die höchste Auszeichnung, die oberste Klasse des Ordens vom Violetten Einhorn, der hier verliehen wird. Der Alte konnte ihn mir nicht versagen, weil er weiß, wie wachsam die Babylonier sind; sie drängen hinter mir voran!« sagte Zotz und ballte die rosige Faust, an der das Diamantkorn wie die Spitze eines Schlagrings blitzte.
»Der ist nur geschwollen«, flüsterte mir Senta zu, aber ich war nicht sicher, ob sie recht hatte; es konnte alles anders sein. Dieser Bramarbas war ein neuer Typ in Drommersheim, und Senta wußte es; sie machte sich nur etwas vor. Vage sah sie über Zotz hinweg, rauchte eine übermäßig lange Zigarette und tat, als hörte sie nicht, was er großtönend verkündete.
»Sie sind nicht informiert, Sie befinden sich im Grau«, sagte er zu mir. »Lassen Sie sich aufklären, mein Grauer!« Zotz beugte sich über den Tisch und fuhr fort: »Er ist einer mit einer halbierten, stahlumränderten Brille. Er sieht Sie über seine halben Brillengläser nur ironisch an. Ja, er ist nur ironisch, weise und entrückt, ein Gütiger, der Friede will und den Frieden erhalten hat, aber es ist ein Friede ohne Blut. Ein korrekter, ein abstrakter, ein trockener Friede, der Gestriges konserviert. Sie wissen, daß er ein Madonnenbild in seinem Arbeitszimmer hat?« Zotz zog die Augenbrauen hoch, hob den kleinen Finger mit dem Diamanten und wiederholte: »Ein Madonnenbild, während überall die Schlangenfische durch die Dohlengitter ihre Köpfe heben! Die Schlangenfische kennt er nicht, aber ich kenne sie! Nur wer sich mit denen befreundet, ist ein zukünftiger Mann. Jener andere, der Ihnen gleicht, jener Landgraf, ist befreundet mit den Schlangenfischen. Wir wissen, daß er da ist, aber der Alte hält ihn erbarmungswürdig fest. Das wird nichts nützen. Sie«, er deutete auf Senta, »weiß, daß es nichts nützt, und auch der ewig Gestrige mit der halben Brille ist sich dessen bewußt. Der

ewig Gestrige ist nur entrückt und melancholisch.«
»Sie meinen den Statthalter, ich weiß. Aber dieser Mann wird länger leben als Sie alle. In den Köpfen wird er leben, ohne anwesend zu sein. Sie und die Ihren leben nur im Fleisch. Was ist das schon? Sie sind doch nur ein Übergangstyp, Herr Minister. Aber der einzelne mit der halben Brille, der sich heraushält aus dem mit Schlangenfischen angefüllten Schlamm, wird später groß dastehen«, sagte ich.
»Ja, sie werden ihn verehren, sehnsüchtig und melancholisch werden sie ihn verehren ... wenn er fort ist«, sagte Zotz und schaute vor sich hin. »Aber was wollen Sie und er mit Ihrer Sympathie fürs Alte, Festgegründete? Das ist nur eine Vergänglichkeitsmauer. Wissen Sie, was der Alte immer sagt? ›Ich glaube an die Vergänglichkeit‹, sagt er. Aber was ist Vergänglichkeit? Eine Tatsache, mehr nicht.«
»Aber Sie sind doch für Tatsachen? Wirtschaftspropaganda ist eine Tatsache.«
»Gut. Ich gebe Ihnen recht. Es ist nicht logisch, was ich sage. Logisch korrekt ist nur der Alte. Wir anderen sind Temperamente: sanguinisch, phlegmatisch und cholerisch. Hinweise auf die Vergänglichkeitsmauer haben lediglich melancholische Bedeutung. Wir leben – und ich lebe!« sagte Zotz, schüttelte sein leeres Joghurtglas, in dem der Löffel schepperte, lachte und warf eine Münze auf den Tisch, die silbern klang und sprang. ›Der wird es schaffen, weil er sich blutvoll fühlt‹, dachte ich, und Senta flüsterte mir zu: »Gut, er wird es schaffen, aber vorher kommt noch was.«
»Was denn?«
»Du wirst sehen.«
Der Minister sprach wieder ›vom Landgraf‹, und ich sagte: »Sagen Sie doch endlich, wie er ist.«
»Ein vitaler Bursche, sag ich Ihnen! Der ist menschlich! Der Alte mit der halben Brille ist nur tugendhaft. Aber

Tugend reicht nicht aus, sie ist unmenschlich. Ein Korn Gemeinheit und eine Handvoll Brutalität gehören zu einem Regenten. Über den Regenten muß man schimpfen und lachen, sonst ist er nur korrekt, edelmütig und besonnen. Einer, der sich nicht lächerlich macht, ist ein Falscher. Warum? Weil wir uns alle oft lächerlich machen, wollen wir einen der unsern. Er muß sein wie wir: grob und lächerlich, mit Stiernacken und wulstiger Stirn, verwandt den Schlangenfischen, die der Alte versucht auszurotten, die aber immer weiterleben, auch in ihm ... Wie rede ich? Ich rede glänzend, aber mich drängt's weiter. In die Wirtschaftspropagandabranche!« rief Zotz und lachte. Dann stand er auf und ging.

Wieder draußen in der Nacht, sagte ich zu Senta: »Der hat mir einen anderen Landgraf geschildert als du. Wenn ich dem Zotz glaube, trägt er keine dünnen und glatten Anzüge und sitzt auf Veranden hinter Jalousien. Der ist kein Zwielichtmann, der hat ein rotes Gesicht.«
»Kann schon sein. Dann meine ich einen andern. Aber meiner ist gefährlicher als der, den Zotz kennt.«
»Jetzt weiß ich so gut wie nichts. Da kann ich nur sagen: adieu schöne Gegend.«
»Das ist bequem. Aber ich weiß schon, daß du fortwillst.«
»Es ist komisch, und was soll ich hier, warum hälst du mich fest, es hat doch keinen Sinn«, sagte ich.
Sie schwieg, die Gasse machte eine Kehre, eine andere mündete in sie ein. Hinter einem Staketenzaun lag ein Gartenstück, und seine Büsche hatten Adern aus Schnee im dunkeln Zweiggestrüpp. Ein eisernes Gartenhaus glich einem großen Vogelbauer, und die Brandmauer hinter ihm war bleich vom Straßenlicht. Der Weg spiegelte schwarz. Mir kam die Ecke bekannt vor, ich glaubte, hier einmal als junger Mensch gewesen zu sein. Da bog mein Vater um die Ecke, ein großer und massiger Mann mit breitem Kopf,

barhaupt und im dunkelblauen Mantel mit Samtkragen, wie damals, als er hier auf den Onkel gewartet und zu mir gesagt hatte: ›Ich muß mit ihm allein sein, dich kann er doch nicht leiden.‹ Jetzt erinnerte ich ihn daran und sagte: »Der Onkel hat also recht gehabt, aus mir ist nicht mehr geworden als ein Sträfling.« – »Das sollst du nicht sagen«, widersprach mein Vater, »was ein Mensch wert ist, das weiß niemand. Aber sag jetzt nicht, du seist dreihundert Mark wert, die Kleider hundertfünfzig und dein Leib für die Anatomie ungefähr genausoviel.«
»Ja, das ist mir auf der Zunge gelegen«, sagte ich.
»Freilich, du bist ein Ausgestoßener und hast dich einfach fallenlassen, hast nichts Rechtes gelernt und dich nur bemitleidet. Eine gute Portion Hochmut kommt auch noch dazu, weil du glaubst, du könntest die Menschen durchschauen . . . Aber hast du nicht gemerkt, daß du hier nichts durchschauen kannst?«
»Hier schon. Aber hier ist nicht dort.« Und ich deutete in die Richtung, wo ich die Stadt vermutete. »Schließlich gehöre ich nicht nach Drommersheim.«
Er lachte leise, strich sich über den Kopf und sagte: »Jeder gehört nach Drommersheim. Der eine mehr, der andere weniger. Aber du bist ein typischer Drommersheimer, ob du's glaubst oder nicht.«
»Warum?«
»Weil du nirgends hingehörst. Oder bist du hier Menschen begegnet, die man drüben«, und er deutete in dieselbe Richtung wie zuvor ich, »für solid, rechtschaffen, gesund hält? Na also . . . Lauter morbide Gesellen, lauter wurmstichige Brüder findest du bei uns. Oder glaubst du vielleicht, einer wie der Zotz und der Louis Hecht, dem die *Spiegelhütte* gehört, seien Männer mit Rückgrat, die genau wüßten, was sie wollen?«
»Darüber kann ich nichts sagen. Jedenfalls scheint der Statthalter . . .«

»Der nun gerade nicht. Er weiß, was er will, da hast du recht, nur ist er sich klar darüber, daß es nichts nützt. ›Aufhalten kann ich nichts, und recht haben die andern, denen der alte Friede langweilig geworden ist; lieber einen blanken Schmerz spüren als lauter graue Freuden‹, sagt er oft. »Sie«, er deutete auf Senta, »wird es bezeugen können.«

»Der Statthalter ist Pessimist. Seine Vergänglichkeitsmauer beweist es. Wenn einer an die Vergänglichkeit glaubt und die Menschen dazu überreden will, schlau zu sein, weil die Götter unser Verderben wollen, wie man früher gesagt hat, gibt er zu verstehen, daß alles einen brüchigen Boden hat. Aber Vernunft ist doch unmenschlich. Menschlich ist das Gegenteil. Menschlich ist: sich ärgern, lieben, sehnsüchtig sein, hassen, Hoffnung haben und verzweifeln. Du kannst nicht seßhaft sein und Abenteuer haben. Aber die Menschen wollen beides. Und der Statthalter sagt: gut, daß es so ist. Damit gibt er sich auf«, sagte ich.

»Du kannst doch nicht verlangen, daß jeder sich selbst zusieht. Wenn jeder sich als einen Fremden sähe, wäre er wahrscheinlich glücklich«, sagte mein Vater.

»Nun«, sagte ich, »dann würde er sich töten. Genau wie der Verzweifelte, der nichts mehr sieht, weil ihm der Schmerz die Augen mit einem schwarzen Tuch verhängt.«

»Sapperlot, seid ihr gescheit«, sagte Senta und deutete auf ein weißes Auto, das langsam durch die Gasse herunterkam. Die steilen Häuser waren vom Mondlicht blau wie jener Brunnen nicht weit vom Corso, an den ich mich wieder erinnerte; von dort war es nicht weit bis zur Maygasse gewesen, wo der Harfenspieler im Durchlaß gesessen war und Senta mich alleingelassen hatte, um in einem dunkeln Haus durch ein enges Türfenster zu sehen. Dahinter hatte sich ein Mensch bewegt, als würfe er sich auf einer Lagerstatt herum. Jetzt stand sie neben mir, hielt die Hand vor den Mund und sah aufs weiße Auto, das in der Gasse zu kriechen schien; jedenfalls fuhr es langsamer, als ein Mensch gewöhnlich geht.

»Geh weiter, geh doch weg von hier«, sagte mein Vater und drängte mich beiseite. Ich machte ein paar Schritte auf dem Trottoir. Senta folgte mir, sah zu Boden und sagte: »Er weiß, was für dich gut ist. Du sollst an den Statthalter glauben und nicht ans weiße Auto.«

»Warum?«

»Wenn du's absolut sehen willst – bitte schön«, sagte sie. Im Auto saß ein breitschulteriger Mann mit bleichem Gesicht, großen Augen und schwarzem Haar. Neben ihm war eine Frau zurückgesunken und ließ den Kopf über das rote Polster hängen; es sah aus, als wäre ihr Nacken geknickt; ihr offenes blondes Haar fiel lang herunter.

»Erkennst du die? Ja, das bin ich. Er hat mich umgebracht, aber einen Unfall vorgetäuscht. Wenn du mich damals geheiratet hättest, wie es dein Vater gewollt hat, wären wir beide heute nicht in Drommersheim. Beide zusammen hätten wir das Leben auf unsere Seite gezwungen, das kannst du mir glauben. Aber so sitzen wir halt hier. Gewiß, das ist nicht schlecht, aber wenn du mit mir gegangen wärst, nach Guadeloupe ... zu den Inseln über dem Winde. Sag, falle ich dir eigentlich immer noch nicht ein?«

Die Erinnerung war wie etwas Helles, das sich in einem Keller rührte. Aber das mit meinem Vater stimmte nicht. Mein Vater hatte nicht gesagt, ich solle sie heiraten. Senta war doch das gewesen, was man überspannt hieß. Mein Vater hätte es eingesehen, wenn ich ihm alles erzählt hätte. Und dann hatte er sie auch gar nicht gekannt. Eine trockene, warme, feste Hand hatte sie damals gehabt, mehr wollte ich von der früheren Senta Sonnensperger jetzt nicht wissen und sagte deshalb zu ihr: »Mit Altem und Versäumtem will ich mir nicht den Kopf benebeln lassen.«

»Wenn du ihn dir benebeln ließest, hättest du nur Schuldgefühle – wie unser Statthalter. Zotz und seine Babylonier haben keine.«
»Ich habe doch meine Schuld abgebüßt. Sieben Jahre Gefängnis sind eine lange Sühne. Übrigens habe ich nichts dagegen getan, ich meine: nicht einmal um eine Urteilsrevision bin ich eingekommen. Wozu auch? Ich hatte Zeit, bei mir kam's nicht drauf an. Ich hatte meine Ruhe vor den bürgerlichen Aufregungen, und der Staat gewann eine billige Arbeitskraft. Nun ja, deshalb haben sie mich in der Schreibstube beschäftigt. Eigentlich ist doch alles ein lächerlicher Unsinn, ich meine: wenn man's nüchtern sieht.«
»Rede nicht so nihilistisch, obwohl es mir gefällt. Es ist meine Tonart. Und wie die Babylonier reden, das wirst du gleich hören. Wir sind angekommen.«
»Also sind die auch innerlich faulig oder leer?«
»Warte doch und sieh dich um.«

Das Cabaret hatte grüne Türen mit einer schrägen Aufschrift in erhabenen Goldlettern; von links unten nach rechts oben stand gotisch verschnörkelt das Wort *Spiegelhütte*, und alle Fenster waren mit glatten und grünen Läden fugenlos verschlossen. Im Erdgeschoß eines alten Etagenhauses, das oben schneebedeckte Zierrate und Fensterbekrönungen sehen ließ, lag das Etablissement abseits in einer Gasse der Innenstadt, aus der ich scheinbar nicht mehr herausfinden sollte, eingesperrt ins düstere, enge Gewinkel krummer Unterschlupfe der Vergangenheit, die hier stärker lebendig schien als anderswo.
Nicht genug, daß ich sieben Jahre in der Strafanstalt hatte verbringen müssen, jetzt hielten sie mich auch noch im veralteten Drommersheim fest. Trotzdem hatte ich kein Verlangen, in die Stadt zurückzukehren, deren ratternde Preßluftbohrer, Räumbagger und schwankende Kräne

über Hochhäuser mir fremd geworden waren, um vom Autogewühl ganz zu schweigen. Hier war es still, nirgends knatterte der Lärm fahler Geschäftigkeit, und was das Poetische betraf, so herrschte Friede, freilich ein allzu entrückter Friede. Wohl war es mir also nicht in Drommersheim, aber wo wäre es mir auch schon wohl gewesen.
Neben den grünen Türen und Fenstern aus Schleiflack war ein Portal in die Mauer eingelassen, ein überwölbtes Tor mit muskelgeschwellten Atlanten vor den Pfeilern und einer eichenen Tür, in der ein Lederpolster, das wie ein Herz aussah, einen Spalt offenließ. Senta drückte sie auf, und ich ging hinter ihr.
Dahinter lag ein Gang, der eine Kehre machte. Beleuchtet von einer Glühbirne, führte dieser Gang an weißgestrichenen Türen vorbei; unter meinen Schuhen knarrte schwarz gewichster Parkettboden, und in einer Nische verzweigten sich Lichtleitungen, als wären es Adern. Nun war der Boden mit welligem Linoleum belegt, das bei jedem Schritt nachgab, und Senta deutete auf die Fensterscheibe in einer der Türen, hinter der ein Mädchen stand; die Augen mit Schwarzstift umrändert, schaute sie starr heraus. Diese Person hatte blaue Augen, und ich dachte, es sei jemand, den ich von früher kannte. Aber wenn es die gewesen wäre, die ich meinte, hätte sie älter sein müssen, mindestens zwanzig Jahre. – »Von ihr werden wir angemeldet. Jetzt wirst du Louis Hecht zu Gesicht bekommen. Oder kennst du ihn schon? Richtig, in der Maygasse ist er uns begegnet«, sagte Senta und drückte auf den prozellanenen Klingelknopf neben einer roten Tür. Hinter uns führte ein Treppenhaus mit Marmorstufen in die Höhe, ein Lift stand in einem Gerüst aus rostigen Gleitschienen still, und aus der Tiefe drangen Kommandorufe einer Frauenstimme, schleifende Schritte und Klaviergeklimper.
»Wie ist der Louis?« fragte ich.
»Ein Babylonier«, flüsterte sie. »Das muß dir genügen. Ich

kann nicht mehr sagen, weil man hier alles hört. Ja, es wird gehorcht und Louis Hecht hinterbracht. Du wirst selbst sehen.«

Es schnappte im Schloß, Senta trat in die Tür, und dann war das Büro dahinter weit und hell. Louis Hecht lag im Frackhemd auf einer Ottomane, die Krawattenschleife unterm Kinn offen; lang hingen die schwarzen Bänder herab. Dann stand er auf und verbeugte sich vor Senta, tat, als küßte er ihr die Hand. Sein kurzes Haar war rötlichblond. Er sah schlecht aus, ein quelläugiger Stier mit sanftem Mund. In Strümpfen stand er auf weißem Fall, das den Boden deckte, lehnte am Schreibtisch, einem mächtigen Möbel, und nahm eine Pfeife aus einer grün polierten Steinschale; er stopfte sie und rauchte. Neben ihm war ein mosaikgeschmückter Zementsarkophag mit Erde, schwammigem Moos und Tuffbrocken gefüllt und von feist wuchernden Pflanzen überwachsen. Rauchend sah Louis Hecht herüber, deutete mit der Pfeifenspitze auf mich und sagte:

»Den habe ich für einen anderen gehalten. Nun, Sie wissen schon für wen.«

»Fragen Sie doch, wie er heißt.«

»Es ist unnötig. Ich weiß es schon. Aber sagen Sie: Ist der Alte auf die witzige Idee gekommen, den hier einzuschmuggeln?«

»Ja«, sagte Senta und fügte für mich hinzu: »Er meint den Statthalter.«

Louis Hecht grinste und rauchte. »Bißchen primitiv . . .«, sagte er dann. »Oder glaubten Sie tatsächlich, wie fielen darauf herein? »Er«, und Louis Hecht zeigte wieder auf mich, »ist zwar ein entlassener Sträfling, aber trotzdem ein fauliger Reaktionär. Bourgeoise Type, meinen Sie nicht auch? Sie verfügen doch über Distanz gegen sich selbst, also müßten Sie wissen, daß ein ängstlicher und müder, letzthin ein melancholischer Mann für den Alten keine

große Stärkung seiner Position bedeutet. Den werden wir niemals mit unserem Mann verwechseln. Und wo ist der Richtige? Wo habt ihr ihn versteckt? Wir wissen, daß es hier ist.«
»Ja. Aber er wird festgehalten. Nicht durch irgendwelche Polizeimaßnahmen. Es dürfte Ihnen bekannt sein, daß es so etwas bei uns nicht gibt . . . Wodurch wird er festgehalten und weshalb fühlt er sich krank? Das wissen Sie genausogut wie ich.«
Leise antwortete Louis: »Durch die Einwirkungen der Melancholie . . .« und sagte, die vielen melancholischen und skeptischen Mitbürger, die in der letzten Zeit nach Drommersheim gekommen seien, stärkten die Macht des Statthalters, der am Alten hänge. Er sprach fast tonlos und so, als wiederhole er mechanisch etwas, das er auswendig gelernt hatte, und ich dachte, vielleicht sei's in Drommersheim so, daß hier die Ausstrahlungen des Persönlichen stärker seien als das, was gemeinhin für Macht und für Stärke gehalten wurde. Das wäre erstaunlich gewesen, doch erschien's mir unglaubwürdig. Heute wurden jedes Geheimnis und alle unsichtbaren Mächte abgetötet, und die Welt breitete sich tot und flach aus wie ein abgeholzter Wald, während hier so etwas wie Seele herrschen sollte? Etwas Altmodisches, Abgenütztes und Verbrauchtes also? Es war unwahrscheinlich.
»Wird der Statthalter nichts ändern? Läßt er alles beim alten, obwohl unser Mann hierhergekommen ist?«
»Ja. Nichts ändert sich. Wir wollen Frieden. Was ärgert Sie an dem Statthalter?«
»Daß er keinen Fehler hat; daß er integer ist; daß wir ihm nichts vorwerfen können; daß er jeden leben läßt.«
»Wollen Sie das Gegenteil?«
»Ja.«
»Und wer soll unterdrückt werden?«
»Die Melancholischen, die Zweifelsüchtigen, die wissen,

daß es töricht ist, sich anzustrengen.«
»Aber strengen Sie sich doch an, Louis. Niemand hindert Sie. Schließlich sind Sie reich geworden und dürfen sagen, was Sie wollen.«
»Ist er, dem der da gleicht«, wieder zeigte er auf mich, »sozusagen krank?«
»Wenn Sie wollen: ja. Jedenfalls halten Friede, Melancholie und das Wort des Statthalters: ›Der Abend ist das Beste‹ seine Rebellion in Grenzen. Dies alles dämpft die Lust an der Zerstörung, der er nachgeben will. Und der Sie auch nachgeben wollen, Louis ... Darüber sind wir uns wohl einig. Und warum wünschen Sie alles Bestehende zu zerfetzen? Doch nur, weil Sie nach oben kommen wollen. Sie aber sind doch schon längst oben. Der Statthalter bekommt als Lohn nur ein Drittel Ihres Verdienstes.«
»Aber er ist so gelassen.«
»Wollen Sie, daß Robustheit, Brutalität herrschen?«
»Lieber Brutalismen als Melancholie und Zweifelsucht.«
»Dann gehen Sie doch in die Stadt zurück. Sie wissen, daß Sie niemand daran hindert.«
Er schwieg, seine Stirn hatte speckige Falten. Dies war ein babylonisches Gespräch; keiner verstand den andern, und der Neubürger Louis Hecht haßte den Statthalter, weil er gütig, melancholisch und integer war. Louis machte zweifelhafte Geschäfte, der Statthalter regierte, wie's notwendig war, um Frieden und Windstille zu erhalten, ließ solche wie Louis Hecht Gewinne fischen und reich werden, und besaß nur eines, das kein Louis erringen konnte: Gelassenheit. Der alte Kampf, derselbe Haß, genau wie drüben, wo ich hergekommen war.
»Fragen Sie doch ihn, ob er wieder zurück will. Vielleicht begleitet er Sie«, sagte Senta.
»Ich? Nein, ich bleibe in Drommersheim«, sagte ich, und Louis Hecht bemerkte, auch das wisse er längst. – »Ihm haftet wie gesagt der Nestgeruch des Veralteten an ...

Aber jetzt muß ich die Vorstellung im Cabaret überwachen, in einer halben Stunde ist Beginn«, sagte Louis, nun wieder fest und höhnisch mit muskulösem Genick. Ich war froh, daß er dies sagte, weil mir die Audienz gefährlich vorkam, gefährlich für mich, den er verachtete; vor Senta nahm er sich in acht, ja, es konnte möglich sein, daß er sie insgeheim bewunderte. Sie war ja auch das Gegenstück zu ihm, der sorgfältig manikürte Nägel hatte, während Senta immer noch ihre ölfleckige Trainingshose trug, mit der sie mir schon drüben in der fernen diesseitigen Stadt begegnet war, an die ich ungern zurückdachte.

Wir gingen in den Saal des Cabarets *Spiegelhütte*, einen Raum mit grauen und rauhen Betonwänden, einer schwarzen Bühne und Möbeln, die alles andere als zeitgemäß waren. Hier herrschten verschnörkelte Tisch- und Stuhlfüße, eine Estrade hatte Logen mit schweren dunkelroten Plüschvorhängen, und Stehlampen ließen ihr Licht durch seidebespannte Schirme sickern; alles war wurmstichig und gedämpft. Von einer der hohen und kahlen Wände aber, die vorgebaut waren und sich schräg zu neigen schienen, als drückten sie herab, während die Decke ein rotes Zeltdach verhängte – an einer dieser Wände also schwebte ein gläsernes Auge so groß wie ein Kuhkopf. Ein Widderhorn wuchs ihm aus der Pupille. Über der leeren Bühne, die schwarz starrte und mit löcherig zerschlissenen Vorhängen ausstaffiert war, hing ein Spruchband. In wackligen und brüchigen, wie angefressenen Buchstaben, gotisch verschnörkelt, war das Wort zu lesen: ›Der Abend ist das Beste.‹

Von einem Mädchen im schwarzen Trikot wurde ein Stuhl aufs Podium getragen. Im Stuhl saß ich, eine Wachspuppe im Trenchcoat mit Baskenmütze. Gut, daß ich meinen Mantel ausgezogen und die Mütze in die Tasche gesteckt hatte. Immerzu sah das schwebende Auge mit dem Wid-

derhorn auf mich herab. Dazu die Wände wie schräge Elefantenleiber, und darüber der ochsenblutrote, durchleuchtete Zelthimmel, in dem etwas Dunkles wie ein dicker runder Stein im Hamen hing. Stühle, Tische und Gäste in Abendtoiletten erschienen darunter winzig wie ein Gekräusel von Spitzen und Schaum. Krinolinenröcke bauschten sich über den Stühlen, Fächer wehten, und grüne Römerkelche vermehrten sich auf allen Tischen. Auch uns wurden zwei dieser Kelche gebracht.
»Im Fuß. Ich meine im Kelchfuß sitzt das Wahrhaftige«, sagte Senta und zeigte mit ihrer schrundigen Fingerspitze auf den geschweiften und gerillten Fuß des Glases. Ich drehte ihn um. Im hohlen Fuß steckte eines jener Tütchen, die ich kannte und von denen ich wußte, daß sie jenes anreizende Schnupfpulver enthielten, dessentwegen ich sieben Jahre in der Strafanstalt hatte verbringen müssen.
»Dich kann es nicht reizen?«
»Danke schön . . . Alte Sache. Auch wenn ich nicht mehr damit handle, reizt es mich nicht.«
»Dann zerschellen also die Bemühungen Louis Hechts an deiner starken Moral?«
Ich nickte ihr zu, als Zotz erschien, ein dampfender, rot atmender Minister im Pelz und mit Zigarre, wie ich ihn aus der Milchbar kannte. Er warf sich aus seinem Mantel, straffte sich, als werde er von einer wippenden Drahtspirale aufrecht gehalten, ähnlich jenen Puppen, die aus Schachteln springen. »Ich erwarte die Wespendame mit ihrem geschmeidigen Galan, denn heute abend herrscht Entspannungstaktik.«
»Keine Hochspannung? Ich dachte, der wird kommen, der dort draußen sitzt.« Und Senta zeigte auf die Puppe in Regenmantel und Baskenmütze.
»Ach was . . . Noch viel zu früh. Verfrüht . . .« Zotz spreizte die Hand und schlenkerte sie beiseite. »Und, ehrlich gesagt – und Sie wird's vielleicht besonders interes-

sieren: Mir eilt es nicht mit dem dort. Ein viel zu rigoroser, hemmungsloser Bursche. Wissen Sie, was ich befürchte? Der wird uns so an die Kandare nehmen, daß wir unter ihm seufzen.«

»Dann wären Sie ja auch ein bourgeoises Element, Herr Zotz?«

»Bin ich ... bin ich. Ich widerspreche nicht und bin zur Selbstbezichtigung bereit. Letzthin bin ich einer der treuesten unseres praeses provinciae. Sie haben mich nur nicht erkannt.«

»Er will noch höher steigen. Daß er bloß Minister ist, das ist sein ganzer Kummer«, sagte Senta.

»Philister, die Verruchtheit wittern«, sagte ich.

Senta zeigte mir die Gäste. Da tänzelte einer mit beweglichen Hüften, ein langhaariger, der immer wieder eine Strähne überm Ohr zurückstrich: Journalist, ein bleiches Mausgesicht mit Seemannsbart. Er begleitete eine Dame in Schwarz, die starr aufgerichtet ging, eine mit langem, überzüchtetem Gesicht und grünlichen Augen, die Zotz die Wespendame genannt hatte. Der Journalist verbeugte sich vor Senta, auch er bemühte sich um einen Handkuß, was mich verwunderte, weil die Babylonier doch alles Alte verachteten und ein Handkuß zu den Gepflogenheiten zerstobener Zeiten zählte. Deshalb dachte ich: die lügen und spielen nur, obwohl Verlogenheit und Tarnung diese Clique beherrschen mochten, die ja dem verpflichtet war, was man ›modernes Lebensgefühl‹ nannte; und in diesem spielte allerdings die Lüge eine große Rolle. Man machte sich gegenseitig und sich selber etwas vor und glaubte, nun auch Senta täuschen zu können. Gelang es ihnen? Sie lächelten und verneigten sich, nahmen am Tisch Platz und schienen Senta zu verachten, weil sie unzeitgemäß war. Von mir nahm hier niemand Notiz, worüber ich froh war, mich zurücklehnte, meine Pfeife stopfte und zu rauchen anfing. Die Wespendame sagte zu Senta, indem sie zum

bleichen, mausgesichtigen Journalisten hinüberschaute: »Er ist mäßig geworden.« – »Dann laden Sie nicht mehr seine Freundinnen zu sich ein und vergnügen sich zu dritt?« fragte Senta. – »O nein, die Phase der Promiscuität haben wir überwunden.« – »Sie möchten sie aber nicht aus Ihrer Erinnerung tilgen, oder schämen Sie sich, wenn Sie daran denken?« – »Nein. Der Mensch entwickelt sich, wird klarer. Ich möchte alt werden, mein Haar ist sowieso längst grau.« – »Warum färben Sie es dann? Und fürchten Sie, daß Sie am Ende nicht alt werden könnten? Sie und die Ihren bereiten doch den Untergang Drommersheims vor. Allerdings: mit Drommersheim sterben Sie auch, das ist unausweichlich«, sagte Senta. – »Wir stehen zum Statthalter, wir haben uns gewandelt. Unter den Babyloniern drängen asketische Bestrebungen machtvoll hervor. Ich bin für ein geordnetes Chaos!«
Senta hustete, preßte ein Taschentuch an den Mund und sah mich mit tränenden Augen an. Auch ich verbiß mühsam einen heftigen Lachreiz, sog an meiner Pfeife und schob den Stuhl zurück. Senta rückte von den andern ab, die nun überm Tisch die Köpfe beieinander hatten. Der Journalist hob eine Hand, als sage er: Was sollen wir tun, es nützt doch alles nichts . . ., und Zotz verschanzte sich hinter verschränkten Armen, das Kinn an den Hals gepreßt.
»Laß sie nur zappeln«, flüsterte ich Senta zu, aber sie sagte leise: »Wir wollen niemand quälen. Wenn sie zu uns kommen, ist es recht, jetzt werden sie infiziert mit Vergänglichkeit. Nur Melancholie macht stark.« Das große gläserne Auge mit dem Widderhorn schaute herüber, und auf dem Podium schien die Puppe des Rebellen schlaffer geworden zu sein, als wäre sie ausgelaufen. – »Das kommt von der Wärme, sie ist doch aus Wachs; zu bedeuten hat das gar nichts. Auf günstige Vorzeichen ist kein Verlaß, mach dir nichts vor«, sagte Senta. »Aber du merkst, daß sie

alle Angst haben? Sie möchten jetzt, daß der Statthalter bleibt, aber sie haben unseren Untergang herausgefordert. Ob er abzuwenden ist, wer weiß es? Jedenfalls fürchtet sich jeder, und das ist immer gut.« Und zum Journalisten sagte sie: »Sie haben doch geschrieben, der Statthalter sei ein Hinterwäldler.«

»Ja. Aber man wandelt sich. Enthaltsamkeit beeindruckt erst auf einer oberen Lebensstufe das Gemüt.«

Senta sagte, das sei ein Wort, getränkt mit linkischer Ironie und für einen weltläufigen Journalisten nahezu beschämend. »Wenn die Böden brechen, werden Sie nichts haben, woran Sie sich halten könnten.«

Louis Hecht erschien, ein gedrückter und beleibter, unrasierter Bär, strich sich über den Mund und nahm aus den Füßen der Römergläser die Tütchen mit Schnupfpulver. Senta fragte: »Und wann beginnen Ihre Darbietungen?«

»Keine Darbietungen. Ich habe alle heimgeschickt«, sagte Louis Hecht.

»Aber die Gäste warten doch auf etwas Großes.«

»So?« Louis sah ins Parkett hinab und biß auf seine Nägel. »Dann muß ich auch die Gäste bitten, heimzugehen.«

»Das ist feig. Konfrontieren Sie die Ihren mit dem, was sie erwartet. Ausweichen wird nichts nützen. Sie haben das Untere beschworen, jetzt kommt's also herauf. Ihr zeigtet euch doch stets befreundet mit der Schlammwelt, deren Gallerte euch decken wird. Euch muß es leicht werden, sie gefaßt zu überstehen.«

»Wir waren nur, wie wir sein mußten! Der Statthalter hat uns keine Schranken gesetzt, und das ist sein Vergehen!« rief die Wespendame im starren schwarzen Kleid.

»Er hat gelebt, wie er mußte, genau wie ihr und alle andern. Ihr durftet höhnen, wenn ihr hörtet: ›Der Abend ist das Beste.‹ Die Verhöhnung war erlaubt. Auch heute sollt ihr spotten um des ›geordneten Chaos‹ willen. Die Abendluft war euch zu sauber, deshalb mußtet ihr sudeln in Schriften und Blättern, um euch zu suhlen. Mehr konntet ihr nicht geben, aber euer Nichtiges war groß und neu. Und heute? Jetzt? Mir scheint, als wäret ihr platzende Eier.«

»Uns bezahlen lassen für unseren Hohn, das ist eine billige Rache«, sagte der Minister Benno Zotz.

»Beruhigt euch, ihr werdet nur geschluckt. Von dem, was in euch brodelt, werdet ihr geschluckt.«

Von der Decke sank das rote Zelt mit dem dunkeln Stein herunter. Jetzt brach er durch. Es war ein Schlangenfisch, der auf einem Tisch platzte und andere Schlangenfische aus seinem Bauch entleerte. Sie wälzten sich zwischen den Stühlen. Alles wurde lautlos grau. Das Parkett verwandelte sich in eine sulzige Masse, auf der sich Kleider bauschten. Schlangenfische schnalzten und sprangen in die Logen. Senta ging durch sie hindurch. Ich folgte ihr. Im Zurückschauen sah ich die Leute unseres Tisches starr dastehen, lauter festgebannte Menschenschmetterlinge, alle durchsetzt mit Fischen.

Im Gang kam der dicke Mann im schwarzen Lüsterjäckchen uns entgegen, wiederum auf seinen dünnen Stock gestützt. Diesmal lächelte er; ein maliziöses, scharfes, in die Mundwinkel schneidendes Lächeln zog sein bleiches Gesicht auseinander, und die Augen, unverändert blau und groß, hatten lila Ringe. Er sah müde aus und seine Taschen schienen leer zu sein. Sein rutschendes Gehen war lautlos, keine Diele knarrte unter seinen Füßen, und wiederum grüßte ihn Senta mit einem tiefen Knicks in der Nische unter verzweigten elektrischen Leitungen. Ich verbeugte mich; scheinbar genügte es, tief zu knicksen, sich tief zu verbeugen und zu schweigen.

»Werden sie verschwinden müssen?« fragte ich Senta auf der Straße.

»Nein. Es ist nur eine Mahnung. Sie sollen sehen, wohin

alles führt, was sie beschwören. Freilich, einmal wird es auch bei uns aus sein; es ist nur hinausgeschoben. Dann kommt der, von dem die Babylonier reden, und zerstampft das Alte. Jetzt ist er nur noch nicht kräftig genug, und die, die zu ihm halten, sind noch wenige. Es werden immer mehr, das ist notwendig. Aber jetzt atmen wir auf, und das Märchen ist zu Ende.«

»Dann bin ich also des Teufels rußiger Bruder? Und wo ist mein Sack voll Schmutz, der sich in Gold verwandelt?«

»So genau geht's leider nicht. Übrigens ändert sich doch alles. Jetzt sehe ich's genau. Das in der *Spiegelhütte* war der Schluß. Unser Traum ist wirklich aus.«

Der Morgenschein, ein lilafarbenes Licht, verstärkte sich. Wir standen wieder vor der verwilderten Talsenke, wo unten Schilfgestrüpp bleich wurde. Trockene Schilfstauden zeigten ihre starren Stengel, der Wind bewegte Blätter, und ein Rascheln drang herauf, nur kam's jetzt nicht vom Schilf. Wieder war's die Vergänglichkeitsmauer, die sich in der Ferne rührte, zusammen mit einem anderen Ton. Es war wie ein Signal, das sich wiederholte und dünn und steil in der Ferne in die Höhe stieg. Hinter mir, zwischen niedrigen Hütten, fing eine Drehorgel zu spielen an und verwandelte das ferne Signal in ein Lied, das mir vertraut erschien; aber es mochte lange her sein, seit ich es zum erstenmal vernommen hatte. – »Sonnenfinsternis am Morgen«, sagte Senta, »das ist selten; aber sie ereignet sich in Drommersheim.«

Dann war das Licht da, das große, das ich seit der Jugend nicht mehr gesehen hatte. Die Morgenluft herrschte, die Bläue und ein Licht auf Wasser, wie Flügel gleißend. Es schnitt mir ins Gesicht. Wir gingen zum Fluß hinunter. Die Drehorgel spielte immer noch. Ich sagte: »Habt ihr jetzt gesiegt, habt ihr's erreicht, glaubst du, daß für den Statthalter die reine und ewige Zeit beginnt, die im Geschichtsbuch *Weltfriede* heißt?«

»Da schau hinüber: die Vergänglichkeitsmauer ist tot. Das ist ein Zeichen. Wenigstens für eine gewisse Zeit ist es ein Zeichen.«

Die Mauer war eingesunken und zeigte sich als gelbliche Halde, in der Steinbrocken staken; Gesträuch drang daraus hervor, und es war, als begännen Gras und Moos eine dünne grüne Haut darauf zu legen. Glocken läuteten, die bisher in Drommersheim geschwiegen hatten, und ich sagte zu Senta: »Also ist es gar nicht wahr, daß eure Kirchen nur Museen sind.«

»Für eine Zeitlang waren sie's, aber jetzt leben sie von neuem. Da schau hin: der Statthalter fährt im offenen Wagen in seine Villa. Sollen wir ihn besuchen?«

Wir standen auf der Pappelchaussee, die erhöht wie auf einem Damm in die Weite führte. Eine offene Kalesche kam heran, ähnlich jener, in der ich den Mann in der goldgestickten Diplomatenuniform gesehen und von dem Senta gesagt hatte, es sei ihr Vater. Der Statthalter war ein großer Mann mit gebräuntem Gesicht, der, einen Strohhut in den Nacken gerückt, hemdsärmelig die Zügel hielt und lachte. Mein Vater saß nehmen ihm und hatte immer noch seine Samthose an. – »Ja, ganz irdisch alles; bei uns geht's einfach zu, wenn wir in Fahrt sind«, sagte Senta. Der Statthalter kam mir bekannt vor; er glich einem Freund aus dem Krieg, an den ich in der Strafanstalt oft gedacht hatte, weil ich glaubte, mit ihm fiele mir auch das Gefängnis leicht; er hätte es mir nicht übelgenommen, daß ich nicht mehr geworden war als das, was man einen alten Knastologen heißt. Aber der, der mir im Krieg begegnet war, konnte es nicht sein, denn dieser Statthalter war ein rüstiger Siebziger, mein Freund aber wäre jetzt so alt wie ich gewesen. Nun gut, ich brauchte mich nicht darum zu kümmern, für mich hieß es sowieso bald wieder: den Omnibus besteigen und zurück in die Stadt fahren, denn hierher, wo alles hell geworden war, gehörte ich noch nicht.

Sentas Haar hing strähnig gekämmt und von Sonne ausgebleicht an den Ohren nieder. Sie ging schlampig, aus den Hüften heraus, und hatte rissige Schuhe an; bloßfüßig steckte sie darin. Sie sah schräg auf die feste, mit dünnem weißem Sand belegte Straße und ging einen Schritt voraus. Dann griff sie in die Tasche, holte ein Päckchen Zigaretten hervor und drehte es so, daß ich das braune Kamel darauf sehen konnte. Langsam klopfte sie eine Zigarette heraus und steckte sie in den Mund; dabei kam sie mir bekannt vor, beinahe so wie der Statthalter.

Sie ging rascher als ich, und ich merkte, daß ich sie nicht erreichen würde, auch wenn ich noch so schnell gegangen wäre. Es hätte ja auch keinen Sinn gehabt, denn hier konnte ich nicht bleiben.

Eine hohe Mauer führte hinter den Pappelstämmen entlang, und ich dachte: ›dahinter liegt jetzt die Besitzung des Statthalters‹. Eine Tür war offen, oben bog sich ein Eisenstab, und darauf begann eine Rosenranke ohne Blüten und mit kleinen Blättern vorwärts zu wachsen; sie hatte sich erst einen Finger lang um den Eisenstab gewunden. Darunter aber verschwand Senta, das Haar durchscheinend von der Sonne und die großen Augen blau. Sie drehte sich flüchtig nach mir um. Ihr Haar und ihre Augen prägten sich in die Erinnerung wie ein Kopf in eine Münze.

Ein beleibter Mann, der seine hellblaue Uniform unterm Kragen geöffnet hatte, Epauletten mit Silberfransen auf den Schultern trug und im Gürtel Zeitungen stecken hatte, trat am Ende der Gartenmauer auf mich zu und wies auf einen Feldweg: »Dort hinüber.« Dann strich er seinen Schnauzbart und sagte: »Es muß halt sein; du weißt es ja.«

Leider wußte ich Bescheid. Der Traum in Drommersheim war aus. Am Ende des Feldwegs, der durch braches Land führte, kam ich wieder vor die Herberge zum Einhorn, wo der Omnibus wartete. Still und gelb stand er da, ein pralles

Blechgewölbe, neumodisch und blank. Im Tor der Herberge, über der das Einhorn in den Schlußstein gemeißelt war, saß der Mann mit der tief in die Stirn gezogenen Mütze auf einer Kiste und spielte Harfe. Die Melodie war schneidend hell. Der vergoldete Rahmen der Harfe gleißte, und hinter mir knatterte der Motor des Omnibusses. Dann fiel mir ein, daß ich meinen Koffer hier hatte stehenlassen. Ich trat ins Wirtshaus, fand ihn im Gang vor den Aborten, nahm ihn auf und ging wieder zurück zum Omnibus.
Im hellen und scharfen Morgenschein fuhr ich in die Stadt zurück.

# Calvaria oder eine Audienz in S.

Carl Umgelter, ein naiver junger Mensch und Sohn eines Amtsrichters, kam in seinem achtzehnten Jahr als Student nach Drommersheim. Er wohnte bei der Witwe Pössenbacher am südlichen Ortsausgang, dort, wo die selten benützte Sendlacher Straße eine Biegung macht, in einem Mietshaus der achtziger Jahre.

Sein geheimer Wunsch, den er nicht verriet, obwohl ihn in Drommersheim niemand für abwegig, unerfüllbar oder außergewöhnlich gehalten hätte, war, zu Dextrianus, dem Commandeur der dritten italischen Legion, vorgelassen zu werden und ihn zu bitten, ihm eine Audienz bei Kaiser Marcus Aurelius zu vermitteln, wenn er im Lande weilte. Denn dieser Teil der Provinz Noricum, in dem Drommersheim lag, war eine wichtige Bastion des Imperium Romanum, die zuweilen in warmen Monaten vom Kaiser inspiziert wurde. Er weilte dann im südlich Drommersheim erbauten Lager, von dem allerdings nur noch das sogenannte Heidentor, ein mächtiger Mauerrest, der verwittert aufragte, die steinernen Bankreihen eines Amphitheaters, einige Mosaikfußböden und die Säulenstümpfe eines weitläufigen Peristyls erhalten waren. Trotzdem war diese Siedlung noch ganz da, und zuweilen sah man durch Drommersheims Gassen einen mit grauem Bart und kurzgeschorenem Haar reiten, die Purpurtoga überm silbernen Brustpanzer von einer Agraffe festgehalten, und begleitet von drei bis fünf Bewaffneten. Deshalb hätte es niemand gewundert, wenn ihm Carl Umgelter von seinem Wunsch berichtet hätte. An jedem dritten Sonntag im Monat konnte das römische Lager von jedermann besichtigt werden [Besuchszeit 11 bis 17 Uhr], und Veteranen erklärten, hauptsächlich von Buben umdrängt, den Besuchern die Fortschritte technisch verfeinerter Kriegskunst an Wurfmaschinen und sogenannten ›Widdern‹, diesen Rammböcken zur Zerstörung starker Befestigungen. Eine Zeitlang, als die politische Situation des Imperiums vorübergehend kritisch schwankte, war ein fahrbarer Turm im Lager aufgestellt gewesen, und die Drommersheimer hatten am ›Tag der offenen Tür‹ bei klarem Sommerwetter die Gelegenheit wahrgenommen, das militärische Monstrum an Ort und Stelle und teilweise von allerlei Wagen aus zu besichtigen, unter denen einige Automobile, allerdings von entsprechend rückständiger Bauart, zwischen Kutschen, Kaleschen und jenen ›Saitenwürstchenrenner‹ genannten Velozipeden auftauchten, die in Drommersheim besonders beliebt waren. Allerdings wurden sie hauptsächlich von Studenten benutzt, und unter denen bevorzugten sie auch nur solche, wie Carl Umgelter einer war, der sich ein derart steiles Gefährt wünschte, das mit einem mannshohen Vorder- und einem wie für einen Kinderwagen bestimmten Hinterrad ausgestattet war und auf dem es sich über den Köpfen der Menschenmenge fröhlich segeln ließ. Freilich wurden sogar in Drommersheim solche Räder nur noch selten hergestellt, und Carls Vater hätte kurios geschmunzelt, wenn ihm dieser Wunsch seines Sohns zu Ohren gekommen wäre. Er hielt es für snobistisch, ein solches Fahrrad zu besitzen.

Aber sei dem wie ihm wolle, Carl Umgelter wünschte sich, Excellenz Dextrianus vorgestellt zu werden und eine Audienz beim Kaiser genehmigt zu bekommen. Vielleicht wäre Marcus Aurelius sogar damit einverstanden gewesen, daß ihn Carl begleitete, wenn er einen vorgeschobenen Stützpunkt besuchte und die Wachtürme der Grenzbefestigung abritt, obwohl dies selbst in Drommersheim für einen abseitigen Wunsch gehalten worden wäre. Ja, Carl hatte die Absicht, dem Kaiser seine Dienste anzubieten und ihn zu fragen, ob er einen brauche, der seinen Terminkalender führe und ihm die Schreibtafeln nachtrage. Darüber würde man wahrscheinlich schon in Dextrianus' Bureau lächeln, und vom Kaiser selbst zu schweigen. Aber dann war Carl wenigstens einmal in die Umgebung des

Kaisers vorgedrungen, die er sich eingetaucht in die schläfrig abwartende Stille eines Nachmittages dachte, wenn im Peristyl der Kaiservilla wie bei seiner Großmutter hinterm Roten Herzfleck Amseln und Sperlinge in marmornen Brunnenbecken badeten.
Jetzt herrschte silberdunstiges Wetter, und die Drommersheimer Brücke erschien im Gegenlicht zinnschimmernd und weiß wie Carls Mütze. Denn er trug eine Mütze, die Calvarianer waren weiß bemützt, und zur Couleur der Füchse gehörte außerdem ein schwarzgoldenes Band, was Carl eine gewisse Strenge und Gedämpftheit der Gesittung zu versinnbildlichen schien, die der *Calvaria* gegenwärtig das Gepräge gab. Eine düstere Farbenzustammenstellung, dieses Schwarz und Gold . . . ›Aber das Fuchsenband hast du noch nicht bekommen, welch ein Glück! Du kannst noch ›ausspringen‹; wenn du das Fuchsenband trägst, wird es schwieriger sein, der *Calvaria* den Rücken zu kehren‹, dachte er und schaute seinen Collegen Wirsing, der neben ihm ging, von der Seite an. Wirsing trug einen Zwicker, oder wie das in Drommersheim hieß: ein Pincenez an dünner, schwarzer Seidenkordel, die auf die mit Sternchen bestickte Weste seines Sommeranzugs hing. Er hatte ein gerötetes Gesicht mit Knollennase und sagte:
»Wie findest du die Brautlacht, die sich heute zwischen uns ihren linken silbernen Schuh ausgezogen und ihn neben sich auf die Bank gestellt hat?«
»Gut. Brünette und ein bißchen Negroide haben meine Sympathie.«
»Aber du, die hat Blechhosen an. Da brauchst du einen Büchsenöffner.«
»Was?!« Und Carl Umgelter lachte, daß es in der Drommersheimer Brückenstille klang.
»Ja, so sagt man bei uns auf dem Land«, sagte Wirsing.
Carl beneidete ihn, der ihm älter erschien. Nicht an Jahren – Wirsing zählte neunzehn Jahre –, aber was jenen ›wirk-

lichkeitsgesättigten Blick‹ betraf, wie ihn Professor Delling in seinen historischen Vorübungen bei Gelegenheit der Beschreibung eines Frauenporträts gepriesen hatte, auf dem die weichpolsterige Hand einer Dame im Federhut im Begriffe war, ins Innere eines fellgefütterten Handschuhs einzutauchen, so verfügte Wirsing über diesen ›wirklichkeitsgesättigten Blick‹. Und die Malergeliebte auf dem Bild – ihr Name fiel ihm nicht mehr ein – war eine gewaltige Person gewesen, wie sie selbst in Drommersheim selten auftauchte, obwohl hier, was die Frauenmode anging, eine gewisse altfränkisch üppige Eleganz immer noch im Schwange war. Ein Offizier kam ihnen entgegen; er trug die neue, hellblaue Uniform mit Käppi und besterntem Kragen. Der lange Säbel schlug dumpf und dezent an seinen Stiefelschaft. Wirsing sagte: »Achtung, jetzt müssen wir deckeln!« Sie zogen ihre Mützen, der Offizier dankte lächelnd, und Umgelter und Wirsing setzten ihre seidengefütterten Kopfbedeckungen auf. Carl zog die Mundwinkel herunter, und Wirsing grinste:

»Du hast dich noch nicht daran gewöhnt?«

»Alfons, ich werde mich nie daran gewöhnen! Außerdem ist diese Mütze ungesund und schadet dem Haarwuchs. Bald werden wir Glatzen haben. Die Kopfhaut muß ausdünsten.«

»Glatzen kriegen wir sowieso. Früher oder später. Zu einem guten Museumsbeamten gehört eine Glatze und daß er sanft näselt«, sagte Wirsing.

»Übersiehst du keinen von den säbelklirrenden Blauröken? Das ist ja grausig, immer mußt du rechts und links schauen wegen dieses Grußcomments ... Du kannst überhaupt nicht mehr richtig vor dich hintrödeln oder dich im Horizont auflösen. Weißt du: wenn du so in die Ferne schaust, wo die Erde zu Luft wird, dann löst du dich auf. Statt dessen heißt's: dem Grußcomment obliegen, grad als wärst du auf dem Kasernenhof.«

»Eine gute Schule ... würde mein Vater sagen.«
»Meiner auch! Aber ich bin für eine schlechte Schule.«
Und Carl Umgelter blinzelte über den Fluß hinüber zur weißen Barockvilla am anderen Ufer, dem sie entgegengingen. Die Villa war durchsetzt vom Mauerschwamm und angefault vom Flußwasser und sollte in den nächsten Monaten geräumt werden. Dann wollte man in die ›Seegerei‹ umziehen, eine alte Herberge mit weitem Dachboden, der für Fechtübungen benützt wurde. Das blüht mir also auch noch, dachte Carl und erinnerte sich, daß auf dem Fechtboden ein Plakat mit der Aufschrift hing: ›Jede Schmerzensäußerung ist streng verboten!‹
›Mich hält die Villa noch aus‹, dachte Umgelter, ›denn in drei Monaten bin ich längst nicht mehr Fuchs bei der *Calvaria,* sondern bewege mich, jeden Grußcomments und anderer bedrückender Einschränkungen ledig, durch die Drommersheimer Gassen, brauche weder rechts noch links zu schauen und kann zwei Zentimeter überm Horizont leben. Dann wird mich auch der beschauliche Wirsing nicht mehr kennen wollen, aber mir kann's nur recht sein; vielmehr ist es mir gleichgültig. Was gehen mich die andern an, ich hab ein klares Ziel: bei Dextrianus und Marcus Aurelius vorgelassen zu werden und den Kaiser auf seinen Inspektionsreisen bis Vondobona und Carnuntum zu begleiten.‹
Aber jetzt war er noch Fuchs bei der *Calvaria,* das ließ sich nicht abstreiten. Es wurde ihm sichtbar gemacht, als vor der weißen, in Ecken und Nischen bereits angeschwärzten und verwitterten Barockvilla, der Erstchargierte oder Ix, ein gewisser Baron Röhl, zusammen mit dem Zweitchargierten auf den Ruf: »Füchse – Stoff!« sich von Kost und Mühlbauer Gläser schäumenden Bieres aufs Pferd heraufreichen ließen; denn beide waren vor dem *Calvaria*-Haus vorgeritten. Röhls Stute tänzelte nervös und warf den Kopf, worauf der Baron, einen allseits applaudierten Ba-

lanceakt vollführend – in den Fenstern lagen schon die Bürger und spendeten dem Schauspiel Beifall –, mit der linken Hand, die den gelben Reitstock mit Silberkrücke hielt, die Stute durch Klopfen am Hals besänftigte und sein Glas leerte, ohne einen Tropfen zu verschütten.

›Studentische Sensationen . . . welch enorme Leistung . . . der Ix erweist sich als toller Hecht, und ich finde das Ganze enorm blöde‹, sagte Carl Umgelter zu sich selbst, der immer noch nicht begreifen konnte, weshalb er bei der *Calvaria* aktiv sein sollte. Erstens war er alles andere als ein aktiver Charakter, und dann verhinderte der Dienst in der Verbindung jegliches gesundes Ausschlafen, denn die Fuchsenstunde war auf halb sieben Uhr in der Früh angesetzt. Das war ja noch ärger als auf dem Gymnasium . . . Dann gab's Comment- und Anstandsunterricht, sie lernten, mit den Biergläsern auf der Tischplatte trommeln, was man ›Salamander reiben‹ hieß, und mußten Lieder auswendig lernen, von denen eines ›Landesvater‹ genannt wurde; es sollte enorm feierlich sein. Mit dem wirklichen Landesvater hatte es nichts zu tun, denn das war der Statthalter, ein verehrungswürdiger, grauhaariger Mann, der zum Lesen eine halbierte Brille trug und über den hier alle Witze rissen.

Seit dreißig Jahren regierte er in Drommersheim, nachdem eine Serie von Kabinetten und Revolutionen wie ein Reihenwurf von Fliegerbomben das Land ruiniert hatte. Seit er da war, herrschte Friede, Ordnung, Glaube, ihm war's gelungen, die magische Verbindung zur Geschichte wiederherzustellen und die Zeit auszulöschen, so daß sowohl die Fortschrittsgläubigen als auch die Rückgewandten nebeneinander existieren konnten. Ihn aber verhöhnten diese Studentenbuben hinter seinem Rücken und sagten, das sei ein langweiliger Mann.

Baron Röhl und der Zweitchargierte stiegen von den Pferden und beauftragten die Füchse Mühlbauer und Kost, sie in die Reitschule zurückzuführen. Röhl zog seine weißen Handschuhe aus und betrat, den Reitstock unter die Achsel geklemmt und von seinen Anhängern umdrängt, die Villa. Im Kneipsaal war die Hufeisentafel gedeckt. Die Calvarianer stellten sich hinter ihren Plätzen auf, die Hände auf den steifen, dicken und geschnitzten Stuhllehnen, alle im Schmuck ihrer Mützen und Bänder, der goldbestickten Cerevise und Sumpfhüte, die Chargierten unterm schwarzen Erzrelief, das die Namen der Gefallenen in einem fernen Kriege mit erhabenen Lettern verewigte, eine für einen Augenblick erstarrende Versammlung, bis von Baron Röhl das Zeichen zum Mahlzeitbeginn gegeben wurde. Da setzten sie sich auf die harten und knarrenden Stühle.

Die Füchse Holzapfel, Umgelter und Egelhaaf waren zum Transport der Teller, Suppenschüsseln und Terrinen abgestellt und saßen unten. Das Gespräch dämpfte sich im Löffelklappern, bis der Fuchsmajor, ein bleicher, breitschulteriger Mann mit vorgeschobenem Unterkiefer, die Frage stellte: »Was hat der Statthalter, wenn er sich auszieht?« Schweigen, es war der neueste politische Witz. Unbewegten Gesichts, mit flackernden Augen, hinter denen etwas Trauriges lebte, sah er von einem zum andern und antwortete: »Vorne den ewigen Frieden, und hinten beide Hemisphären.«

Da zischte, sprudelte und keckerte es von Gelächter. Der Fuchsmajor, von dem es hieß, er habe eine schwere Lungengeschichte überstanden, die ihm immer noch zu schaffen mache, nannte den Statthalter einen Jesuiten und sagte, es komme darauf an, sich einzuordnen in die strenge Bewegung derer, die eine Veränderung des politischen Klimas, notfalls mit Gewalt, durchsetzen wollten. Aber warum sollte es geändert werden? Das Drommersheimer politische Klima war das bekömmlichste, dessen sich ein Staat rühmen konnte, weil niemand etwas vom Herrscher

merkte; das Sozialgefüge war gefestigt, jeder, der arbeiten wollte, fand Beschäftigung, eine dünne Schicht von Asozialen bildete die Hefe, aus der sich überall das Leben nährt, und nur ein paar Gelangweilte oder krankhaft Überreizte wie der Fuchsmajor, der vielleicht das war, was man eine ›Führernatur‹ nannte, waren verbissen darauf erpicht, Unruhe zu stiften. Der Fuchsmajor wollte auf diese Weise eine triebhafte Regung befriedigen, denn er brauchte ein Publikum, um zu sich selbst sagen zu können: was bist du für ein großartiger Mensch, die andern tanzen alle nach deiner Pfeife ... ›Ich durchschaue dich‹, dachte Carl Umgelter und sagte zu Wirsing: »Er will Macht ausüben.«
»Was sagt der Umgelter?« rief der Fuchsmajor herüber, und Carl antwortete: »Du willst uns überzeugen, du brauchst eine Gefolgschaft.«
»Du gehörst doch auch dazu, im Grunde bist du davon überzeugt, daß ich recht habe.«
»Ach, du meinst im Unbewußten? Herzlichen Dank, Fuchsmajor ... Für mich ist jeder, der andere ummodeln will, ein Sklavenhalter. Ich glaube nicht an ihn.«
»Das hört sich wie eine Kampfansage an.« Der Fuchsmajor schaute sich um, Baron Röhl lachte, ein paar schmunzelten, die meisten aber aßen ihre Suppe weiter oder murmelten, ein dumpfes Geräusch, das den Saal mit der geschnitzten schwarzen Decke füllte, als wären andere anwesend, die niemand sehen konnte, früher aber hier gewesen waren und dieselben Gesichter wie die Jetzigen hatten; es blieb immer dasselbe, dieselbe Lauheit und dieselbe kalte Schärfe bleicher Gesichter, zu denen der Fuchsmajor mit dem vorgeschobenen Unterkiefer und den tief zurückgesunkenen dunkeln Augen zählte.
»Sind deine Augen nicht heiß?« fragte ihn Carl.
»Wie meinst du das?«
»Ob sie dir in den Lidern brennen. Ein Gefühl, als wären sie entzündet.«

»Wie kommst du darauf?«
»Weil sie so aussehen.«
Dann mußte er den Braten holen, den Salat und die dampfenden Kartoffeln. Seltsamerweise wurde in der *Calvaria* gut gegessen, der Braten glänzte mürb und saftig, hoch bauschte sich der Salat mit gelben Blättern, die für zart galten, und in die Kartoffeln war sternförmiges Grün gemischt. Nickelkasserolen blitzten auf den Tischen, die Bestecke hatten sanft gekrümmte Hirschhorngriffe, und an den Wänden spreizten sich ausladende Geweihe, in deren spitze Enden Mützen gespießt waren. Rostige Rapiere kreuzten sich über den Geweihen, die Körbe zerfetzt und mit verblichenem Goldstoff ausgeschlagen, was aussah, als reihten sich Fahnendraperien aneinander oder alte Gobelins wären dort aufgehängt. Dies alles machte Carl einen schweren Kopf, als röche es muffig nach Moder, obwohl doch jetzt das Essen roch.
»Du hast wieder hohe Gefühle?« sagte neben ihm Holzapfel und streckte seinen sehnigen Hals; der hatte ein angestrengtes Gesicht.
»Nein. Ich träume bloß. Beim Essen ist das doch erlaubt.«
»Du mußt dich mehr anstrengen. Dir fehlt es an Zucht«, sagte Holzapfel.
»Du schaffst also auch beim Essen, damit du etwas wirst? Warum eigentlich?«
Holzapfel sah betroffen drein und schwieg. Dann sagte er: »Damit ich später eine Familie gründen und ernähren kann.«
»Das ist ein guter Grund. So etwas muß man tun, dann geht das Leben rasch vorbei.«
Carl sah auf die Uhr mit dem goldenen Zifferblatt, das in die Holzwand eingelassen war, und dachte: wann bin ich wieder allein? Das Essen ging zu Ende, alle drängten durcheinander, rauchten und schwatzten; zum Fuchsmajor kam der Drittchargierte und sagte: »Ich muß mich selbst

verdonnern. Mir ist der Sumpfhut vom dritten Stock durchs Treppenhaus gefallen. Hier hast du eine Krone.« Und er übergab ihm das silberne Geldstück und fügte hinzu: »Hoffentlich gewährst du mir Ablaß.« – »Habeas«, sagte der Fuchsmajor, notierte in einem schwarzen Wachstuchbüchlein ›2 × 1 K [Selbstmeldung]‹ mit großen, engen und steilen Schriftzügen und belehrte Carl, indem er ihn darauf hinwies, daß ihm hier ein Beispiel jenen ›Selbstmeldeprinzips‹ geboten worden sei, auf das ›der Bund‹ großen Wert lege; dies diene der Stärkung des Gefühls für Selbstverantwortung und Selbsterziehung.
»Und wie ist es mit dem Keuschheitsprinzip? Worin besteht ein Verstoß gegen das Keuschheitsprinzip?«
»Das solltest du doch aus der Fuchsenstunde wissen.«
»Bezieht es sich darauf, wenn eine Commilitonin im Colleg neben mir ihren silbernen Schuh auszieht, denselben vor sich aufs Pult stellt, und ich insgeheim erregt werde beim Gedanken: dieser Schuh ist innen warm?«
Der Fuchsmajor schob den Unterkiefer vor, schaute an die Decke und sagte: »Ein Verstoß gegen das Keuschheitsprinzip liegt beispielsweise vor, wenn du dir drüben im Zeitungskiosk auf der Brücke die Zeitschrift ›Die Ehe‹ kaufst.« Dann ging er weg.

Schwierige Entscheidungen des Gewissens. Die *Calvaria* war eine Art Orden und versuchte, auf ihre Novizen, hier ›Füchse‹ genannt, mit Gewissensüberwachung einzuwirken; der Fuchsmajor war fast ein Beichtiger. Carl dachte: Morgen trittst du aus, du tust nur so, als streiften dir Burschen wie dieser Fuchsmajor mit ihrem ätzenden Wesen nicht die Haut, in Wirklichkeit aber bist du ratlos. Freilich, dein Vater würde sagen, das sei nur eine puritanische Strömung innerhalb der *Calvaria,* die werde vorüberfließen, und du solltest bedenken, welche Veränderungen der Bund in den letzten hundertdreiundsiebzig Jahren schon durchgemacht habe; die *Calvaria* werde auch mit dieser herrenhuterischen Strenge fertigwerden, die unterm Fuchsmajor mit der angekratzten Lunge herrschte. Aber der Vater war schon dreiundfünfzig Jahre alt und pflegte zu sagen: Es kommt immer nur das Alter wieder ... denn er war ein nachsichtiger Schmunzler mit breitem, zwickergeschmücktem Gesicht und unterhielt sich gerne mit den Strafgefangenen, die im Hof des Amtsgerichts Holz spalteten. Aber wenn er gewußt hätte, daß die neue harte Welle innerhalb der *Calvaria* politische Bemühungen unterstützte, die gegen den Statthalter gerichtet waren, hätte er zumindest die Augenbrauen hochgezogen.

Ach ja, der politische Hintergrund ... Carl ging nach der Fuchsenstunde, in der lange über Couleurdispens geredet worden war, allein nach Hause. Couleurdispens, also die Befreiung von der Pflicht, Mütze und Band zu tragen, wurde nur in Ausnahmefällen erteilt, etwa wenn ein Calvarianer ins Haus eines Professors eingeladen wurde oder sich einer Prüfung unterziehen mußte. Sonst aber hatte er der eisernen [Carl dachte: gußeisernen] Pflicht obzuliegen, bunt geschmückt herumzugehen, wahrscheinlich auch, wenn er zu Hause saß und seine Füße wusch ... Aber Carl trat ja morgen aus. Im engen und halbdunkeln Zimmer des Fuchsmajors legte er seine Mütze auf den papierbeladenen Schreibtisch, zog die Nadel mit dem erbsengroßen, goldenen Ring aus der Ecke seines Rockaufschlags, steckte sie in den weißen Mützenstoff und sagte: »Ich will der *Calvaria* den Rücken kehren, weil ich mich mit ihren Bestrebungen nicht mehr solidarisch erklären kann.«

›Hast du den Mut dazu? Du wirst nie den Mut dazu haben‹, dachte er.

Es war warm, die Sonne durch Schleier gedämpft. Auf dem Fluß, der sich glatt und olivgrün streckte, glitt ein Nachen mit einem Studenten und einem Mädchen in weißem Kleid vorbei, das eine Rose im Gürtel stecken hatte. Weiden hingen tief herunter und zeigten gelbe Zweige. Der Flußpark mit hohen Bäumen war durchsichtig, als hätte er grüne Lungenbläschen und blauschwarze Adern, denn so sahen jetzt Stämme und Äste aus. Das steile Gewinkel und starre Beieinanderstehen schiefer Giebel und dünner Kamine, um die sich Rauch bewegte, als werde bläulich Luft fest, wurde vom Dom überragt, der seine Kuppel zeigte, diese metallene Frucht mit grünspaniger Schale. Wie eine Schlucht stieg die Straße zwischen Burgmauern empor, die Gärten stützten, aber Carl ging links hinauf, über die Dombergtreppe, um den ›Schimpfeck‹ benannten Platz zu meiden, wo die Couleurstudenten ihre Carambolagen begannen, die nur durch Mensuren bereinigt werden konnten. Die *Calvaria* freilich hatte keinen Mensurzwang, ihre Aktiven fochten nicht, sondern übten die Fechtkunst lediglich als Sport; aber trotzdem war's gut, sich abseits zu halten.

Hinter verschnörkeltem Korbgitter träufelte ein Brunnen. Der Platz ›Zum Roten Herzfleck‹ lag in der Nachmittagsschläfrigkeit, und ein weißes Automobil, das vorne hochgewölbt war und einem Fisch glich, drehte sich vor dem Wohnturm der grauen Familienburg, die Carls Großmutter gehörte. Zwei Uniformierte in weiten, olivbraunen Blusen, flachen Mützen auf dem Kopf, saßen darin; der Wagen hatte eine ausländische Nummer und ein rotes Schild mit der Aufschrift ›Corps Diplomatique‹. Fremde oder Einheimische? Es hatte geheißen, daß es welche gebe, die auch als Drommersheimer solche Univormen trügen, allerdings nur bei seltenen Anlässen. Und Carl brachte diese sonderbaren Uniformen mit der Unzufriedenheit gegen den Statthalter in Verbindung und glaubte, solche neumodischen Kleidungsstücke könnten nur von Feinden des Herkömmlichen, den Chaosfreunden oder Babyloniern, getragen werden, von denen auch in der *Calvaria* gemunkelt wurde. Daß der Fuchsmajor zu ihnen gehörte, war nicht anzunehmen, weil die Babylonier solche sein sollten, die sich in Kellern trafen. Der Statthalter sollte alles dulden, wahrscheinlich weil er dachte, Entwicklungen aufzuhalten sei heutzutage höchstens für die Dauer einer Generation möglich, und jetzt begännen sich die Jungen abzuwenden von der Vergangenheit, die er wiedererweckt und mit den Neuerungen der Gegenwart verschmolzen hatte.

Begann alles zu verblassen, was Carl bedeutsam schien? Er würde trotzdem versuchen, zum Commandeur der dritten italischen Legion, Excellenz Dextrianus, vorzudringen.

In seiner Stube bei der Witwe Pössenbacher, draußen, wo es Sendlach zuging, war Lena Herzfelde damit beschäftigt, sein Bett frisch zu überziehen. Die Kissen bauschten sich dunkelrot. – »Ach«, sagte Lena und schien zu erschrecken, schaute sich um, die Zipfel eines Kissenbezugs in den ausgestreckten Händen. Sie bewegte die Wimpern hinter den runden Gläsern einer Stahlbrille, die ihre Augen vergrößerten, ein weißhäutiges, zur Üppigkeit neigendes Mädchen mit nackten Armen, eine Handbreit kleiner als Carl Umgelter, der seine Mütze auf den Schreibsekretär am Fenster warf und zu Lena sagte: »Ach, ich habe Ihnen ja noch nicht Ihr Monatliches ausgehändigt!« So entnahm er denn seiner grünen, gestrickten und mit seidenen Rosen bestickten Börse ein Fünfkronenstück, drückte es Lena in die weichpolsterigen Finger und sagte: »Da!« – »Aber das ist doch viel zu üppig, Herr Umgelter, da komme ich ja in Versuchung, es zu verjubeln! Sie verführen mich direkt zum schlechten Lebenswandel, also sagen wir: zur Sommer-Redoute in den Sophiensälen!« – »Wenn es nur nicht der Keller im ›Majestic‹ ist«, sagte Carl, worauf Lena ausrief: »Aber Herr Umgelter! Wofür halten Sie mich denn? Das ist direkt eine Insultation!« Woher hat sie die Fremdwörter, dachte Carl, bis er sich erinnerte, daß Lenas Vater in der Fideikommißverwaltung der Drommershei-

mer Schlösser als Kanzlist tätig war, dort, wo wieder mit Gänsekielen geschrieben wurde, nachdem man neumodische Schreibwerkzeuge wie Stahlfedern oder gar Schreibmaschinen nach einer Probierzeit von sieben Monaten als dem genius loci der ehrwürdigen Kanzlei unzuträglich verworfen hatte. Unter den Beamten aber herrschte ein gewisser Sinn für verschnörkelte Ausdrücke, der besonders in der letzten Zeit verfeinert und durch Fremdwörter bereichert worden war. Der Erbprinz des Hauses Drommersheim-Aschenfurth stand der Fideikommißverwaltung vor, ein Dreißigjähriger mit festen roten Backen, der nachmittags gegen fünf vors Jünglingsche Caféhaus geritten kam und mit staubigen Stiefeln, sporenklirrend, nach Pferdestall duftend und seinen kräftigen Schnauzbart streichend, die wispernde und schwirrende, von Reiherhüten, Federboas und Aigretten belebte Konditorei durchquerte, um im rückwärtigen Saal mit Erzherzog Johann Salvator von Österreich eine Partie Billard zu spielen.
»Der Herr Umgelter steht versonnen da. Hat er in der Vergangenheit geweilt? Daß ihm die Vergangenheit genügt, ist zwar bewundernswert und wird vom Statthalter gefördert als Ausgleichsmedium gegen harte Gegenwartstendenzen wie Brutalismen und rüde Denkweise, aber darum die Erfordernisse der jetzigen Realität völlig hintanzustellen, dies verlangt selbst der Statthalter nicht.«
»Mädchen, mir schwindelt's, wenn du so schwätzt!«
»Bübchen, mir juckt das Fell, wenn ich ein Fünfkronenstück in meinen warmen Fingern halte!«
Fräulein Herzfelde sah auf ihre Hand, packte eins der dicken, roten Kissen und sagte: »Es muß ausgewechselt werden! Das ist mehlig schwer! Gips könnte auch drin sein statt Flaumfedern. Also wechseln wir es aus. Frau Pössenbacher ist damit einverstanden. Wissen Sie, ich habe zu ihr gesagt: dem Herrn Umgelter drückt das alte Kissen auf den Bauch und schafft ihm unliebsame Träume; darf ich ihm

nicht eins der guten holen, die auf dem Dachboden hinterm Paravent aufgestapelt liegen? Dort werden sie bloß moderig . . . Und Frau Pössenbacher hat ja gesagt. Was Sie mir alles verdanken, Herr Umgelter!«
»Deshalb auch die fünf Kronen. Fräulein Herzfelde, ohne Sie würd ich direkt verschimmeln.«
»Drum«, sagte Lena und trug das Kissen durch die Tür, die offenstand. Hinter ihr stand der Briefträger, ein braunhäutiger Bursch mit Bärtchen, der, wohl des warmen Wetters wegen, seinen Rock bis zur Brust geöffnet hatte und sagte: »Da hab ich was für den Herrn Umgelter.« Er überreichte Carl ein breites Cuvert aus Bütten mit rotem Siegel, das den Zirkel der *Calvaria*, dieses verschlungene ›Vivat, Crescat, Floreat‹ trug und das Lena Herzfelde neben Carl anschaute, wobei sie ehrfürchtig: »Oh, ein Amtsstück!« hauchte, und Carl ihren nackten Oberarm warm durchs Hemd spürte.
›Was wollen die von mir? Nicht einmal zu Hause bin ich aus . . . Einem auch noch Schriftstücke ins Haus senden, das ist ja der Gipfel‹, dachte Carl Umgelter und erbrach das Siegel des schweren Briefs.
Die schrieben mit der Schreibmaschine, die waren ›modern‹. »Eine grobe, eine barbarische Bande . . .«, flüsterte er. Aber sie schrieben »Lieber Bundesbruder«, und was schrieben sie noch? Sicher steckte im Brief irgendeine Infamie, die sich erst später offenbarte. Oder wichen sie zurück, schraubten sie ihre Forderungen niedriger? In der Tat, es war verblüffend, was die schrieben:
»Es ist gemeldet worden, daß Du den Wunsch hegst, Dich den vergangenheitlichen Förderungstendenzen Seiner Excellenz des Herrn Statthalters willig hinzugeben und Verbindung aufzunehmen suchst zur traditionellen Besatzungsmacht, das heißt in Deinem Falle: zur Canzlei des Dextrianus, gelegen in den südlichen Drommersheimer Ebenen. Die *Calvaria* billigt im Sinne ihrer vergangenheits-

bewußten Wirksamkeit Deine Wünsche und erteilt Dir laut Beschluß des A. H. C. vom 17. 4. eine unbefristete Couleurdispens. Da es angemessen erscheint, Dich darauf hinzuweisen, daß die geplanten Fechtübungen Deiner Confuxia Deinen Intensionen hinderlich sein können, bist Du laut obigem Beschluß auch von diesen befreit. Im Auftrag: Sonderfinger, Fuchsmajor. P. S.: A. H. C. = Alte-Häuser-Collegium.«

Also, was willst du mehr? Nur das Keuschheitsprinzip macht dir zu schaffen; leider haaben sie dich davon nicht dispensiert . . . Es wird für dich schwierig einzuhalten sein, wenn du an die Brüste und ans Hinterteil von Fräulein Herzfelde denken mußt. Aber wenn du beides umfaßt, dann kommst du mit dem Keuschheitsprinzip nicht in Konflikt; nur das Denken ist verboten . . . Und außerdem hat Fuchsmajor Sonderfinger bis jetzt lediglich gesagt, ein Verstoß sei, wenn du dir am Zeitungsstand auf der Brücke ›Die Ehe‹ kaufst.

Aber darauf konnte Carl Umgelter leicht verzichten; ›Die Ehe‹ brauchte er ganz gewiß nicht.

Übrigens: aus der *Calvaria* kannst du gar nicht austreten, bist du dir darüber klar? Du bist mit der Vergangenheit so fest verflochten und verfilzt, daß es ein unverzeihliches Verbrechen wäre, wenn du einer Institution den Rücken kehrtest, der sich deine Vorfahren willig unterworfen haben. Du kämest nie zu Dextrianus oder gar in die Privatvilla des Kaisers mit dem brunnendurchplätscherten Peristyl, wenn du die ehrwürdige und dem Steinschwamm anheimgefallene Villa am Fluß leichtsinnig verließest. Übrigens: man kennt dich dort, sie durchschauen diesen Carl Umgelter, das beweist der Brief, den du in Händen hältst.

Er stand am Fenster, schaute in den frisch gerechten Frühlingsgarten mit trockener Erde und sah einen weißen Sperling. Freilich, auch dieser hatte ein paar braune Federn,

aber das Weiß herrschte auf seinen Flügeln, und der Flaum am Kopf war völlig weiß. ein Albino, ein Sonderling, ein Gezeichneter? Aber er hüpfte und flatterte unter den anderen Spatzen, die ihn umtschilpten und mit denen er als einer der ihren tschilpte. ›Der wird froh sein, weil keiner merkt, daß er anders gekleidet ist als seine Collegen‹, dachte Carl. Er trat vor die Tür, weil er glaubte, er habe dort etwas gehört, und begegnete im engen Gang, der zur Bühnentreppe und zum Abortkämmerchen führte, Lena Herzfelde, die sich den Rock zurechtstrich; sie hatte die Stahlbrille abgenommen und schaute zu ihm auf. ›Der oberste Blusenknopf ist doch vorhin nicht aufgeknöpft gewesen‹, dachte er und wunderte sich, daß im Dämmer des engen Gangs der Ansatz ihrer Brüste heller schimmerte als alles andere an ihr. Vielleicht hatte sie auch ihre Lippen rot bemalt, aber das war jetzt nicht genau zu sehen. Und dann hatte Fräulein Herzfelde viel zu dunkle, große und langwimperige Augen.
Sie griff ihn und ließ die Tür zum Dachboden aufschnappen. Eine steile Treppe führte in die Höhe, und Lena stieg auf dünnsohligen Schuhen empor, wobei ihr leichter rot und schwarz gemusterter Rock sanft schwankte und sein Saum ihre Kniekehlen streifte. Ob das Raffinement war, wollte Carl nicht wissen.
Nach einer Weile kam sie wieder ins Zimmer, brachte ein neues Kissen und begann am Bett die Hülle einzuknöpfen. Er half ihr dabei, übernahm die linke Kissenhälfte, und als sie fertig waren, deutete sie auf seinen Teil:
»Der dort ist viel schöner.«
»Nein, der andere.«
»Nein, der.«
Jetzt war Fräulein Herzfelde im Gesicht rosafarben, und Carl Umgelter war es auch. Deshalb verschwand Fräulein Herzfelde, öffnete aber wieder die Tür, schaute herein und sagte: »Ich habe Sie gestern abend gesehn. Mit meiner

Mutter. Da sind Sie neben dem Bach gegangen, der Öhrd heißt, dort bei dem alten Gartenhaus, das wie ein Türmchen über der grünen Mauer steht. Sie haben ganz allein einen Apfelstrudel gegessen, Herr – Schöngelter!«
Die Tür machte ›schnapp‹, und auf der Treppe waren leichtfüßige Schritte. Er schaute hinaus, unten lachte jemand, er sah ins Treppenhaus hinunter und glaubte ein Gesicht neben dem Geländer verschwinden zu sehen, jetzt wieder mit Stahlbrille und streng gescheitelter Frisur, ein züchtiges Geschöpf. Dann fingen in einem nahen Wirtshaus kräftige Männerstimmen das Lied zu singen an: »Draußen ist alles so prächtig.«

Was waren das für Erlebnisse, Carl Umgelter! Wegen Mißachtung des Keuschheitsprinzips wird man Sie vor's Alte-Häuser-Collegium zitieren, und durch keinerlei Nachsicht von seiten Ihrer Bundesbrüder werden die schwerwiegenden Vorwürfe Ihres Lebenwandels wegen aufgehoben werden können. Was blüht Ihnen als Sühne? Eine Verachtungsstrafe des Fuchsmajors Sonderfinger? Ein Anerkennungserfolg beim gesunden Baron Röhl? Jawohl, Röhl würde ihn vielleicht herauspauken, das hoffte er auf jeden Fall. Aber dann war doch noch die Sache Brautlacht anhängig, diese Warme-Schuh-Verfahren, bei dem Confux Wirsing als Zeuge der Anklage fungieren konnte . . . Hatte Carl nicht den warmen Silberschuh der Commilitonin Brautlacht im Colleg des Professors Delling berührt, als dieser im verdunkelten Raum über den pelzgefütterten Handschuh der feisten Malergeliebten doziert hatte? Aber die Brautlacht war Kammerzofe bei Excellenz Dextrianus' Gemahlin, eine Halbtagsbeschäftigung, die ihr erlaubte, die Vormittage als Hörerin der Alma Mater Drommersheimensis zu verbringen und im Seminar mit metallenen Bleistiftabsätzen die eiserne Wendeltreppe zu den Bücherregalen auf der Galerie hinaufzustolpern, wo auch die

Haken für die Garderobe waren. Im übrigen zerhackte die Brautlacht mit ihren Absätzen das grüne Linoleum im Seminar, und wenn der Assistent Professor Dellings, ein gewisser Schneller, sie ihres Adelstitels wegen – Elisabeth Gräfin Brautlacht-Drommersheim – nicht in Schutz genommen hätte, wäre längst am Schwarzen Brett zu lesen gewesen: ›Zum Schutze des Bodenbelags werden die Damen gebeten, in den warmen Monaten die kleidsamen Bänderschuhe antiker Geschmacksrichtung zu tragen, die der Örtlichkeit eines Seminars für Altertumswissenschaften angemessener erscheinen als das mit Dolchabsätzen bewehrte Schuhwerk nördlicher Provenienz‹, denn so stellte sich Carl eine Verlautbarung des Assistenten Schneller vor.
Im Erfrischungsraum der Universität dachte er darüber nach, als er das Buch ›Ahnung und Gegenwart‹ zuklappte und, sich zwischen Stühlen hindurchzwängend, die adelige Heldin des Eichdorffschen Romans in Gedanken immer noch mit Lena Herzfelde verwechselte. Dann traf er seinen Confux Egelhaaf, den rötlichen und langen mit dem ausgreifenden Gang, der wie der Fuchsmajor Vegetarier und Antinikotinist war. Aus nüchterner Höhe sah er auf Carl herab und sagte:
»Wagenspuz ins Sendlacher Bierhaus heute siebzehn Uhr. Daß jegliche Couleurdispens für den Dienst beim Bund automatisch aufgehoben ist, dürfte dir klar sein?«
»Gewiß . . . Gewiß . . .«, versicherte ihm Carl und beeilte sich, von Egelhaaf weg und ins Colleg zu kommen. – »Ich muß zu Delling«, sagte er, »Delling ist für mich wichtig. Harte Schule, dort lernst du systematisch arbeiten. Der schenkt dir nichts. Nur nichts Träumerisches oder Verschwärmtes in der Wissenschaft, sage ich immer.«
Verblüfft sah ihn Egelhaaf an, legte den Zeigefinger an die Nase und bemerkte: »Wie mir scheint, bist du also trotzdem auf dem rechten Weg?«

»Trotzdem?« fragte Carl.
»Ach ja . . . Weißt du, weil sie beim Bund immer behaupten, du seist ein Schwebler.«
»Was heißt Schwebler?«
»Es heißt, daß du dich von Vagem begeistern läßt, während doch die Wissenschaft eine nüchterne Sache ist.«
»Oh, die Wissenschaft gewiß! Darüber gibt sich Carl Umgelter keinen Illusionen hin!« rief er aus und verabschiedete sich aufs liebenswürdigste und unterwürfigste von seinem Confux Egelhaaf, der ihn aus kleinen Fischaugen vage ansah und wahrscheinlich den Verdacht nicht loswurde, Carl sei ein unsicherer Kantonist. Aber bezirzt habe ich ihn, er weiß nicht, wo er mit mir dran ist und wie er mich einordnen soll, denn Kerle wie Egelhaaf und Fuchsmajor Sonderfinger ordnen ja die andern immer ein. Die wissen, daß sie furchtbar korrekt sind und jeden beurteilen können. Gut, daß ich weiß, wie ich euch einzuschätzen habe. Schließlich seid ihr alle meine Feinde, ihr korrekten, trockenen und steifleinenen Burschen. Euch werde ich nie verraten, was ich denke.
So Carl Umgelter, während er in der langen Wandelhalle mit den vierkantigen Porphyrsäulen auf und ab ging, vor sich hin oder über die Köpfe der Wandelnden hinweg auf die goldenen Säulenkapitelle schaute, die unter der Decke aneinandergereiht schimmerten, als löse sich der obere Bereich des langgestreckten Raumes auf. ›Dort siehst du hinüber zu Herrn Dextrianus und zum Kaiser, während du im Halbdunkel schwarzer Wände gehst‹, sagte er zu sich selbst. Der Kaiser hatte sich aus dem Schlamm herausgehalten, aber in ihm gehen müssen.
»Dort steht die Brautlacht-Drommersheim. Man beachte den Popo der Gräfin!«
Es war Wirsing, der neben ihm auftauchte, durch seinen hornumrandeten Zwicker die Gräfin Brautlacht-Drommersheim schräg bewunderte und die schwarze Seidenkor-

del in den Fingern drehte. Heute war die Gräfin in einem weißen, antiken Kleid erschienen und lachte in einer Lichtbahn, die, von Staubflimmer und bläulichem Rauch durchzogen, durch ein hohes Fenster auf den schwarzen Marmorboden fiel. Die Sonne modellierte ihren Rücken, und da die Brautlacht einen Fuß zur Seite stellte und dabei ihre Silberschuhspitze hob, als bewege sie darin die Zehen, bildeten sich ihre Schenkel, der Popo und der Rücken in einem dünn fließenden Gewande ab, das um den Hals eine rote Bordüre mit Mäandermuster schmückte. Sie lachte, spreizte die Hand, hielt eine Zigarette weg, hatte gekräuseltes schwarzes Haar im Nacken, aufgeworfene Lippen, eine Stupsnase und brünette Haut. Sie sprach mit einem langen Mann, einem Schmalgesichtigen, der in die Stirn gekämmte Simpelfransen hatte und aussah, als wäre er nicht ganz da.

»Zum Mittagessen muß sie wieder draußen im Sendlacher Lager sein, ich meine: in Sendliacum. Die ist doch bei den Römern angestellt«, sagte Carl.

»Sie kann's nicht verbergen oder will es nicht verbergen«, sagte Wirsing.

»Warum sollte sie auch? Das ist ein beneidenswerter Job«.

»Dann weißt du also auch schon, daß sie bei der Dextriana ist?« fragte Wirsing. »Die beiden Kinder, der Aemilius und die Faustina, hängen sehr an ihr. Du, die soll an den Iden des April einen Topf voll Sesterzen bekommen haben. Zum Jahrestag. Sie ist doch schon ein Jahr lang bei den Dextriani.«

»Verarmter Adel, nicht wahr? Ich meine die Brautlacht-Drommersheims ... Weißt du, was mich am meisten interessiert? Ob in Sendliacum außer Griffeln für Wachstafeln und Gänsefedern für Papyrusblätter auch Bronzefedern benützt werden. Es heißt doch, die Römer besäßen metallene Federstiele«, sagte Carl.

»Mir wär's lieber, wenn ich wüßte, ob die Gräfin unter

ihrem Römerkleid noch etwas anhat. Byssosgewebe zum Beispiel, das sich leicht beiseite schieben läßt.« Und Wirsing lächelte abwesend.
»Busenhalter haben die Römerinnen jedenfalls keine getragen. Aber vielleicht macht sich die Brautlacht-Drommersheim diese neue Errungenschaft trotzdem zunutze?«
»Ich weiß nicht recht . . .«, sagte Wirsing, »aber was die Busenhalter anlangt, glaube ich, daß du dich täuschst. Im übrigen vergehen wir uns gegen das Keuschheitsprinzip. Ist dir das klar?«
Carl nickte und sagte: »Also müssen wir entweder Mönche werden oder aus der *Calvaria* austreten. Austreten kann ich nicht, weil meine Vorfahren dort aktiv gewesen sind. Was bleibt mir also anders übrig als die anderen gelten zu lassen, weil sie mir gleichgültig sind? Ich bin höflich, manchmal sogar unterwürfig, damit ich vor ihnen meine Ruhe habe. Das ärgert sie am meisten.«
Wirsing pfiff leise durch die Zähne und sagte: »Ach so.. . . Du, da nimm dich nur in acht, du kennst den Sonderfinger nicht.«
»Ja, glaubst du denn, du kämst ohne Heuchelei durch?«
»Nein, aber – komm, gehen wir lieber zu Delling.«
Beklemmendes Gespräch. Also konnte er sich auch auf Wirsing nicht verlassen. ›Wer weiß, vielleicht erzählt der alles dem Fuchsmajor . . . Ich werde niemand mehr etwas verraten. Und woher hat der Fuchsmajor von meiner römischen Audienz erfahren? Es weiß doch nur die Großmutter davon; ihr hab ich auch erzählt, daß es mir vor der *Calvaria* graut . . . Freilich, du hast die Couleurdispens erhalten und bist vom Fechtunterricht befreit worden, darüber kannst du froh sein. Oder wird sich auch dies schlecht für dich auswirken? Da müssen doch die andern neidisch werden . . . Lasse alles laufen, dafür meldest du dich heute freiwillig zum Essenträgerdienst; der ist angenehm, du brauchst nichts zu reden und kannst den andern

zuschauen. Kellner ist kein schlechter Beruf. Wenn du als Student scheiterst, wirst du Kellner . . .‹

Selbstgespräche. Mittag war's, und sonne schien auf Drommersheim. Vor dem Jünglingschen Caféhaus wurde der Glaskiosk von jungen Leuten umschwärmt, zwei davon in tabakbraunen Schoßröcken und Vatermörderkragen; sie stützten sich auf Stöcke. Carl glaubte, unter ihnen ein Mädchen zu sehen, das Lena Herzfelde glich, aber das war eine Täuschung. Ich bin froh, daß ich mich getäuscht habe, dachte er und hörte im Vorübergehen die eleganten Burschen über den Statthalter witzeln. Dann ging einer in einer khakifarbenen Bluse vorbei, die flache Schildmütze auf dem Kopf, wie er es gestern in dem fremdländischen Automobil gesehen hatte. Eine geschlossene Kalesche rollte über den Corso, gefolgt von einem Reiter. Auf dem Trottoir kam ein Diener in Kniehosen und Zylinder heran, Epauletten auf en Schultern. Über einem Portal ragte eine Gaslampe heraus, und darunter stand eine Frau mit zottigem und weißem Haar, eine schwarze Hartgummiplatte im Mund; ein Offizier sprach mit ihr. Carl griff sich an den Kopf, um den Offizier zu grüßen, doch glitt seine Hand am Haar vorbei, weil er keine Mütze trug. Die Frau war die Herzoginmutter Drommersheim-Aschenfurth, und die Hartgummiplatte, die einer Grammophonplatte glich, ein altes Hörgerät; seine Großmutter hatte ihm davon erzählt. Das Rathaus, in dessen ›Saal der verlorenen Schritte‹ der Statthalter seine Empfänge gab, zeigte spiegelnde Butzenscheibenfenster wie eine Haut aus Licht. Bei Feierlichkeiten sollte er dort oben in einer alten Holzbank sitzen und von einem Pult aus sprechen, das neben dem Podium mit dem leeren Stuhl Karls des Fünften und einem golddurchwirkten Baldachin stand. Und obwohl der Statthalter alle Wege zur Vergangenheit geöffnet und die Zeit aufgehoben hatte, auch da und dort, wie drüben am Kiosk vor dem Jünglingschen Caféhaus Leute auftauchten, die sich nach einer verschollenen Mode kleideten, war es ihm bis heute noch nicht gelungen, beispielsweise Karl den Fünften einzuladen, damit er seinen alten Platz unterm Baldachin wieder einnähme und die versammelten Würdenträger beriete. Freilich hieß es, der Kaiser habe die Villa des Statthalters aufgesucht, oder die beiden hätten sich im Erker des Saals der verlorenen Schritte beraten, doch ob dies wirklich wahr war, konnte niemand bezeugen.

Nichts stand fest. Auch in Drommersheim konnte sich jeder nur auf eins verlassen: daß er sterben würde, und Carl Umgelter dachte oft daran.

Ein bedrückender Gedanke, absonderlich bei einem Achtzehnjährigen, aber nicht außergewöhnlich. Letzthin war der Mensch das einzige Lebewesen, das wußte: einmal ist alles aus. Aber vielleicht stimmte es auch gar nicht, daß sich der Mensch darüber klar war, weil er die Tiersprache nicht kannte. Niemand wußte irgend etwas Sicheres. Sicheres gab es nicht, außer vielleicht dies: daß Carl Umgelter zur *Calvaria* gehörte und über die Brücke einer weißen Barockvilla entgegenging, die wurmstichig war, obwohl das vielleicht auch nicht genau stimmte.

Im Vestibül stand Fuchsmajor Sonderfinger vor dem Tischchen mit dem Telephon und sah Briefe an, Briefe von Bundesbrüdern, die im Hause wohnten. Sonderfinger betrachtete die Adressen und drehte die Briefe um. Carl stellte sich neben ihn, um ihn, den Dunkelgekleideten, so zu begrüßen, wie es sich unter Calvarianern geziemte: indem er die Hacken zusammennahm und aufrecht: »Guten Tag, Fuchsmajor« sagte.

»Ja, ist schon gut. Warum bist du hier?«

»Ich melde mich als Essensschlepper.«

»Warst du nicht gestern dran? Die Essensschlepper sind längst eingeteilt, ich kann das nicht mehr ändern. Übrigens: merkwürdig, daß du dich freiwillig meldest.«

»Es hat seinen Grund darin, daß . . .«

»- du ein schlechtes Gewissen hast. Übrigens wundert es mich nur, daß du hier bist. Hast du nicht gesagt, du seist bei deiner Großmutter zum Essen eingeladen?«
Sonderfinger sah ihn, die Unterlippe bleich und dunkelrot, die Oberlippe dünn, als schlüpfe sie in den Mund hinein, hohlwangig und bleich an; er hatte gelichtetes Haar.
»Bei meiner Großmutter? Nein, das muß eine Verwechslung ...«
Der andere deutete aufs Telephon und sagte: »Rufe doch an.«
»Meine Großmutter hat kein Telephon.«
»Ja? Du, das ist aber seltsam.« Der Fuchsmajor schüttelte den Kopf, ging weg und redete vor dem Eingang zur Garderobe mit Röhl, der seinen gelben Reitstock in den Händen bog, die Schultern hochzog, eine Grimasse schnitt und im Weggehen Sonderfinger über die Schulter zurief: »Das ist doch infam! Ich bin in jedem Fall dagegen!«
Huzel, ein Confux mit schmalem Gesicht und Hakennase, die Backen frisch gerötet, kam zu Carl und sagte: »Na, du hast es jetzt aber gut, du mit deinen hohen Gefühlen und der Extrawurst. Ich meine: Couleurdispens und so ...« Er machte eine vage Geste.
»Probier's doch auch. Vielleicht genehmigen sie's dir.«
»Ich? O nein, danke!« Huzel lachte. »Ich habe keine derart prominenten Fürsprecher wie du.«
»Wer hat für mich gesprochen?«
»Gewisse Frauen sollen da im Spiele sein ... Nun, man hört allerlei. Wahrscheinlich ist es nur Geschwätz.«
Lachend entfernte sich Huzel, ein eleganter Bursche, von dem es hieß, er sei Journalist gewesen und habe einen weithin beachteten Aufsatz über eine Ofenausstellung geschrieben, obwohl er von Öfen nichts verstehe. Der war zwar nur Fuchs wie Carl, aber schon von Ansehen umwittert, wahrscheinlich weil er sich Röhl, den Erstchargierten, als Leibburschen erwählt hatte. Nein, es kam noch etwas

anderes hinzu, etwas Kaltes und Hartes, das in ihm steckte und mit ihm verschmolzen war; ein festumrissener Charakter also, der die Fechtkunst liebte und gegen alle zynisch war. Und Carl erinnerte sich an ein Gespräch auf dem oberen Balkon mit dem finstern, verbissen arbeitenden Philologen Wasser, mit Groschopf, der Töpfer gewesen war und aussah wie ein Stromer, und mit einem seidig Ironischen, hämisch Wehmütigen und Verwöhnten, der Faul hieß. Sie hatten über Handschriften gesprochen, der Fuchsmajor war noch dazugekommen, und schließlich hatte Sonderfinger gesagt: »Die Handschrift des Huzel ist gut. Die ist . . .« Und er ballte seine knochige Hand zur Faust. Huzel hatte eine große und steile, gotisch spitze und harte Schrift, also eine, die Carl widerwärtig war. Jetzt schlug Huzel den Gong, daß es dröhnte und über alle Treppen Hungrige heruntertrappelten.

Wieder begann das feierliche Essen in dem alten Kneipsaal. – »Setze dich zu uns herauf«, sagte Sonderfinger nach der zeremoniellen Stille und krümmte den Zeigefinger in der Richtung, wo Carl saß. »Ja, ich meine dich, Umgelter. Hier ist ein Stuhl frei.« Er deutete neben sich. So ging denn Carl zu ihm hinauf, beugte sich über die heiß dampfende Suppe und wartete zwischen Röhl und Sonderfinger, bis einer von beiden etwas sagte. Sonderfinger begann:

»Deine Großmutter ist noch rüstig, wie?«

»Nun, als Südamerikanerin . . . portugiesischer Abkunft«, sagte Carl.

»Wie sind die Portugiesen? Weißt du, ich bin aufgewachsen in einem herrenhuterischen Internat. Dort erfährst du wenig von der großen Welt.«

»Die Welt ist für jeden immer klein. Ein enger Horizont. Ob du in Herrengut oder in Rio wohnst.«

»Aber ich erführe gerne, wie die Portugiesen sind.«

»*Die* Portugiesen?«

»Nun ja, der Volkscharakter.«

»Ich kann nur sagen, wie meine Großmutter ist. Nein, nicht einmal das ... Ich kann nur sagen, wie sie mir erscheint.«
»Also glauben alle Portugiesen an den Schein?«
»Ja. Oder besser: an Mañana. Das heißt Morgen. Und ›Morgen‹ wird nie sein. Sie wissen, daß das Morgen niemals sein wird.«
»Es heißt, auch der Statthalter habe portugiesische Vorfahren. Stimmt das?«
»Ich weiß es nicht, aber es könnte sein.«
»Also sind die Portugiesen melancholisch. Sie halten sich zurück.«
»Nun ja, wer Leidenschaften sucht und fanatisch Umwälzungen wünscht, für den ist Portugal ein karges Land. In einem Weinberg sitzen und aufs Meer schauen, das ist portugiesisch.«
»Warum hast du dir noch keinen Leibburschen ausgesucht? Es wird Zeit, daß du dich entscheidest. Oder gefällt dir keiner von uns?«
»Doch. Röhl.«
»Aber Röhl hat doch schon Huzel. Zwei Leibburschen gehen nicht.«
›Der meint, ich solle ihn wählen; soll ich es ihm sagen?‹ dachte Carl. Aber das wäre undiplomatisch gewesen, und Sonderfinger hätte sich geärgert; deshalb sagte er: »Ich muß es mir noch einmal überlegen.« Neben ihm brach Röhl einen Wecken auseinander und lachte zu Carl herüber, ein langes, knochiges, ein widerspruchsvolles und zerrissenes Gesicht.
»Hast du eigentlich schon einmal«, Sonderfinger sah auf seine Armbanduhr, »von den Babyloniern gehört?«
»Ja, Ich sehe sie sogar. Hier sitzen welche.«
»Sind es viele?«
»Noch nicht ... Kannst du mir erklären: wie verträgt sich Babylonismus mit herrenhuterischer Strenge, oder sagen

wir: mit dem Keuschheitsprinzip?« fragte Carl.
»Mit Babylonismus verträgt sich alles. Entscheidend ist die Führung.«
»Ich werde ja von dir geführt«, sagte Carl. »Abfahrt zum Wagenspuz nach Sendlach heute neunzehn Uhr steht am Schwarzen Brett. Und dann steht noch dort: Couleurdispensen aufgehoben.«
»Immer hast du was Besonders?«
»Alles Dienstliche geht vor«, sagte Sonderfinger und richtete sich auf. »Aber wir haben heute nicht mit dir gerechnet. Wir nahmen an, du seist bei deiner Großmutter zum Mittagessen eingeladen.«
»Mañana«, sagte Carl.

Nach dem Essen ging er zum ›Roten Herzfleck‹, dem Platz beim Rathaus mit dem Saal der verlorenen Schritte, wo der Statthalter seine Empfänge gab. Unterm grauen Turm der Familienburg kam er in einen Hof mit ochsenblutfarbenen Mauern, deren Verputz Risse und Flecken hatte und wo die Fensterkreuze aus Stein gemeißelt waren. Ein Wappen schaute von einem Torbogen herab. Eine Pforte in der Ecke des weiten Gevierts stand offen. Er ging hindurch, kam in eine Diele mit glattem Steinboden, wo eine eisenbeschlagene Truhe stand, und war dann im Garten, der weit schien und dessen hohe Bäume die Häuser verdeckten; es war, als läge er am Rand der Stadt, von der hier nichts zu hören war, nicht einmal das Rauschen, das sonst überall eindrang. Der Steinbrunnen zeigte seinen grünen Belag, die Blätter in der Höhe waren ein frisches Gewebe, das glitzerte, eine durchsichtige Höhenwand, ein Dach, das mit dem Blau verschmolz und, durchschlüpft von Amseln, sich in obere Bereiche streckte, die heller als die untern waren. Die Großmutter bewohnte ein Haus mit Schieferdach; wie verwischt stand's in der Gartenstille. Wieder war die Tür offen, und der Schlüssel steckte im Schloß, als lebte die

Großmutter auf dem Land, wo jedermann Vertrauen hatte und nicht glaubte, daß ihm etwas weggenommen wurde. Dahinter ein weites Vestibül, wo eine Kutsche mit Lederdach abgestellt war. Die Säulen waren rosafarben. In der Wand stand, kurz bevor es die steinerene Treppe hinaufging, eine Frauenbüste in einer ovalen Nische, ein Bildnis, das vor sich hin lächelte und, eine Haarsträhne auf der bloßen Schulter, oben stand, ohne daß jemand gewußt hätte, wer die Dame sei; auch die Großmutter wußte es nicht, obwohl es doch erst achtzig Jahre lang dort stehen mußte. Aber wer erinnerte sich schon an achtzig Jahre ... Die Treppe führte in die Höhe, gerade und sanft ansteigend, an der Mauer eine dunkelrote Samtkordel, in Messingringen hängend und unter den Messingringen abgewetzt. Carl schaute alles genau an, blieb auf der Treppe stehen und vertiefte sich in verflogene Kindheitsaugenblikke, da er hier heraufgegangen war. Sonne fiel durch rundbogige Fenster im dicken Mauerwerk, sie waren grün von Zweigen, die sanft schwankten. Und dann stand die Großmutter oben: klein, beleibt, mit einem Gesicht wie ein alter Maulwurf. Immer noch waren die Augen darin fremdartig jung. Sie lächelte, sie begrüßte Carl, sie war eine Abwesende. Lautlose Schritte auf einem dicken Teppich ... und die Großmutter sagte: »Du, ich habe mir Telephon hereinlegen lassen.«
»Warum? Magst du plötzlich das Technische?«
Sie schüttelte den Kopf: »Weil du mit den Heutigen nur telephonisch sprechen kannst. In der letzten Woche habe ich meinen Fernsprecher eingeweiht. Mit der *Calvaria* habe ich gesprochen. Dein Fuchsmajor war am Apparat.«
»Hast du mich zum Mittagessen erwartet?«
»Ja. Wir haben es doch ausgemacht. Aber ich hab mir schon gedacht, daß du's vergessen mußt.«
»Vergessen mußt?« wiederholte Carl, und die Großmutter nickte: »Wegen der *Calvaria*. Weil die dich doch bean-

spruchte. Du, denen habe ich gesagt: Der Carl kann sich nicht einfügen in die Gemeinschaft? Dann liegt's an der Gemeinschaft und nicht am Carl ... Die haben mir versprochen, sie dispensieren dich vom Mützentragen und vom Fechten. Wie ich sehe, haben sie ihr Versprechen sogar wahrgemacht. Bist du froh?«
»Und wie!«
»Und wie ...«, wiederholte die Großmutter. Dann sprühten ihre Augen: »Das sind doch alles untere Gesellen! Kein Wunder, daß das Haus der *Calvaria* nicht mehr mitmachen will! Die Villa streikt! Sie hat sich in ihre Mauerkrankheit geflüchtet, du weißt doch, daß der Schwamm in den Wänden sitzt? Im Keller ist jeder Stein salpeterig geworden, aber ich habe ihnen klargemacht, woher das kommt. Ihr seid selber schuld daran, hab ich ins Telephon hineingebrüllt, wärt ihr nicht so babylonisch, so nichtssüchtig, dann hättet ihr gesunde Mauern! Die sollten ans Mañana glauben und an die Saudade ... Und was macht deine Audienz beim Kaiser?«
»Ich möchte immer noch zu ihm, aber in den letzten Tagen habe ich gedacht: vielleicht ist es dumm, wenn du so etwas willst.«
»Ja?? Du, Carl, das solltest du nicht denken. Das ist ganz schlecht, wenn du so denkst. Für dich ist es das wichtigste, daß du zum Kaiser kommst. Der Kaiser ist kein Gott, alles andere als das, aber er hat die Saudade. Das, was denen allen fehlt. Den Babyloniern, meine ich.«
»Weißt du über die Genaues?«
»Auch nicht mehr als du. Aber du mußt ihnen sagen: Ihr wollt alles besitzen, ihr wollt alles in Händen halten. Und was haltet ihr, wenn ihr es endlich habt, in euren Händen? Fleisch und Steine ... Ich will nichts in Händen halten, ich will es sehen, und zwar überm Horizont, dort wo das Mañana ist. Ich will die Saudade, das heißt Sehnsucht. Ihr habt ja keine Sehnsucht, ihr seid arm ... Wenn du ihnen

das sagst, schrumpfen sie zusammen oder zucken mit den Schultern: was will der altmodische Mensch ... Laß sie ruhig zucken!« Sie saßen im Zimmer der Großmutter, und Carl lachte. Jetzt war's ihm leicht, bei den Calvarianern aber war's ihm schwer. Sie saßen auf dem grünen Plüschsofa mit der geschweiften Lehne. Das Zimmer der Großmutter hatte nur wenige Möbel, der Boden, auf dem sich ausgescheuerte Dielen streckten, war frei von Teppichen. In einer Fensternische stand ein Schreibsekretär mit einem Lehnstuhl; dort herrschte das Graubraun der Holzdielen, das in der Sonne goldstaubig und oliv erschien. An der Wand hing das Bild des Urgroßvaters in Uniform mit goldumränderten Epauletten, nachgedunkelt und aus der Tiefe herausschimmernd. Aus einer Silberkanne, deren Deckel ein Schwan schmückte, schenkte sich die Großmutter Kaffee ein, stand auf, ging eilig in weiten Pantoffeln, die an den Fersen schlappten, zum Eckschrank und holte eine golden umrandete Tasse. – »Für den jungen Calvarianer Carl Umgelter«, sagte sie; ein Lächlen zog ihr Maulwurfsgesicht auseinander. »Für den jungen Calvarianer, damit er stark bleibt. Unerschüttert ...«, fügte sie hinzu; ihre platten Nasenflügel waren straff gespannt. Mit ihren braungefleckten Schaufelhänden schenkte sie ihm Kaffee ein und schöpfte Schlagobers auf seinen Teller. Sie aß viel Schlagobers und trank in kräftigen Schlucken. »Das Mañana ist immer stärker. Merk dir das«, sagte sie zu Carl.
»Und das Heute?« fragte er.
»Das Heute hat nur einen Wert für das Mañana. Du weißt, daß das Mañana nirgends existiert? – Also gut, dann weißt du's jetzt. Was wärst du ohne mich.«
»Ein Waschlappen«, sagte Carl.
»Gut, daß du es einsiehst. Also, laß dir den Kaffee schmecken.«
Über die Dielenbretter glitt eine schwarzgrüne Schlange, ringelte sich in der Sonne und wurde wieder weggewischt.

Die Großmutter nickte Carl zu, lachte und strich sich über den haarigen Mund.

Später – es herrschte Zwielicht mit rotem Schein, in den sich Grünliches von Gaslichtern mischte – hielten vor der weißen Barockvilla am Fluß zwei Leiterwagen mit Holzbänken. Die Pferde schüttelten die Geschirre, daß es klirrte. Die Füchse stiegen in den zweiten Wagen, nachdem Baron Röhl, Sonderfinger, der Zweitchargierte und alle anderen Burschen im ersten Gefährt Platz genommen hatten.

Die Fahrt begann. Räder ratterten, und Gäule stampften. ›Wenigstens brauchst du nichts zu reden‹, dachte Carl und schaute in die abendflaumige Landschaft, wo der Fluß leuchtete. Der Himmel war noch hell. Die Helligkeit des Flusses und des Himmels kamen aus derselben Quelle, nur daß der eine oben, der andere unten lag. Also gehörten beide zusammen, obwohl sie in getrennten Bezirken lebten. Der Himmel und der Fluß leben für dich ... ›Sag's nicht weiter, sonst halten sie dich für einen Schwebler, wie der Egelhaaf sagt‹, dachte Carl und sah schräg beiseite, wo Egelhaaf mit bedächtigem Finger seine Pfeife stopfte; jetzt zündete er sie an, und der Tabak krümmte sich wie glühende Würmer. Aber du träumst wieder; solche Gedanken machen einen jungen Menschen schlaff; du mußt dich stählen für den Lebenskampf, diese wichtige, unfreundliche und starre Sache.

Die andern schwatzten und sangen, und der langhalsige Holzapfel glänzte wie ein silberner Fetischkopf mit starken Backenknochen und gespanntem Mund, als wäre er schon alt; sein Kopf schien im Halbdunkel zu schweben, als begleite den Wagen ein Idol der Arbeit, des verbissenen Geschäftes und der Anstrengung, denn Holzapfel war ein gewissenhafter Schaffer.

Sie fuhren durch die Pappelchaussée, wo Villen lagen. Vom

Wagen aus sah Carl über hohe Mauern in weite Gärten. Das war die Gegend, die er liebte. Du brauchst keine Villa, weil du jede sicherer besitzt als einer, der darin wohnt, dachte er und hörte neben sich den sommersprossigen Egelhaaf sagen: »Die Besitzung des Statthalters. Wenn man so wohnt, fällt einem das Regieren leicht. Und warum fällt es einem leicht? Weil man sich abschließt gegen das Volk. Wir müssen schaffen, und der Statthalter regiert.«
»Dann ist das Regieren für dich kein Geschäft?«
»Doch.« Den langen Zeigefinger an der Nasenspitze und sanft grinsend, fügte er hinzu: »Dem nähme ich sein Geschäft gerne ab.«
»Aber du fängst doch jetzt erst zu studieren an?« sagte Carl, als ihm einfiel, daß Egelhaaf bedeutend älter als er und schon Lehrer gewesen war; sein Studiengeld hatte er sich verbissen abgehungert. Verglichen mit ihm bist du jedenfalls ein Schwebler, dachte er und sagte:
»An deiner Stelle wäre ich Lehrer geblieben; dein Auskommen hast du doch gehabt. Also, warum strengst du dich dann an?«
»Um nach oben zu kommen.«
»Glaubst du, oben sei es schöner? Für mich gibt es kein Oben und kein Unten; jeder ist doch gleich. Ehrlich gesagt: ich kann dich nicht verstehen. Du hast mehr Zeit zum Nachdenken, wenn du deine Lehrerarbeit abmachst und danach die Füße ausstreckst.«
»Ich will die Füße nicht ausstrecken. Ich will mich bewegen«, sagte Egelhaaf.
›Sonderbare Leute. Gut, daß nicht alle wie ich sind, aber Egelhaaf ist mir trotzdem fremd. Du bist natürlich decadent, und Egelhaaf hat recht, aber dir genügt es, im Unrecht zu sein. Du findest dich damit ab, obwohl dir's merkwürdig erscheint, wenn manche Leute sich anstrengen, die es gar nicht nötig hätten. Du jedenfalls wärst gern ein Dorfschullehrer, dir genügte diese Beschäftigung, um

dein Auskommen zu haben, und du kämst nicht auf die Idee, dich einem Studium zu unterwerfen, um die gesellschaftlichen Höhen des Daseins zu erklimmen. Der Arme und der Kleine, die sind doch besser dran als alle Oberen und Hohen‹, dachte Carl und erinnerte sich dessen, was ihm die Großmutter vom Statthalter erzählt hatte. Deshalb sagte er zu Egelhaaf:

»Der Statthalter lebt einfach. Jeder weiß, daß er nicht mehr verdient als ein Regierungsrat. Daß er in einer Villa wohnt, das steht ihm schließlich zu. Übrigens hat die Villa nicht mal Dampfheizung. Du wolltest bestimmt nicht drin wohnen, wenn du an seiner Stelle stündest.«

»Alles schön und gut. Ich sage ja nichts gegen ihn: schließlich muß ich mit ihm rechnen ... Aber wenn er weggedrängt wird von den andern, will ich nicht so dumm sein und auf der falschen Seite gestanden haben. Verstehst du mich?«

»Freilich, Egelhaaf. Freilich versteh ich dich. Du bist ja auch gescheit«, sagte Carl, streckte den Kopf, um über die hinwegsehen zu können, die ihm gegenübersaßen, denn drüben stand ein Haus, wie's die Großmutter hinterm Roten Herzfleck hatte: einstöckig, in einem Garten mit Rosenparterres und beschnittenen Büschen. Es sah graugrünlich aus, als bestünde es aus Asche oder altem Papier. Carl sah in ein Zimmer, wo ein Diener in Kniestrümpfen einen Silberleuchter mit flackernden Kerzen trug; er ging durch eine Tür, und das Kerzenlicht durchdrang die Wände. Das war kein Wunder, weil hier der Staatskanzler Clemens Wenzel Fürst Metternich wohnte, der in Drommersheim wie Marc Aurel oder Karl der Fünfte lebte. Aber nicht Metternichs wegen stand jetzt Carl im schütternden Wagen auf und drängte sich zwischen Holzapfel und Mühlbauer, um hinaussehen zu können, sondern weil ihn etwas anderes interessierte.

Es war das Gartentor, das er anschaute. An einem der

beiden Sandsteinpfosten, die mit Steinpyramiden bekrönt waren, lehnte Lena Herzfelde in ihrem roten Rock und lachte zu einem Mann im Gärtnerschurz hinauf, einem frischbackigen Hünen mit strohigem Haar, der sich auf einen Rechen stützte.

»Komm, hock dich wieder auf deinen Platz. So ist's doch unbequem. Womöglich fällst du noch hinaus . . . Was gibt's denn eigentlich dort Interessantes? Allweil starrt der Umgelter ins Schilf hinein«, sagte Holzapfel.

»Laß mich, ich bin doch Historiker. Du als Zahnmediziner hast natürlich nichts übrig für die Villa Metternich.«

»Was sagst? Metternich? Ich glaub, der Umgelter ist jetzt schon besoffen. Komm, hock dich endlich wieder hin«, sagte Holzapfel und stieß ihn weg. Carl schwankte und fiel hart auf seinen Sitz zurück.

»Nimm dich zusammen. Das ist ein unkameradschaftliches Verhalten«, sagte Egelhaaf. »Der Umgelter ist genauso ein Fuchs wie du.«

»Der mit seiner Couleurdispens, der nicht einmal in die Fechtstunde kommen muß? Daß ich nicht lache!« sagte Holzapfel.

»Das geht dich nichts an. Wenn das A.H.C. dem Umgelter Couleurdispens erteilt hat, hast du den Mund zu halten«, sagte Egelhaaf.

Darauf Holzapfel: »Du bist auch so einer, der denen, die oben sitzen, in den Hintern kriecht.«

»Du wirst es auch noch lernen«, sagte Egelhaaf.

Die Wagen hielten. Sonderfingers helle Stimme tönte: »Die Herren Füchse, ein bißchen dalli, wenn ich bitten darf!« Drahtig und mager, eine hohlwangige Figur, die hochbeinig stelzte, ging er auf dem Trottoir hin und her, die Hände auf dem Rücken. – »Gänsemarsch! Zunächst wird der Mai angesungen. Es ist Tradition des Bundes, daß auf der Sendlacher Kanzel von den Füchsen der Mai angesungen wird. Dürfte übrigens aus der Fuchsenstunde bekannt sein«, fügte er hinzu, worauf Egelhaaf pflichtschuldig lachte. Der schmale und elegante Huzel, der neben seinem Leibburschen Röhl stand, grinste und stieß Röhl mit dem Ellenbogen an. Sonderfinger sah zu den beiden hinüber, Huzels Gesicht verlor sein Grinsen, während Röhl wie zuvor, in der Hand einen Fechtdegen, über Sonderfinger hinwegschaute.

»Ich meine«, sagte er dann mit seiner tiefen Stimme, »wir sind hier um des Vergnügens willen. Also, auf geht's!«

Röhl sprach bayrisch gefärbtes Deutsch. Den Schläger in der Faust, zog er los, und hinter ihm folgten auf dem grasigen und nassen Fußweg Sonderfinger und die Füchse. Jetzt war's fast Nacht. Im Weiten glitzerte Drommersheim, die schwarzblaue Mauer der Aschenfurther Berge streckte sich aus, und während er im ausgewaschenen Hohlweg in die Höhe stieg, dachte Carl: ›von oben muß man doch das Lager und das Heidentor sehen. Wenn uns ein Meldereiter von Sendliacum begegnet, oder eine Gruppe Bogenschützen, werden alle staunen.‹ Aber nichts geschah. Es war gut, daß sich nichts Außergewöhnliches ereignete, denn sonst hätte ihn Holzapfel ausgelacht. Unbehelligt kamen sie zur Linde, deren Rinde wie Elefantenhaut im Mondlicht graute. Ein Bildstock stand dabei; in seiner Höhlung schimmerte ein Madonnenbildnis mit durchstochenem Herzen hinter Glas.

»Kreis formieren!« rief Sonderfinger. Die Füchse stellten sich auf. Röhl lehnte abseits am Stamm der Linde und bot die Klinge seines Fechtdegens in den Händen. Die Füchse sangen das Mailied. Bei den letzten Strophen kam Geschrei heran; es mußte nahe sein. Gestalten tauchten auf, jetzt waren sie hinter der Linde, und Carl sah grüne Studentenmützen. Sonderfinger drehte sich um, ein paar hörten auf zu singen, und dann winkte der Fuchsmajor und zischte: »Schluß!« Man schwieg. Sonderfinger salutierte, die Hand zum goldblinkenden Cerevis erhoben, und sagte: »Ich

betrachte den Mai als angesungen. Alle zurück ins Sendlacher Bierhaus!« Das Geschrei kam näher, Sonderfinger flüsterte: »Keine Carambolage . . . Im Interesse des Bundes muß es vermieden werden . . . Wir fechten nicht, und die dort fechten. Das sind die von der *Fiducia*, bei denen ist der Statthalter aktiv gewesen. Also macht doch schon voran!«
Sie liefen durch den Hohlweg und rutschten auf den Steinen aus. Hozapfel stolperte und hielt sich an einer Baumwurzel fest. Carl ging langsam als letzter, weil er dachte: Röhl ist doch auch noch da, blieb schließlich stehen und sah auf Sendliacum mit dem Heidentor hinab; dort lagerte dichte Nebelmilch, die sich zu verdicken schien. Röhl stand immer noch unter der Linde, die Klinge in der Hand, und redete mit denen vom Corps *Fiducia*, lachte und ging zwischen ihnen hindurch, die ihm Platz machten. Carl dachte: eigentlich merkwürdig, daß der Huzel nicht auf seinen Leibburschen wartet, als ihn Röhl erkannte und ihm zurief:
»Sendliacum ist jetzt geschlossen! Nebelverschlossen ist Sendliacum!« Und langsam kam er herbei, die Klinge vorgestreckt, als ziele er auf Carl, der stehenblieb. Dann stupfte er ihm auf den Bauch: »Keine Angst, was?«
»Nun ja . . ., ich habe an Sendliacum gedacht.«
»Du bist ein sonderbarer Kerl, Umgelter . . . Übrigens: die von der *Fiducia* sind in Ordnung. Der Statthalter war ihr bester Fechter, deshalb hat er keinen Schmiß. Macht dir das Eindruck?«
»Nein. Eindruck macht mir nur der Statthalter, wie er jetzt ist. Alle Achtung . . .«, sagte Carl.
»Keiner kann ihm die Achtung verweigern.«
»Was ist das mit den Babyloniern? Immer wieder hört man von den Babyloniern.«
»Zuchtloses Gesindel.« Röhl hieb mit der Klinge in Brennnesselbüsche. Dann kamen sie zu den andern, die unter den

Kastanien vor der Wirtschaft warteten, einen Backsteinbau, der aussah, als wäre er eine verlassene Fabrik und ›Zur Alten Römermaut‹ hieß. Das überraschte Carl, weil er bisher immer nur vom Sendlacher Bierhaus gehört hatte. Mit dem Degen zeigte Röhl auf das im Mondlicht schimmernde Wirtshausschild und sagte zu Carl: »Guter Name, was?« Wieder lachte er dröhnend.» Also, auf geht's!« rief er und ging hinein. Die andern folgten. Sonderfinger schien über etwas nachzugrübeln, denn er sah auf den Boden und rieb den Daumen an der Unterlippe.

Sie traten in den kahlen Saal, aus dessen Wänden da und dort unbehauene Steine ragten. Es rumpelte dumpf, wahrscheinlich kam das Geräusch von der Kegelbahn. Die Burschen saßen schon an der Hufeisentafel, eine kleine Schar im weißen Saal. Auch als die Füchse sich gesetzt hatten, war der Raum noch immer zu drei Vierteln leer. Oben streckte sich eine Balkendecke aus, die Balken waren schwarz und rissig und hatten verwischte Inschriften in mattem Rot. Röhl schlug mit dem Degen auf den Tisch, daß es hallte, als herrsche überall die Leere. Der Commers begann. – »Füchse – Stoff!« sagte Röhl mit leiser, aber scharf flitzender Stimme, einen Mundwinkel ironisch hochgezogen. Die Füchse sausten, Carl Umgelter sauste unter ihnen, ein steinernes Bierseidel in der Hand. Sie holten Bier vom Fäßchen, das am Saalende aufgebockt stand. Carl brachte Röhl den vollen Krug. Und dann hieß es: »Gestatte mir, einen kräftigen Streifen, Fuchsmajor!« und der Fuchsmajor sagte: »Habeas!« Stiller Suff war zwar verpönt, aber Carl nahm trotzdem ein paarmal kräftige Schlucke aus seinem Seidel, weil er niemandem zuprosten wollte.

Egelhaaf sagte: »Es gehört sich, daß du dem Fuchsmajor zutrinkst«, und Carl befolgte seinen Rat. Sonderfinger trank flüchtig und redete dann mit Röhl. Füchse mußten beim Trinken aufstehen, Burschen blieben sitzen.

Ein Bursche hieß Bachteler; er hatte einen langgezogenen, hohen und rosigen Kopf; seine Augen versteckten sich hinter dicken Brillengläsern. Das war der mit der auffallenden Handschrift; er knickte die unteren Schleifen der Buchstaben so um, daß sie Geschwülsten glichen. Jetzt ließ er sich von seinem Leibfuchs Mühlbauer Tinte in den Füllhalter tröpfeln; Mühlbauer drehte an seiner Feder und speiste damit Bachtelers Schreibwerkzeug, was ihn so amüsierte, daß er mit den Knien zuckte und sich ins Fäustchen lachte. Er schrieb Mühlbauer eine Widmung ins Commersbuch, zog den Zirkel der *Calvaria* hinter seinen Namen und schrieb ›V. B.‹ dazu. – »Was heißt V. B.?« fragte Carl den Huzel, und der grinste pfiffig, die Zigarette im Mundwinkel: »Vivat Babylonia, was denn sonst.«
Jetzt prostete ihm Röhl zu, und als Carl aufstehen wollte, winkte Röhl ab. Röhl trank lange, Carl trank auch lang und merkte, daß alle auf ihn schauten. Dann setzte Röhl seinen Krug auf den Tisch, daß es hallte, und griff mit dem Finger grüßend an sein Cerevis. Dazu sagte er: »Sendliacum«, und Carl antwortete: »Sendliacum.«
Sofort setzte sich Egelhaaf neben Carl und fragte: »Kennt ihr euch von früher? Ich meine: weil er dir so uncommentmäßig zugetrunken hat.« – »Nein.«
»Aber du bist doch vorhin zurückgeblieben und hast auf ihn gewartet?«
»Du bringst mich auf etwas ... Ja, deshalb wird er mir wohl zugeprostet haben.«
Egelhaaf saß mit eingezogenem Kopf neben Carl und sah ihn von unten herauf an. Dann fragte er: »Was ihr gesprochen habt, darf man nicht wissen?«
»Nein«, sagte Carl.
»Laß doch den ... Der hat doch hohe Gefühle ... Und einen Fuchsenkater hat er auch! Wir sind doch für den samt und sonders brutale Gesellen.« Der schwere Mühlbauer schwankte vorbei und sprach mit Egelhaaf. Rülp-

send fuhr Mühlbauer fort: »Soben habe ich mich beim Drei-Ix als Leibfuchs gemeldet.«

»Ich bin Leibfuchs des Fuchsmajors«, sagte Egelhaaf. »Und du?«

»Ich habe mich noch nich entschieden«, sagte Carl.

»Aha . . . Du hältst dich also heraus. Du bist nicht so wie wir . . . Du mit deinen hohen Gefühlen und deinem Fuchsenkater. Du läßt dich nicht mit uns ein, was? Wird dir schlecht bekommen, Umgelter.«

»Was heißt Fuchsenkater?« fragte Carl.

»Nimm mich nicht aufs Ärmchen! Du weißt genau, daß Fuchsenkater das ist, wenn einer sich nicht einfügen will in die Gemeinschaft und mauderig herumhängt. Wenn er wie du eine Extrawurst verlangt, weil wir ihm zu grob und zu roh sind . . . Du mit deinen hohen Gefühlen, du . . . Du bist ein Schlonz, du bekommst den Kneipnamen Schlonz. Wir schreien alle ›Schlonz‹, und dann bist du für uns der Schlonz.«

Egelhaaf zog Mühlbauers Kopf zu sich herunter, riß ihn am Ohrläppchen und flüsterte ihm etwas zu, worauf Mühlbauer wegging und sich der Tür entgegentrollte, aus der nun Groschopf herauskam, klein, das struppige Haar wie eine schiefe Perücke über der Stirn, ein stumpiger Geselle, dessen Brillengläser seine Augen zu verwischen schienen; er hatte ein rotfleckiges Gesicht; die Brille rutschte vor.

Er kam zu Carl, setzte sich und sagte:

»Nach dem Wagenspuz holen wir uns eine Begleitung in der Altstadt, wie?«

»Ach, du meinst die Freudenmädchen. Nicht schlecht. Wenn du für mich eine Römerin aufgabelst, mache ich mit. Sie muß Faustina heißen, sonst kann ich leider nicht.«

»Wird schwer gehen, Umgelter . . . Ich weiß, daß es Römerinnen gibt, aber die sind meistens von italienischen Arbeitern mit Beschlag belegt. Was machen wir da bloß

. . . Russin darf's keine sein? Weißt du, ich hätte da so eine massive Russin anzubieten . . .« Und Groschopf bewegte stumpige Finger vor dem Gesicht.
»Zu gefährlich . . . ich meine: Russinnen sind mir zu gefährlich. Und widerstrebt das Ganze eigentlich nicht unserem Keuschheitsprinzip?«
Groschopf zog mit dem Daumen sein Augenlid herunter. Dann drehte er den Zeigefinger an der Schläfe: »Nichts verstößt gegen irgendwas, wenn es im Sinn der Babylonier gehandhabt wird.«
»Wie macht man das?«
»Indem man das Chaos befriedigt. Dem Chaos das läßt, was des Chaos ist.«
»Verführerische Idee . . ., sie ist mir nur zu undurchsichtig«, sagte Carl und fragte Groschopf noch einmal, ob es vom Standpunkt des Keuschheitsprinzips aus, den der Fuchsmajor verteidige, berechtigt sei, gewisse Bezirke der Drommersheimer Altstadt aufzusuchen. Groschopf verzog das Gesicht und sagte: »Keuschheit ist ein ambivalenter Begriff. Hältst du den für keusch, der sich Liebesspielen mit seiner angetrauten Ehehälfte hingibt? Ich glaube, die Frage beantwortet sich selbst. Aber ein Babylonier wird deshalb das Keuschheitsprinzip nicht verdammen. Das Angenehme und das Ehrliche am Babylonismus ist, daß er alles aufsaugt. Du kannst auch sagen: er vereinigt die Gegensätze.«
»Gibt es Babylonier, die olivbraune oder khakifarbene Blusen und Tellermützen tragen?«
»Das ist die politische Gruppe. Die sind bloß streng, solange sie Dienst machen, sonst lassen sie die Zügel am Boden schleifen. Also wie man's gerne hat.«
»Also wie jeder Spießbürger. Sag, bist du eingeschriebenes Mitglied?«
»Nein, darauf lasse ich mich nicht ein.«
»Dann kommst du mir feig vor.«

»Richtig. Ich gehöre zur Gruppe der Feigen im Babylonismus.« Und Groschopf schmunzelte.
»Freilich, du hast gesagt, darin habe alles Platz. Aber verlassen kann man sich natürlich auf keinen von euch.«
»Das kannst du dich auf niemand.«
»Du meinst, weil sich alles immer wieder ändert?«
»Hm.«
»Und was denkst du über den Statthalter?«
»Beachtlicher Mann, aber er weiß zuviel. Das ist langweilig. Wir wollen nichts mehr wissen. Wir lassen uns auf etwas ein und wissen nicht, wohin es führt.«
»Aha, kühne Abenteurer . . .«
»Red nicht so ironisch!«
»Ihr wollt doch bloß alles zusammenschlagen, tabula rasa machen. Ihr lebt nur im Fleisch. Der Statthalter hat die Vergangenheit sichtbar gemacht, das ist etwas Großes.«
»Die dämonische Leistung eines rückgewandten Geistes, da hast du recht. Aber er benützt die Vergangenheit nur, um uns klein zu kriegen. Wir sollen uns ducken vor der großen Vergangenheit.«
»Dann kommt ihr euch klein vor, und das ärgert euch.«
»Nimm dich zusammen, Umgelter!«
»Ihr wollt euch bloß ausleben. Ds ist mir zu wenig.«
»Du hast recht, wir leben nur im Fleisch. Wir wollen leben und uns nicht darum kümmern, was früher gewesen ist.«
»Das kann doch keiner, außer er ist Arbeiter. Du bist aber Student. Philologie, nicht wahr? Also gibst du dich mit der Sprache ab. Und deine Sprache, die ist doch uralt.«
»Du hast auch schon gesagt: Lieber wär ich ein Arbeiter.«
Carl schwieg, nickte und dachte nach. Groschopf hatte recht. Als Arbeiter hätten ihn diese Gedanken nicht bekümmert, er hätte nur gelebt und das Vergangene für altes Gerümpel gehalten; oder überhaupt nicht ans Vergangene gedacht und nicht gefürchtet, daß alles einmal untergehen könne, was der Statthalter aufgerichtet hatte. Aber jetzt

war er dieser Carl Umgelter, der Altertumswissenschaft studierte. Damit mußte er sich abfinden.

»Das Babylonische ist auch in dir, du willst es bloß nicht sehen«, sagte Groschopf.

»Jawohl. Und du gehst wie ich auf sumpfigem Boden, und einmal sinken wir alle ein.«

»Wer weiß das nicht?« sagte Groschopf und öffnete seine kleine, derbe, kurzfingerige Hand.

Im Saal war es dampfig von Tabaksqualm; es roch nach Bier und Essen. Die Burschen ließen sich von den Füchsen Würste mit Kraut bringen. Bachteler stand auf, hielt eine Wurst in der Faust und rief Baron Röhl zu: »Gestatte mir einen kräftigen Bissen auf Ihr Wohl zu kauen!« Röhl dankte mit einem Griff ans goldstarrende Cerevis. Er spielte mit dem Schläger, den er in die Höhe streckte, wohl um die Klinge im Licht funkeln zu lassen. Dann sah Carl vor der Wand einen herausragenden Stein, in den ein Kopf gemeißelt war; es war ein Kopf mit Pagenhaar und Barett. Zu ihm schaute Röhl hinauf.

Carl ging hinaus, um Luft zu schöpfen, und kam auf eine Treppe mit Holzgeländer, die in einen Garten führte. Er stieg hinunter und spürte nasse Zweige an Gesicht und Händen. Grasige Wege führten in Laubhöhlungen, das Gras schien ihn an den Knöcheln festzuhalten. Hinter einer steinernen Urne, die aussah, als gehöre sie in einen alten Friedhof, hatte der Garten eine Mauer, in der eine Lücke war. Carl kroch hindurch, spürte den Weg unter den Schuhen hart wie Pflaster, das zu einer weißen Straße wurde. Erhöht,wie auf einem Damm, führte sie weiter. Dann lag unten die Villa mit dem Innenhof; sie hatte weiße Wände, und ein Brunnen zeigte eine Schale, in der Wasser schwarz stillstand. Eine Apsis wölbte sich vor. Die Straße führte zwischen einstöckigen Fachwerkbauten, wohl Unterkünften für Soldaten, weiter, die da und dort mit Rauch beflaggt waren; es konnte auch Nebel sein, der sich an die Dächer hängte. In der Ferne verschwamm das Lager, als werde es zugedeckt, und weder auf der Lagerstraße noch im Hof der Villa zeigte sich ein Mensch. Die Mauer, die alles umfaßte, schien dicht neben der Apsis aufgebrochen, wenigstens ragten dort einzelne Quader zackig ins Leere; innen flackerte Licht. Carl trat näher und kam zu der Stelle, aber dann schien's ihm, als stünde dort Gebüsch und verdecke die Mauerlücke. Weil diese Stelle im Mondschatten lag, war es schwer, alles genau zu erkennen, nur bewegte sich wiederum der Lichtschein in der Tiefe.

Es war tatsächlich eine Mauerlücke. Daneben stand ein hölzerner Trog, bis zur Hälfte mit Sand oder Mörtel gefüllt; ein Schemel war umgefallen, und innen bewegte sich wieder das Licht auf einem Mosaikfußboden, in dem Carl Seegetier zu erkennen glaubte, darunter eine Schlange mit Fischkopf und geschweiftem Schwanz. Wieder zitterte das Licht, es war, als ginge innen ein Schatten vorbei. Carl hörte Schritte hinter sich, doch war es nur Lena Herzfelde, die einen Zweig in der Hand hielt, von dem sie Blätter abzupfte und vor sich hinsang.

»Ach, der Herr Schöngelter! Ich bin furchtbar erschrokken! Gehen Sie doch hinein nach Sendliacum, es ist offen.«

»Sagen Sie nicht immer Schöngelter zu mir.«

»Also gut, dann sage ich Umgelter, obwohl es nicht paßt. Direkt unpassend kommt's mir vor ... Oder wollen Sie vielleicht anderes Geld einführen, etwas, das bisher gegolten hat, ungültig machen?«

»Im Gegenteil.«

»Also habe ich recht?«

»Nein. ›Schön‹ gilt für mich nicht.«

»Das ist nicht wahr. Sonst wären Sie nicht in Sendliacum.«

»Ich bin bloß hier, weil drüben in der Alten Römermaut die *Calvaria* ihre Kneipe abhält. Es ist ein Wagenspuz.«

»Wagenspuz und Kneipe ..., solche Worte hören sich in

Ihrem Mund merkwürdig an. Sie sagen es viel zu ironisch, Herr Umgelter.«

Immer noch zupfte sie am Zweig und sah auf ihre Fingerspitzen. »Also, meinen Sie nicht, daß es interessant wäre, wenn Sie dort hineingingen?« Sie deutete auf das orangefarben erhellte Mauerloch.«

»Vielleicht finde ich nicht mehr heraus. Oder ich überrasche jemand in einer intimen Situation, und der Leibwächter nimmt mich fest. Es kann doch sein, daß da drin ein Bad ist.«

Lena lachte leise und fragte Carl, ob er fürchte, die Tochter von Excellenz Dextrianus im Bad zu überraschen. »Die heißt übrigens Faustina. Das ist doch ein guter Name?« fügte sie hinzu. »Oder wollen Sie keine Römerin mit Namen Faustina kennenlernen?«

Carl fiel das Gespräch mit Groschopf ein; du hast den Groschopf nach einer Römerin gefragt, die Faustina heißt, dachte er. Aber diese Lena Herzfelde konnte nicht zugehört haben. Und daß ihr Groschopf inzwischen alles erzählt hatte, das war zumindest unwahrscheinlich. Trotzdem fragte er: »Kennen Sie einen von denen da drinnen? Ich meine: in der Wirtschaft ›Zur Alten Römermaut‹.«

»Ja, Baron Röhl.«

»Wo haben Sie ihn zum erstenmal gesehen?«

»In der Villa Metternich. Dort kommt er manchmal hin. Es heißt, er berichte dem Staatskanzler über den Babylonismus. Er macht das um der Geschichte willen. Metternich kennt sich gut aus in der Geschichte, schließlich hat er selbst welche gemacht. Und jetzt läßt er sich von Baron Röhl über die Babylonier erzählen. Was halt den Metternich so interessiert.«

»Wissen Sie etwas von denen?«

»Bloß aus den Notizen, die sich der Staatskanzler macht. Manchmal wische ich bei ihm Staub und sehe seine Notizzettel herumliegen. Darauf steht dann: ›Babylonismus in

D., wie anno 48 in Wien: sie wissen nicht, was sie wollen, stülpen deshalb alles um. Das Triebhafte tritt hervor. Sexualisiertes Lebensgefühl . . . obwohl du kein Recht hast, Eros zu schmähen.‹ Sie müssen wissen: das ist ironisch gemeint; der Staatskanzler ist ein Spötter . . . Aber dort ist das Licht ausgegangen.«
Sie deutete mit ihrem Zweig auf die Mauer, die nun dunkel dastand. Nur der Trog voll Gips oder Sand war noch ein wenig hell. Im Mondlicht dehnte sich Lena Herzfelde als Silhouette in einem engen Kleid mit nackten Armen und kam ihm größer vor; sie streckte die Arme, gähnte und hielt die Hand vor den Mund, wobei sie leise lachte. Carl fragte: »Haben Sie noch andere Zettel auf dem Schreibtisch des Staatskanzlers gesehen – und was ist darauf gestanden?« worauf Lena wieder lachte und sagte: »Aha, das interessiert ihn jetzt . . . Freilich, du bist Altertumswissenschaftler, die Geschichte interessiert dich, du dringst gern ins Vergangene ein. Also, was fällt mir da noch ein . . .« Sie überlegte, bog den Arm überm Kopf, kratzte sich mit der rechten Hand am linken Ohr und fuhr fort: »Ach ja, da war noch ein Zettel. Der war mit einer Versteinerung beschwert, ich glaube, es war ein Ammonit, aber so genau weiß ich's nicht mehr . . . Nun, darauf ist gestanden: ›Babylonismus in D: sie wollen alles genau wissen, indes es noch verschwimmt. Auch die nächstliegende Vergangenheit verschwimmt; die Vergangenheit verändert sich genauso wie die Gegenwart. Jetzt halten sie Europa für ein Anhängsel Asiens. Sie wollen nicht geschluckt werden von Asien, bereiten aber alles vor, damit Asien sie zum Nachtisch verspeisen kann. Keiner weiß das Wichtigste: daß das Imperium Romanum ewig dauert.‹«
»Hat das wirklich darauf gestanden? Schwindelst du mir da nichts vor?«
»Ja, glaubst du denn, ich lüge? Also, hör mal . . . Übrigens, weshalb sage ich du zu dir?«

»Das ist doch klar . . . Weil wir uns gut verstehen.«
»Nur deshalb?«
»Nein, nicht aus diesem Grund; wahrscheinlich auch noch wegen etwas anderem.«
»Ach so, du meinst: wegen der Liebe . . . Dann küß mich halt. Aber ob ich später noch einmal du zu dir sagen werde, das ist nicht ganz sicher.«
»Dann kann ich auch nichts machen.«
Sie lachte und umschlang ihn. Er küßte Fräulein Herzfelde. Dann schrie jemand: »Umgelter!«, und andere Stimmen, in die sich glucksendes Gelächter mischte, sagten: »Der Umgelter hat sich separiert . . . Der ist schlau, der kommt nicht mehr wieder . . . dem sind wir zu grob.« – »Halt's Maul! Still jetzt!« Und wieder eine metallische Stimme: »Umgelter!« – »Dem Sonderfinger ist ein Füchslein durch die Lappen gegangen«, sagte eine tiefe Stimme, und Carl flüsterte Lena zu: »Das war jetzt Baron Röhl.«
»Bleib doch da«, sagte Lena. »Oder hast du von denen mehr als von mir?«
»Aber ich muß doch . . .«
»Ja, geh schon . . . Es ist gut, wenn du gehst. Mit mir kannst du sowieso nicht für ewig rechnen. Da ist die *Calvaria* schon etwas Festeres . . . Aber warte, vielleicht fällt mir noch etwas von Metternichs Schreibtisch ein . . . Ja, auf eine Postkarte – die war übrigens von Franz Joseph dem Ersten – hat er mit Rötelstift gekritzelt: ›Babylonismus: Volkshochschule.‹ Du, das find ich ganz besonders witzig.«
»Ja . . . Aber ich muß fort. Kommst du morgen wieder zur Witwe Pössenbacher? Machst du mir mein Zimmer sauber?«
»Ja.«

Er erreichte die andern auf der Sendlacher Straße und mischte sich, ohne daß sie etwas merkten, im Dunkeln

unter sie. Alle waren betäubt vom Bier. Sie hatten die Fuhrwerke weggeschickt, der Heimweg mußte zu Fuß gemacht werden, wahrscheinlich weil sich Sonderfinger davon so etwas wie Ertüchtigung versprach; man mußte sich zusammennehmen, wenn man berauscht war und zu Fuß ging. Die ratternden Wagen mit den kopfwerfenden Pferden, an deren Kiefern Geschirre blitzten, wurden nur gebraucht, wenn man den Leuten zeigen wollte: schaut her, so reich ist die *Calvaria*, die kann sich Pferde und Wagen leisten. Es mußte gestampft und geklirrt werden, damit die Drommersheimer etwas zum Staunen hatten.
»Was wollt ihr denn: da ist er doch! Der Umgelter ist doch da!« rief Huzel. Er war der erste, der ihn ah.
»Das haben wir auch gemerkt«, sagte Holzapfel. Und Egelhaaf fragte:
»Du kommst dir als etwas Besonderes vor, weil du weggelaufen bist?«
»Wenn es dich befriedigt, daß ich ja sage, sage ich gern ja.«
»Der Umgelter . . .« Groschopf blieb am Wegesrand stehen, streckte den Zeigefinger aus und senkte den Kopf, als wolle er Carl von unten her auf die Hörner nehmen, denn seine Brille funkelte wie zwei Bockshörner: »Der Umgelter hat der Liebe . . . obgelegen.«
»Ja, der Liebe zu Sendliacum«, sagte Baron Röhl, hob den Degen und ließ ihn zwischen Carl und Groschopf herabsinken. Groschopf ließ Carl los, und Carl ging neben Röhl, dem er zuflüsterte: »Einen Gruß von der Lena Herzfelde soll ich dir bestellen, bitte schön.«
Röhl nickte: »Brauchbare Person . . . Hat sie vom Metternich etwas Neues gewußt?«
»Ja . . . Du, der Metternich hat auf seinem Schreibtisch eine Postkarte liegen. ›Babylonismus – Volkshochschule‹ steht darauf.«
»Tatsächlich?« Röhl schlenkerte seine schwere Hand: »Du, das find ich eminent! Ich sag immer schon zum

Statthalter: Der Metternich stärkt uns durch seinen Spott. Aber der Statthalter traut ihm nicht. Unverläßlicher Kerl, sagt er. Allerdings, er glaubt auch, daß es falsch ist, wenn die einfachen Leute sozusagen gebildet werden. Man verdirbt sie nur, denn Einfachheit ist ein großes Glück.«
»Ja, unglücklich macht man sie – was natürlich ganz im Sinne eines gewissen fortschrittlichen Babylonismus ist.«
So schwatzte er mit Röhl, der wieder vorausging. Carl schlenderte hinterdrein, sah auf die Drommersheimer Höhen, auf denen sich die Stadt ausstreckte, ein lichterleeres, vom Mond glasig gemachtes Steingebilde mit grüner Domkuppel, die ein weißer Schein umgab. Die Römerbrücke streckte sich krokodilisch aus. Dann ging links von ihm Egelhaaf und rechts Holzapfel, und Egelhaaf ließ die Spitze seines Stocks auf dem Pflaster klingen, bis Carl diesen Stock zwischen den Schenkeln spürte; vorn faßte Holzapfel zu, hinten hielt Egelhaaf den Stock fest, und so ließen sie Carl reiten. Er zappelte, die andern umringten ihn und johlten, dann schwang er sein Bein herauf und stieß Egelhaaf mit der Schuhspitze in die Achselhöhle, daß er losließ.
»Du gemeiner Hund!« rief Egelhaaf. »Du hältst dich abseits, du bist nicht so wie wir! Wenn du mitmachen sollst, bist du mit den Gedanken anderswo. Das ärgert uns.«
»Wen ärgert's sonst noch?« sagte Carl und sah sich um. Und weil sich keiner meldete, sagte er: »Dann können wir weitergehen.«
Bei den ersten Drommersheimer Häusern verschwand er um die Ecke, weil das Haus der Witwe Pössenbacher mit übereinandergestuften Glasveranden den Garten überragte, der im Mondlicht schaumigem Schimmel glich; die Baumblüte sah wie Schimmel aus. Carl hörte seine eigenen Schritte, sie klangen an den Häuserwänden wider, was sich anhörte, als ginge drüben ein Unsichtbarer mit. Er sah am Haus hinauf, wo sein Fenster neben dem Balkon der

Witwe Pössenbacher glänzte. ›Du wirst's aufmachen, damit der Mondgeruch hereinkann‹, dachte er und hörte ein Fenster klirren. Er blieb stehen, sah am Haus hinauf und erkannte auf dem Eisenbalkon, der in der Nachtluft zu schwimmen schien, den Sohn der Witwe Pössenbacher. Den Schlafrock über der Brust offen, kam er stöhnend ans Geländer, röhrte und schrie. Die Laute gurgelten aus seinem Mund, er schüttelte die Faust zur Stadt hinüber. Seine Mutter erschien hinter ihm, nahm ihn an der Hand und führte ihn weg, wobei er so tief gebeugt ging, daß es aussah, als fehle ihm der Kopf.
Carl stieg im Treppenhaus hinauf und horchte. Oben war es still. Leise schlich er sich in seine Stube vor der Glastür. Er öffnete ein Fenster, sah hinunter auf den weißschimmernden Garten, den Nebel durchfloß, als koche Milch in ihm, während drüben Drommersheim aufgebaut war, eine ruinös scheinende Menschenstätte wie Gebein.

Er hörte Spatzen tschilpen, und die Sonne machte die Vorhänge flaumig. Heraus, und den weichen Leib gewaschen! Im Spiegel sah er sein Gesicht, holte die weiße Mütze vom Schreibsektretär und setzte sie auf. Neben ihm schlüpfte Lena Herzfelde in die Stube.
»Herr Schöngelter, die Kappe sitzt gut. Lassen Sie sie sitzen, wo sie sitzt.« Fräulein Herzfelde ließ die Lippen zucken, was Carl ärgerte.
»Auch auf der Straße? Dann muß ich ja wieder die Offiziere grüßen.«
»Freilich ... Nicht alle Offiziere sind dem Statthalter wohlgesinnt, da haben Sie recht. Unter ihnen gibt es starke babylonische Strömungen. Und außerdem wäre zu bedenken: Wenn Sie mit der Kappe gehen, ist Ihre Couleurdispens automatisch aufgehoben.«
Sie hatte große Augen und hob den Zeigefinger. Ihr Rock wehte an seinem Knie vorbei, er spürte ihn durch den

Hosenstoff, und Fräulein Herzfelde ging, den flauschigen Kehrbesen in der Hand, durchs Zimmer und riß die Fenster auf.
»Dann soll ich also möglichst schnell verschwinden?« sagte Carl.
»Wie's Ihnen gefällt. Also gut, dann schließen wir neuerlich die Fenster!«
Sie machte sie wieder zu, und niemand konnte mehr ins Zimmer schauen. – »Es ist an dem«, sagte Carl und sah auf seine Fingernägel, »daß ich mir überlege . . . Ja, was überlegen wir uns denn? Richtig, die Sache mit dem Statthalter . . . Also, es heißt, der Statthalter sei aktiv gewesen beim Corps *Fiducia*. Baron Röhl hat es mir erzählt. Und weil ich den Statthalter achte, denke ich: du mußt dich auch einfügen in die *Calvaria*.«
»Edler Gedanke . . . Nur ist er im Moment nicht wichtig. Kümmere dich nicht darum, laß ihn beiseite liegen!« Und sie nahm Carl die Mütze vom Kopf und warf sie aufs ungemachte Bett. »Du sollst dich jetzt selbst kennenlernen. Deshalb bist du in Drommersheim.«
»Und die *Calvaria*?«
»Die ist eine Stufe. Gut für dich sind dort Baron Röhl, Groschopf, der früher Töpfer gewesen ist, und Wirsing, der Sohn eines Weinbauers. Alle andern haben keine Kugel in sich selbst.«
»Wie meinst du? Ich meine jetzt das mit der Kugel«, sagte Carl.
»Mit der Kugel ist es so: Sie steht in dir, auf sie kannst du dich verlassen. Also kannst du dich auf Röhl, Groschopf und Wirsing verlassen. Von den dreien strahlt es auf dich aus.«
»Und was bist du?«
»Der Magnet für deine Kugel.« Lena Herzfelde wischte sich mit dem Unterarm eine Haarlocke aus der Stirn und seufzte: »Heiß ist's, findest du nicht auch?«

Es kam ihm vor, als verändere sie sich. Sie trug eine Stahlbrille mit großen runden Gläsern, ihr Haar lag glatt am Kopf und war im Nacken geknotet; sie hatte einen runden Busen und sah wie ein Mädchen aus, das zum Putzen hergekommen ist. Sie war jetzt eine andere und lächelte verlegen, ja fast dumm. Aber darüber war Carl froh. Jetzt konnte er zu ihr so sein, wie er war: naiv. Lena stand am Fenster und schaute ihn an, als bewundere sie ihn. Das verwirrte ihn. Was sollte er tun? Sie lehnte an der Wand neben dem Lehnstuhl, streckte den Fuß aus und sah auf ihren Schuh. Mit nacktem Fuß steckte sie im Schuh, stellte ihn aufs rote Sesselpolster und fing an, ihre Schnürsenkel zu knüpfen. ›Ich kann es nicht verhehlen, daß ich ihr unter den Rock sehe‹, dachte Carl und fuhr sich durchs Haar. Dann ging er zu ihr, ließ seine Hand herunterhängen und spürte ihren Rocksaum und ihr nacktes Knie an seinen Fingerspitzen. Das Gesicht des Fräulein Herzfelde war rosig.

»Sie sind schlimm . . . Sie Gu . . .«

»Dort sitzt er . . ., dort sitzt er! Der Gockel auf dem Mist! Herunter muß er! Wir reißen ihn vom goldstarrenden Mistthron! Schluß muß sein mit ewigem Edelsinn, mit Spreizen, mit betulich Nicken, mit Fahren in Kaleschen! Die Gockelaugen sind Wagenrädersonnen! Ihr! Ihr! Seht die Wagenrädersonnen!«

Vor dem Fenster schrie Frau Pössenbachers Sohn. Glas klirrte, Stoff riß auseinander, daß es ritschte. Dann lallte es, ein sabberndes Geräusch ging labberig vorbei, als lecke sich ein Tier das Maul. Es war, als wäre die Luft wund geworden.

»In diesem Mann entlädt sich das Untere. Die Ärzte sagen: ein Nervenfieber . . . Frau Pössenbacher sagt, es sei nicht gut, wenn ein Kind aus einer Familie komme, wo alle Vorfahren bloß mit dem Kopf geschafft haben . . . Aber so etwas hat einen andern Grund. Es ist im Sinn der Waage.

Auf der Großen Waage gleicht sich alles aus. Das Untere muß heraus, und dieser Mann schüttet's heraus. Er ist einer der Wenigen. Deshalb muß er geachtet werden. Verstehst du mich?«

»Nicht ganz. Ich weiß aber, daß du recht hast.«

»Denke an Sendliacum und an den Statthalter. Geh jetzt in die Universität. Ich richte deine Stube. Wenn du sie triffst, sag der Brautlacht-Drommersheim einen Gruß von mir. Sag ihr, daß du mich kennst, auch wenn dir die Brautlacht-Drommersheim gefällt. Sie wird freundlich zu dir sein.«

›Schöne Aussichten, dahinter stöhnt ein Geisteskranker‹, dachte Carl und ließ sich von Lena Herzfelde aus dem Zimmer schieben. Vor der Tür stand eins jener hohen Fahrräder, wie er's sich gewünscht hatte, ein Saitenwürstchenrenner; seine Felgen waren schwarz lackiert und hatten einen gelben Streifen; das waren die Drommersheimer Stadtfarben.

»Ja, nimm's nur. Setz dich drauf. Es gehört dir. Deine Großmutter hat es dir geschickt«, sagte Lena.

So nahm denn Carl das Fahrrad auf die Schulter und trug's durchs Treppenhaus hinab. In der Sendlacher Straße schwang er sich hinauf und segelte von dannen, geschmeichelt vom Wind, der straff und warm herankam.

Carl fuhr durch die Stadt. Er schwebte, weil das Fahrrad trotz der Reifen aus fingerdickem Gummi auch auf Römerpflaster, mit dem alle Gassen belegt waren, kaum hoppelte; er wunderte sich darüber, hatte er doch gehört, ein Saitenwürstchenrenner sei zwar ein distinguiertes Vehikel, aber das Fahren strapaziere das Gesäß; die Freude am Außenseiter-Amüsement werde durch schmerzhafte physische Auswirkungen fühlbar herabgemindert, und es sei hübscher, sich vorzustellen, wie man auf einem derart hockbockigen Veloziped überm Alltagsgewühl schweben werde, indes das wirkliche Sitzen auf dem faustgroßen und

harten Sattel den Leib in einen Sack verwandle, der von unten ständig gestoßen werde. Nichts von alledem war wahr, das Rad federte und schwang unter ihm, als trüge ihn ein Pferd aus Luft und Draht, oder er wiege sich in einer kaum sichtbaren Hängematte. Beim Bergauffahren allerdings bockte sein Saitenwürstchenrenner, und Carl mußte ihn schwitzend schieben. Unterm Gewölbe, wo die Straße in den Fels gehauen war und als kurzer Tunnel unterm sonnengelben Trakt des Jesuitencollegs hindurchführte, wurde er von zwei jungen Offizieren gegrüßt, die in horizontblauen Uniformen zigarettenrauchend vorbeigingen. Carl fiel auf, daß keiner von beiden lächelte oder grinste, sie salutierten ernst, als ob sie einen Cameraden in ihm erkannt hätte, und Carl griff mit ausgestreckten Fingern an die Schläfe, als ob er selbst ein Käppi trüge.
Auf dem Corso, nicht weit vom Jünglingschen Caféhaus, wo sich Automobile und Kaleschen mischten und er, des belebten Wagenverkehrs wegen, sein Rad schob, sah er auf dem Trottoir Anton, den Sohn der Witwe Pössenbacher, der hoch erhobenen Kopfes mit blond flammendem Haar, die Augen glasig starr, eine Gruppe gepuderter Damen in Rokokotoiletten durchquerte. Die Damen, ihre bestickten Pompadours am Arm, in lang schleifenden Crinolinen, flanierten und hoben vor den Auslagen der Geschäfte ihre Lorgnons. Carl dachte, es fehle nicht viel, so stieße dieser Kerl sie mit den Ellenbogen auf die Seite, als der Mann die Faust gegen Carl schüttelte und eine unverständliche Verwünschung schrie; er trug ein olivbraunes, am Hals offenes Hemd, das den Blusen der uniformierten Babylonier glich. Immerhin hatte Anton Pössenbacher keine flache Tellermütze mit Lackschild aufgesetzt, was Carl aus irgendeinem Grund beruhigte, obwohl der Mann sich mehrmals nach ihm umwandte und das Gesicht verzerrte. Die Pompadourdamen schüttelten die Köpfe über ihn und lächelten Carl zu, der versucht war, stehenzubleiben und zu fragen,

ob sie mit dem Staatskanzler Clemens Wenzel Fürst Metternich-Winneburg befreundet seien und die Absicht hätten, ihm über dieses Vorkommnis zu berichten. Denn hätte er die Damen angesprochen, so wäre es nötig gewesen, den vollständigen Adelstitel des Staatskanzlers zu nennen.
Er fuhr dann wieder und bog in die Platanenallee ein, die zur Universität führte. Dort ritt ihm ein silberner Gewappneter entgegen, wahrscheinlich einer aus dem Stabe Kaiser Maximilians, den die Hofburg gehörte. Und kurz darauf wurde er von Wirsing angerufen, der in einem gelben Lüsterkittelchen, die Fuchsenmütze schräg gesetzt, das Pincenez am schwarzen Band, der fernen Universität entgegenstrebte, die ihren weißen Giebel mit den Säulen am Ende der Allee zeigte.
»Hallo, Carl! Hoch hinaus heut? Meine Reverenz vor deinem Saitenwürstchenrenner. Ich will dich nicht aufhalten, wir sehen uns ja sowieso bei Delling.«
»Ach, Erich, mach doch keine Geschichten. Ich schiebe gerne meinen Galgen. Sag, warst du eigentlich nicht beim Wagenspuz nach Sendlach?«
»Freilich. Bloß du warst stark beschäftigt. Kein Wunder.«
»Warum kein Wunder?«
»Weil die andern immer sagen: Den Umgelter stellen wir noch einmal in den Senkel.«
»Wer hat das gesagt?«
»Na, Holzapfel, Mühlbauer, Egelhaaf und so weiter. Wer denn sonst? Aber du hast ja den Röhl hinter dir. Da kann man direkt gratulieren.«
»Hab ich das? Du, Erich, das weiß ich nämlich gar nicht sicher.«
»Ha, komm! Jetzt mach bloß den Gaul nicht scheu!«
»Bestimmt. Ich sage dir, ich habe höchstens das Gefühl, als könnte ich mich auf den Röhl verlassen«, sagte Carl.
»Mir würde das genügen . . . Aber dort kommt Delling,

den müssen wir jetzt grüßen. Ich muß sowieso zu ihm in die Sprechstunde wegen meiner Seminararbeit. Ich werde zu ihm sagen: Delling, du bist ein Ei . . .«
Der Professor kam heran, ein hagerer und stupsnäsiger Mann. Im Genick hing ihm Haar über den Rockkragen. Sie grüßten, er lächelte, blieb stehen und legte Carl die Hand auf die Schulter: »Herr Umgelter, das rechne ich Ihnen hoch an, daß Sie ein Hochrad fahren. Zeichen konservativer Geisteshaltung, von mir enorm hochgeschätzt. Also lauter Höhepunkte . . . Nun, Sie wissen doch: Wer stehenbleibt, rückt weit vor in der Zeit . . . Womit ich mich von Ihnen verabschiede, meine Herren.«
Den Arm schlenkernd wie bei einer Vorlesung, wenn er ein Bild erklärte und den Zeigestock als Wanderstab benützte, ging der Professor weiter, und Carl fragte:
»Was hat er gesagt? Ich glaube, es war von der Zeit die Rede. Das Wort kommt mir bekannt vor.«
»Aus der Neujahrsansprache des Statthalters: Wer stehenbleibt, rückt weit vor in der Zeit . . . Nicht schlecht, was?«
»Sozusagen mein Glaubensbekenntnis. Allerdings habe ich's bis heute nicht gewußt. Ich habe bloß gedacht: die Vergangenheit ist das Wichtigste. Ohne die kommst du nicht vorwärts.«
»Jaja . . . Übrigens: du weißt es sicher schon: Wir treffen uns heute abend in der Silbernagelgasse an der Mauer mit den Hohlziegeln. Es ist leicht zu finden. Du gehst einfach so lange, bis es nach Essig riecht. Hinter der Mauer ist eine Essigfabrik. Dort bleibst du stehen.«
»Wer kommt sonst noch?«
»Groschopf und Röhl. Wir wollen die Chaosbrüder kennenlernen. Mal sehen, ob's gelingt. Weiblichkeiten werden auch erwartet. Ich glaube, der Röhl kennt sogar die Brautlacht-Drommersheim.«
Carl wollte sagen: ›Der soll ich einen schönen Gruß aus-

richten von einer gewissen Lena Herzfelde‹, sagte aber: »Die kennen wir doch auch; Röhl kann uns damit nicht imponieren«, worauf Wirsing schmunzelte, als dächte er: du machst mir nichts vor.
Sie kamen zur Universität. Carl lehnte sein Fahrrad an die weißmarmorne Diana bei der Trauerweide in der Ecke linker Hand, und Wirsing tippte an die Mütze: »Servus, Carl, ich muß noch geschwind . . .« Er ging weg. Und während Carl seine Sicherheitskette durchs Hinterrad schlang, hörte er staksende Stöckelschritte und sah Gräfin Brautlacht-Drommersheim auf sich zukommen. Sie gab ihm ihre weichpolsterige, wie ansaugende Hand und sagte: »Also Sie auch? Nun, ich habe es geahnt . . . Solch ein Hochrad entlarvt den Studenten Umgelter als einen der Unseren, dessen sind Sie sich bewußt? Einer der Unseren zu sein, ist heute schon nicht mehr so angenehm, wie's scheint. Sie werden das bald merken.«
»Steht der Statthalter wirklich allein?«
»Das wäre zuviel behauptet, so pessimistisch will ich nicht sein. Aber er wird angefeindet. Allerdings: wer wird das nicht.«
Carl dachte: ›auf einen wie mich wird der Statthalter nicht angewiesen sein‹, und sagte zur Brautlacht-Drommersheim: »Einen Gruß von der Lena Herzfelde, bitte schön.«
»Ehrlich gesagt: ich habe nicht geglaubt, daß Sie mir den ausrichten werden.«
»Also wissen Sie, daß wir in Sendliacum gewesen sind?«
»Ja. Und warum sind Sie nicht zu mir hereingekommen?«
»Es war so ein Schein auf dem Mosaikfußboden . . .«, sagte Carl.
»Von meiner Öllampe. Die ist aus Ton. Aber weshalb Sie nicht hereingekommen sind, das verraten Sie mir trotzdem nicht?«

»Die Lena Herzfelde war doch dabei.«
»Wenn Sie mit der Lena dort gewesen sind, hätten Sie mich erst recht besuchen können. Ich bin nahezu beleidigt.« Und Gräfin Brautlacht-Drommersheim tat, was man früher ›schmollen‹ genannt hatte und wozu man heute ›eine Schnute ziehen‹ sagte, doch Carl gefiel der altmodische Ausdruck besser. Üppig, eine prächtig brünette Person, schwarzhaarig, die aufgeworfenen Lippen geschürzt, stand wie vor ihm, der nicht mehr wußte, was er sagen sollte, weil's ihm vorkam, als wäre diese Dame im Schleierdunst des Vormittags, den nahebei ein Springbrunnen grünschleimigem Wasser mit sanft fallendem Wassersäulensang durchtrödelte, so etwas wie eine Traumgestalt, über die man lachen mußte, damit sie die Phantasie eines alleinstehenden Burschen vom Schlage Carl Umgelters nicht als schwüle Königin beherrschte, die Sendliacum befehligte, wo sowieso genug lockende Sinnenspiele wucherten. Und Carl stellte sich vor, wie die Brautlacht-Drommersheim in Ziegenledersandalen, aus denen ihre braunen Zehen herausschauten, über Sendliacums Mosaikfußböden schlich, indes ihre Hüften und ihre Brüste im Gewand aus Byssosgeweb schwankten.

›Das nächste Mal werde ich der Brautlacht-Drommersheim von meiner Großmutter erzählen‹, dachte Carl beim Mittagessen im stuhllehnenkrachenden Kneipsaal der *Calvaria*, wo er wieder unten saß und mit Groschopf Essenschlepperdienste leistete. Groschopf sagte: »Ehrensache, daß du dem Sonderfinger in die Suppe spuckst«, was Carl verwunderte, weshalb er erwiderte: »Als Babylonier mußt du doch für den Sonderfinger sein?« – »Nix Babylonier. Ich kenne bloß die babylonische Heilslehre. Was du nicht kennst, dagegen kannst du auch nicht sein.«
Gut gesprochen. Oben sagte Sonderfinger zu Kustermann: »Setzt sich da doch dieses nasse Füchslein beim Kurkon-

zert ganz unschuldig auf eine Bank im Stadtpark und fühlt sich nicht einmal bemüßigt, nachher zu mir zu kommen, um laut Selbstmeldeprinzip seine Geldbuße zu entrichten. Wo kämen wir da hin, wenn sich jeder von uns . . .«

». . . solch eine zivilistische Frechheit erlauben würde. Das wolltest du doch sagen?« fragte Baron Röhl, nachdem er Sonderfinger das Wort abgeschnitten hatte. »Aber wir sind in keiner Kadettenschule. Verstanden? Erledigt, Schluß und aus, und keine Widerrede! Das widert mich an.«

Röhl sah geradeaus. Sonderfingers Gesichtshaut spannte sich dünn über den Backenknochen, als wäre sie am Zerreißen. Röhl sah schwarzbraun aus, ein schweres und langes, müde hängendes Gesicht, das uralt schien, was von den dicht verschlossenen Gardinen kommen mochte, die das Licht im Kneipsaal fast aussperrten, daß bräunliches Halbdunkel unter der vertäfelten Decke herrschte.

Der Nachmittag war drückend; das schwüle, wolkenflaumige und treibhausdunstige Frühlingsklima Drommersheims war fühlbar, und Carl zog auf dem Heimweg seine Jacke aus. Sein nasses Hemd trocknete beim Radfahren im Wind. Auf der Treppe des Pössenbacherschen Hauses kam ihm der starre Anton von oben entgegen, langsam, die Augen geradeaus gerichtet. Carl trug seinen Saitenwürstchenrenner an ihm vorbei und dachte: wenn er mich angreift, werfe ich ihm das Rad ins Gesicht, doch geschah nichts. Lautlos, in Turnschuhen, glitt der andere an ihm vorbei. Es war unerfreulich, mit einem solchen in derselben Wohnung zusammengesperrt zu sein, aber zum Glück stand die Glastür zwischen ihnen.

Carl stellte oben sein Rad ab, legte sich ins Bett und schlief bis in den Abend. Der Abend ist das Beste . . ., dachte er beim Aufstehen. Vor seinem Fenster lag Drommersheim im Golddunst, als wäre es herangeweht worden und stünde eine Armlänge vor seiner Behausung. Aber zum Greifen

nahe war die Stadt nicht, denn obwohl sie nahe zu liegen schien, lag wie weitab.
Also gut, gehen wir in die Silbernagelgasse, sagte er zu sich selbst und zog sich an. Er ging. Im Treppenhaus begegnete ihm eine hochgewachsene Frau, die trotz der schwülen Abendluft in einen Mantel gehüllt war und fettiges, blau glänzendes Haar hatte, beinahe wie die Gräfin Brautlacht-Drommersheim; aber diese hier war älter und hatte einen blauen Blick. Sie sagte zu Carl: »Ich suche hier mein Kind; es ist als Stubenmädchen tätig bei Frau Pössenbacher«, worauf Carl bleich wurde. Die Frau lächelte, sah über ihn hinweg und sagte: »Danke für die Auskunft«, obwohl Carl nichts gesagt hatte. Aber wahrscheinlich meinte die jetzt sein bleiches Gesicht, das war für sie Auskunft genug. Wußte sie, daß er unschuldig war und nicht die Absicht hatte, Lena zu verführen? ›Ach, Lena und verführen . . .‹, flog's ihm durch den Sinn, ›die weiß doch mehr als ich.‹ Oder spielte sie ihm nur die Raffinierte vor und war in Wirklichkeit so unschuldig wie er?
Immer noch lächelte die Frau, die eine Stufe höher als er stand. Dann nickte sie ihm zu und ging weiter hinauf. Für ihn glich die Frau einer Römerin, von der er die Photographie einer Portraitbüste kannte, die sie mit gesenkter Stirn, im Nacken einen schweren Haarknoten, darstellte. Aber das war sicher Zufall, und wer sich für Römisches interessierte, sah sowieso überall nur Römerköpfe. Das Römische war stark, immer noch herrschte das Imperium Romanum. Lächerlich, nicht wahr? Aber der Statthalter glaubte auch ans Römische. Ein Reaktionär, ein Hemmschuh der großen Entwicklung, die in glanzvolle Zukunftsfernen führte? Vielleicht. Aber ich stehe auf der Seite der Reaktionäre.

Später suchte Carl die Silbernagelgasse. Er ging im Zwielicht in das alte Drommersheim, wo es zwischen grünlichen Quadermauern, von denen Gras herabhing, nach

brennendem Laub roch. Das ist dieser würzige Geruch von früher, aus der Kindheit, dachte er und sah auf dem Pflaster eines gewölbten Durchhauses ein Feuer flackern. Dahinter lag ein Hof mit gelbblühenden Büschen; lila Rauch zog in die Tiefe, allein brannte das Feuer, und niemand war zu sehen, der's bewachte. Das kam ihm gefährlich vor, aber er dachte: du hast immer Angst vor Feuer, fürchtest, daß es bei der Witwe Pössenbacher oder bei deinen Eltern brennen könnte, aber das ist nur ein Zeichen von Kleinmut; nimm dich also zusammen. Du hast doch vor, die Chaosbrüder zu besuchen, da darfst du nicht zimperlich sein. Wer weiß, was heute Nacht alles mit dir geschieht. Und er wünschte sich, Lena Herzfelde zu begegnen, um einen Schutz zu haben oder eine Führerin, wie er zu sich selbst sagte.
Die Gasse, wo er jetzt ging, war so schmal, daß im jeder Entgegenkommende ins Gesicht hätte schauen müssen, und Carl achtete darauf, daß er niemand übersah. Zwei Buben tanzten vor ihm barfuß vorbei und schwangen eine Konservenbüchse, aus der eine schwarze Wollpuppe hing; sie sangen: »Du bist ein anderer« und schlüpften in eine spitzbogige Pforte, wo eine Tür mit rostigem Eisenbeschlag ins Schloß fiel. Die Klinke, die wie ein eingerolltes Blatt geformt war, bewegte sich, und Carl glaubte Lachen und Tuscheln zu hören, als werde dahinter etwas über ihn beschlossen oder ausgeheckt, gegen das er sich später wehren mußte. Er dachte: Chaoskinder . . ., aber das war töricht. Er kam auf einen Platz, wo eine Rasenecke blaugrün im Zwielicht leuchtete und eine Bank mit schrundigen Sitzbrettern und einer Lehne stand, die an eine Leier erinnerte. Es konnte nicht weit bis zum ›Roten Herzfleck‹ sein. Carl überlegte, ob er zu seiner Großmutter hineinschauen sollte, schob diesen Gedanken wieder von sich weg – schließlich bist du allein groß – und sagte die Worte »Mañana« und »Saudade« vor sich hin. Das waren die

beiden Steine, auf denen er stand, auf die konnte er sich verlassen, denn das Morgen und die Sehnsucht herrschten immer.

Neben einem Fenster hingen an der Wand ein Wetterglas und ein Thermometer. Ein spitzgesichtiger Mann sah in die Höhe, wo sich dunkle Fluglinien von Mauerseglern im roten Hauch kreuzten. Ein Dach hatte herzförmige Ziegel, breit wie Kinderköpfe, die schimmerten, als trügen sie einen Goldbelag. Beim Gehen unter einer Holzgalerie, die mit Rankengewebe übersponnen war, roch es nach Essig, und Carl erinnerte sich an Wirsing, der gesagt hatte, bei der alten Mauer, wo es von einer Essigfabrik herüberrieche, wollten sie sich treffen.

Es kam zur Mauer und es roch nach Essig; Bäume hingen herüber, Kastanien, die ihre klebrigen Blütenschalen abgeworfen hatten; eine neigte ihre rötlichen Kerzen tief herunter; ihr Stamm hatte die Ziegel auf der Mauer zur Seite geschoben und eingedrückt. Hier waren auch zwei kleine, aus schwarzem Stein gehauene Köpfe zu sehen, eingelassen in die Mauer und mit Girlanden wie Flügeln verziert, dort wo der Hals hätte beginnen müssen: ein schwarzes Relief, ein Rest von früher, von dem niemand mehr wußte, was er einst bedeutet hatte; aber zu erfragen wäre es gewesen, Carl hätte nur nach Sendliacum zu gehen brauchen.

Er ging auf und ab, er wartete. Es war fast dunkel. Auf ein niederes Dach senkten sich Tauben und verschwanden. Weitab und dumpf eingeschlossen tönte Blechmusik, und es war, als werde ein Lied gesungen, von dem klopfende Rhythmen pochten ohne Melodie. An seinem Fuß klirrte etwas Helles. Carl bückte sich und hob eine Muschelschale auf, eine flache mit bläulichem Emailhauch. Sollte dies das Einzige sein, was er heute Abend fand? Er schob's in die Rocktasche. Wieder ging er auf und ab, sah sich um und roch sauren Geruch.

Dann stand dort, wo die Mauer eine Kehre machte, ein

Mann, einer von den Dünnen, Biegsamen, wie sie Carl bei sich nannte, einer in engen Hosen und einer abgewetzten Jacke mit Reißverschluß, die früher weinrot gewesen sein mochte, jetzt aber nicht viel röter war als die Kastanienblüten über ihm. Eine Gaslaterne ging an, die, von Zweigen halb verdeckt, an der Mauerecke herausragte und den Mann schärfer hell machte; aber Carl sah kaum mehr als zuvor. Der andere hatte langes, fettiges, gewelltes Haar, das er übers Ohr strich, eine Hand an die Mauer stützte und die Beine überkreuzte. Er sah Carl an und lächelte, aber sein Lächeln saß nur in den Augenwinkeln. Das kleine, stumpfnäsige Gesicht wurde nicht davon berührt.
»Sie warten auch auf die Herren Groschopf, Wirsing und Röhl?«
»Warum nennen Sie zuerst Herrn Groschopf? Röhl ist wichtiger«, sagte Carl.
»Röhl ist nicht zu überzeugen. Aber Groschopf denkt wenigstens ganz hinten«, er tippte sich in den Nacken, »nahezu wie wir. Und Wirsing ist indifferent. Das wissen Sie genauso gut wie ich.«
»Was heißt wir? Sie sagten wir.«
»Ich meine die Vitalen«, sagte dieser Mensch und beugte sich vor, streckte die Hand aus, sah hinein, grinste, hielt sich den Mund zu und schlenkerte mit den Fingern, als hätte er sie verbrannt oder freue sich über einen gelungenen Spaß.
»Sie sind ein Komiker«, sagte Carl. »Nicht wahr, das mit den Vitalen, das meinten Sie nicht ernst? Vitale Männer brauchen Sie unter Studenten nicht zu suchen.«
»Doch. Dort sind sie am seltensten.«
»Aber das können Sie doch nicht ernst meinen. Häufiger Gebrauch des Geschlechtsapparates macht den Geist stumpf, dämmerig und olivbraun.«
»Die Farbe! Er erwähnt sogar die Farbe!« Und wieder verzog ein lautloses Grinsen den Mund des mageren Man-

nes; er zog ein Knie hoch und schlug sich mit der Faust darauf.

»Warum lachen Sie? Es ist doch klar, daß ich angespielt habe auf die olivbraunen Blusen derer, die gegen den Statthalter sind.«

»Das haben Sie bewußt getan? Ich meine: es ist Ihnen klar gewesen, daß . . . Wer Sie beobachtet, wenn Sie durch eine Straße gehen, denkt an Bewegungen tief unten. Vielleicht an Träume. Aber was sind Träume.« Und er machte eine wegwerfende Geste.

»Soviel wie Fleisch. Den Traum können Sie ebensowenig lenken wie das Fleisch. Unterschiede gibt es nicht«, sagte Carl und dachte: ›der schleicht sich in mich ein. Vielleicht hat ihm Lena Herzfelde auch etwas über mich zugeflüstert . . .‹ Und im Weitergehen durch die Silbernagelgasse sagte er das Wort aus der Neujahrsansprache des Statthalters: »Wer stehenbleibt, rückt weit vor in der Zeit«, was der andere überhörte und statt dessen seinen Namen: Mildred Firnhaber sagte.

»Aber das ist doch ein Pseudonym. Dieser Name könnte in einer Gazette stehen unter irgendeinem kläglichen Bericht«, sagte Carl.

»Er steht darunter, denn wissen Sie . . ., ich schreibe.«

»Ja, Berichte. Sie spüren dem Statthalter nach. Das ist, als lenke jemand eine Blindschleiche mit Gedanken. Ihnen aber wird es nie gelingen, überall hindurchzuschlüpfen, Mildred.«

»Jetzt sagen Sie schon selber Mildred.«

»Nun ja, man sagt es. Hätte es der Statthalter gesagt, so wäre es entscheidend. Aber so . . . Ich glaube, daß die Gedanken die Luft sättigen. Wenn viele denken: der Abend ist das Beste . . . dehnt sich der Abend über das Geschehen aus. Es scheint immer alles dazusein, und dabei ist es längst hinfällig. Übrigens: Ist Mildred nicht ein amerikanischer Frauenname?«

Carl redete und dachte: ich muß den Kerl irgendwohin bringen, aber wo, das weiß ich nicht. Dann saß Groschopf vor einem einstöckigen Haus und rauchte Pfeife, unterm Stuhl ein Glas Bier, das er heraufholte und daraus trank. – »Die Lena Herzfelde ist eine Wiese, die du jederzeit mähen kannst. Ich habe keine Ansprüche auf diese Wiese«, sagte Groschopf und prostete Carl zu. »Bist du erstaunt? Der glaubt immer, man wisse nichts von ihm, und dabei flüstern's doch die Blätter im Gaslampenlicht. Man braucht bloß aufzuhorchen.«
Carl nahm Groschopf das Glas ab, trank einen Schluck und stellte es aufs Trottoir zurück. Sein Mund war neben Groschopfs Ohr; er fragte: »Wer ist der dort?« und zeigte mit dem Ellenbogen zu dem hinüber, der sich Firnhaber nannte.
»Otterngezücht. Das weißt du doch. Es schleicht herum und saugt und wispert. Saugen und wispern sind leicht zu lernen, Carl.«
»Aber ich habe Beweise. Sehen Sie meine Beweise an!«
»Also, zeige uns deine Beweise«, sagte Groschopf und stand auf; wie ein Pfosten, der nicht umzuboxen war, so stand er auf dem Trottoir. »Darf ich bitten«, sagte er und machte einen Kratzfuß vor der grünen Tür des einstöckigen Hauses, die er öffnete. Innen im engen Flur stieg er über eine Treppe hinauf, die krachte. Carl folgte mit Firnhaber, der sich schmunzelnd umschaute, als wittere, schnüffele er und lege sich in Gedanken die Sätze zurecht, die er später in die Schreibmaschine tippen würde, wenn es galt, über diesen Besuch einen Bericht zu schreiben. Denn solch ein Journalist wußte alles in Geld umzumünzen, weil er dazu gezwungen war.
Oben lagen Äpfel auf den Dielen des Dachbodens, es roch nach ihnen, und über einer alten Kommode waren an Schnüren Tabakblätter aufgehängt. Groschopf machte eine Tür neben einem Kamin auf, an dem ein Kuchenmodel in

Form eines kupfernen Fischs hing. Dann kam man in die enge Stube mit Tisch, zwei Stühlen und einem Schrank. – »Du mußt mit mir auf dem Bett sitzen, Carl«, sagte Groschopf und holte zwei Weinflaschen und stumpige Gläser aus dem Kasten. Er stellte die Gläser auf den Tisch, während der lange Mildred den Kopf durchs Fenster streckte und sagte: »Da krähen tagsüber wohl Hähne?«

»Jawohl. Ländlich ist's bei mir. Ich liebe es ländlich.«

»In den Zeitungen heißt das: provinziell . . .«, sagte Carl.

»Er kann ja gehen, wenn's ihm nicht gefällt«, sagte Groschopf und deutete mit dem Kopf auf Firnhaber.

»O nein . . . Bitte, verstehen Sie mich nicht falsch«, sagte Firnhaber und bewegte schlängelnd schmiegsam den Arm, als wäre er ein Gummimensch.

»Sie können sich gut angleichen?« sagte Carl.

»Der? Der redet jedem nach dem Mund und moquiert sich im stillen.«

»Warum sind Sie denn so feindselig? Jawohl, ich lasse jeden gelten. Ist das etwas Schlechtes?«

»Jeden gelten lassen? Mensch, Firnhaber, machen Sie mir doch nichts weis!« Und zu Carl sagte Groschopf: »Dich belächelt er auch. Halt ein bürgerlicher Träumer, denkt er.«

»Laß ihn doch. Schließlich hat er recht«, sagte Carl, und der Journalist bemerkte:

»Also sind Sie ein solipsistischer Escapist provinzieller Provenienz.«

Groschopf schenkte Wein ein. Firnhaber roch an seinem Glas und sagte: »Respektables Gewächs.« Das gefiel Carl, er dachte, Firnhaber sei so übel nicht, und Groschopf hob sein Glas: »Zum Wohl, ihr Herren!« Firnhaber sagte: »Ein Gutedel«, und Carl, der sich auf dem Bett einen weichen Kissensitz zurechtgebaut hatte, wurde im Licht einer Lampe mit grünem Emailschirm so wohlig nachsichtig gestimmt, daß er sagte: »Ich melde mich jetzt dann bei

Marc Aurel. Wißt ihr, ich möchte ihm die Schreibtafel nachtragen und seinen Terminkalender führen. Ihn begleiten, wenn er die Grenzbefestigungen abreitet. Überhaupt bin ich für die Wiederaufrichtung des Imperium Romanum.«

»Dann wollen Sie also auch, daß der Statthalter verschwindet? Für so modern hätte ich Sie nie gehalten«, sagte Firnhaber.

»Ich mich auch nicht«, sagte Carl und fügte hinzu, für ihn sei der Statthalter viel zu modern. Zwar trügen die Offiziere horizontblaue Uniformen und Käppis, aber es fehlten die Schnurr- und Backenbärte. »Er sollte einen Erlaß herausgeben, wonach es allen Beamten untersagt ist, sich zu rasieren. Außerdem müßten sie durch die Nase sprechen.«

»Wiederum entpuppt sich Herr Umgelter als Umstürzler. Die Bartmode ...«

»Oh, Marc Aurel hat einen dicken Bart getragen!« sagte Carl.

»Aber der Statthalter geht immer rasiert.«

»Lieber rasiert sein, als das römische Imperium verleugnen«, sagte Carl. Was er sagen wollte, brachte er nicht mehr richtig zusammen, aber darauf kam es hier nicht an, hier, wo er neben Groschopf in der warmen Kissenmulde saß.

»Wenn du einmal der Nachfolger des Statthalters geworden bist ...«, sagte Groschopf und hatte Fältchen hinter seinen Brillengläsern.

»Gut, daß Sie's jetzt schon sagen. Damit ich auswandern kann, bevor die Ära Umgelter beginnt«, sagte Firnhaber, und Carl erwiderte:

»Das wäre freilich ein arger Verlust fürs Imperium Romanum.«

Groschopf stellte sein Glas auf den Tisch, kaute und schnalzte mit der Zunge: »Gar net schlecht ..., gar net schlecht ... Aber jetzt muß es ernst werden. Wir sind

neugierig auf Ihre Beweise, Herr Firnhaber.«
»Herr Groschopf, ich muß Sie enttäuschen. Leider habe ich sie nicht zur Hand. Aber wenn Sie wollen, daß ich Sie ins Harmonietheater führe, dann können Sie etwas erleben. Sie werden zu sehen bekommen eine Vorführung aggressiver Szenen, denn das Harmonietheater ist eine Stätte der Herausforderung. Wir ersparen dem Statthalter nichts. Und alles, was wir zeigen, basiert auf authentischen Informationen.«
». . . die Sie der Theaterleitung zur Verfügung gestellt haben. Ich weiß Bescheid«, sagte Groschopf und wandte sich Carl zu: »Du mußt wissen, daß Herr Mildred Firnhaber das Privatleben des Statthalters auskundschaftet. Mit allen Mitteln moderner Berichterstattung.«
»Also gut. Gehen wir doch hin. Lassen wir uns führen. Zwar sitze ich hier bequem in deinem Bett, und ob ich im Harmonietheater . . .«
»Ich werde Ihnen Plätze in der Fürstenloge anweisen lassen«, sagte Mildred Firnhaber und stand auf. Plötzlich hatte er es eilig, und Carl kam's vor, als unterdrücke der Journalist mühsam ein triumphierendes Lächeln. ›Jetzt hat er uns hereingelegt‹, dachte er, stand auf und ging hinter den beiden aus der Stube und die Dachbodentreppe hinab; er kam auch auf die Silbernagelgasse, wo es zwar immer noch nach Essig roch, aber weder der Journalist noch Groschopf zu sehen waren. Carl wartete, sah die Gasse hinauf und hinunter, ging an der Mauer entlang, schaute unter der Gaslaterne und den überhängenden Kastanienblüten um die Ecke und fand niemand.
›Also gut, suchen wir allein das Harmonietheater‹, sagte er zu sich selbst und bog ins Einhorngäßchen, bis er zu dem engen Platz mit dem Rasenfleck und der Bank kam, die eine Lehne wie eine Leier hatte. Dort setzte er sich nieder und sah vor sich hin. ›Sei doch froh, daß du nicht ins Harmonietheater mitgehen mußt und Firnhaber und Gro-

schopf dich sozusagen versetzt haben‹, dachte er und sah an dem Haus hinauf, wo immer noch im ersten Stock das Wetterglas neben dem steingehauenen Fensterkreuz schimmerte. Jetzt hätte Lena Herzfelde zu ihm kommen und ihn trösten sollen, denn Carl bemitleidete sich, bis ihm einfiel, daß das Harmonietheater das renommierteste in Drommersheim war; nur auserwählte Leute kamen dort zusammen, und was Firnhaber erzählt hatte – daß dort entlarvende Szenen über das Leben des Statthalters dargestellt würden –, das war bestimmt geschwindelt. Solche Burschen sind immer Gauner oder meinethalben Spaßvögel, Eulenspiegelnaturen, und du wärst fast auf sie hereingefallen; ein Glück, daß die zwei davongelaufen sind ... Und er erinnerte sich an Fräulein Herzfelde, von der er wünschte, sie möge ihn hier finden und ins Harmonietheater führen; denn Lena Herzfelde mußte gute Verbindungen zu allen Herren haben, die in Drommersheim oben saßen, auch wenn sie ihnen nur – wie Herrn von Metternich-Winneburg – das Zimmer saubermachte. Und Carl fiel wieder ein, wie sich Fräulein Herzfelde in seiner Stube die Schuhnestel geknüpft hatte, und wie er kurz darauf mit ihr zärtlich gewesen war; aber das hatte sie sicher längst vergessen und wollte nichts mehr davon wissen.
»Na, mein Guter, du sitzt hier ungerührt, abwesend und vertieft in deine privaten Schmerzen? Was außen vorgeht, das kümmert dich nicht?«
Es war Röhl, der sich neben ihn setzte. »Ich wüßte gerne, was gespielt wird, ahne es aber bloß«, sagte Carl.
»Die Ahnung will ich dir nicht schmälern; sie ist wichtig. Und wie geht es deiner Audienz bei Dextranius?«
»Ich weiß nicht, ob ich sie jetzt noch anstreben soll; es kommt mir vor, als wäre sie nicht wichtig. Was ist heut wichtig? Wenn ich wüßte, was heut wichtig ist, wäre es mir wohler. Ich merke nur Ungenaues und daß manche den Statthalter hassen. Aber weshalb sie ihn hassen, wissen sie

auch nicht. Ich will, daß alles so bleibt, wie es ist.«
»Ich auch, obwohl sich auf die Dauer nichts festhalten läßt. Das weißt du so gut wie ich. Das erste, was verblassen wird, ist die Vergangenheit; sie wird sich von uns zurückziehen. Oder hast du nicht bemerkt, daß in den Straßen immer weniger Leute auftauchen, die altmodische Kleider tragen? Und vorhin hat mir sogar Lena Herzfelde erzählt, sie habe die Metternichvilla bei einem Spaziergang in der Pappelchaussée nicht mehr gefunden. Ihr sei es vorgekommen, als stünde Schilf an ihrer Stelle.«
»Das kann doch nicht sein! Sie hat sich bestimmt getäuscht!« Carl war von der Bank aufgesprungen und sah Röhl ins augenglitzernde, von Nacht zugedeckte Gesicht.
»Hoffen wir, daß du recht hast. Aber ich habe da ein ungutes Gefühl . . .«, sagte Röhl und bewegte die Hand.
»Ich weiß nicht, was die Leute wollen: es geht ihnen doch gut, gegen den Statthalter kann keiner etwas sagen; jeder muß zugeben, daß er die Währung gefestigt und das Chaos zurückgedrängt hat.«
»Das stimmt. Aber daß man deshalb nichts gegen ihn sagen könnte . . .« Und Röhl schien zu lächeln und bog seinen Reitstock überm Knie. »Man kann gegen jeden Menschen etwas Zerstörendes vorbringen, man kann gegen jeden etwas sagen, und wär er noch so unbefleckt.«
»Was sagen sie gegen den Statthalter?«
»Er sei nicht vital. Er sei ein abgeklärter weiser Mann.«
»Seit wann ist Weisheit schlecht?«
»In deinen Augen vielleicht nicht. Aber denk dir einmal jemand, der alles andere als abgeklärt ist. Der wird sagen: Der Statthalter ist blöde, weil er weise ist . . . Ja, so ist es halt. Die Menschen wollen, daß einer oben steht, der unberechenbar ist wie sie selbst. Auf die Dauer hält sich dort kein kluger Mann, der keine Fehler macht. Heut muß einer Fehler machen, grob sein, mit dem Stiefelabsatz auf den Tisch hauen, dann ist er vital . . . Aber wir schwätzen

bloß. Sieh dir das Theater einmal selber an. Komm, wir gehen ...«
»Ins Harmonietheater?«
»Wie du's nennen willst. Das bleibt dir überlassen. Also, komm schon.«
Carl ging mit Röhl weiter und dachte: ›wenn es nur noch diese kahle Neuzeit gibt, wird alles zur geheimnislosen Wüste. Aber wer versteht das schon: Röhl vielleicht, sonst keiner. Und auch vor Röhl will ich den Mund halten. Höchstens mit Lena Herzfelde könnte ich darüber sprechen, aber die ist selten da, wenn man sie braucht.‹
Sie überquerten den Corso, der ausgestorben schien. Ein Brunnen rieselte und rann, sein Wasser saugte Mond- und Gaslampenlicht auf, und auf der anderen Straßenseite gingen zwei in Khakiblusen, die Tellermützen tief in die Stirn gezogen; sie trugen Keilhosen und gummibesohlte Stiefel; ihre Schritte blieben lautlos.
»Dort ... Sag, sind die bewaffnet?«
»Das weiß ich nicht. Vielleicht haben manche Pistolen in den Hosentaschen, aber das ist nicht wichtig. Was sie im Kopf haben, das entscheidet.«
»Und was haben sie dort?«
»Das weißt du doch ... Das Chaos halt, mehr nicht. Und ich finde: das genügt«, sagte Röhl und zeigte auf eine Seitengasse, in die ein Mann in tailliertem Schoßrock einbog, einen Spazierstock mit Elfenbeinknauf in der Hand drehte und einen sandfarbenen, geschweiften Zylinderhut trug. »Direkt beruhigend, so etwas zu sehen ...«, sagte Röhl, und Carl nickte.
In der Nebengasse nun – es war die Blaue Liliengasse – kamen noch andere in altmodischen Toiletten auf sie zu oder gingen an ihnen vorbei. Ein General mit grauem Haar, das unter seinem Käppi hervorquoll, trug eine Paradeuniform aus weißem Tuch, die aber, wohl weil sie lang im Schrank gehangen war, einen gelblichen Hauch ange-

nommen hatte. Goldene Fransen hingen ihm von den Epauletten nieder, sein Rock war faltig und mit einer silbernen Leibbinde umwunden; vor den Augen saß ihm ein Pincenez mit schwarzem Band, wie es Carl nur von Wirsing kannte, und im Weitergehen überlegte er, ob dieser General, dessen schwerer Cavalleriesäbel immer wieder auf dem Trottoir schepperte, nicht sein Freund Wirsing sei. Dann kamen sie vor ein einstöckiges, im Dunkeln liegendes Palais, vor dem zwei Kugellampen mit Gasflammen zwei nackte Bronzedamen beleuchteten, die rechts und links von geöffneten Flügeltüren den Portalgiebel stützten. Eine der beiden schien unter der linken Achselhöhle Härchen zu haben, bis Carl erkannte, daß es ein Vogelnest war, in dem junge Vögel schläfrig wisperten, wahrscheinlich weil sie von der Lampenhelligkeit und von einzelnen Kaleschen, die durch die Blaue Liliengasse fuhren und Mühe hatten, hintereinander vor dem Palais zu halten, aus dem Schlaf geschreckt worden waren. Das Vestibül des Palais war von Lüstern erhellt, und im Gewoge und Wispern, im Schnattern und Lachen vieler Stimmen rauschte Gräfin Brautlacht-Drommersheim, die mit Moosrosen bestickte Atlascrinoline raffend, Röhl und Carl entgegen; sie streckte ihre Hände aus, die weich und ansaugend zugriffen, beugte sich tief decolletiert vor und sagte: »Es wird einen fürchterlichen Eclat geben, sie wollen die Harmonie sprengen!« – »Bekannt ... bekannt ..., meine Gnädigste«, sagte Röhl, der in großem Wichs war, also Lackstiefel mit hohen Stulpen und einen verschnürten Samtrock trug; der schwarzgoldene Schlägerkorb hing ihm an der Seite, und überm langen, von schwärzlichen Schatten durchzogenen Gesicht, das aussah, als wäre es nur flüchtig rasiert, saß das Cerevis, das wie alle Cerevise der *Calvaria* von Gold starrte. Dabei drückte die Brautlacht-Drommersheim immer noch Carls Hand, ihr blauschwarzes Haar stand hoch toupiert, und Carl spürte ihre weichen

Finger und das winzige und feuchte Taschentuch der Gräfin. – »Daß ihr alles immer schon wißt, das ist enttäuschend«, sagte sie, schneuzte und wischte sich die Augen, wobei sie bemerkte, es sei doch äußerst seelenlösend und erleichternd, zu Hause auf dem Kanapé zu weinen; denn sie weine oft und viel, ohne zu wissen weshalb, einfach aus Freude am Tränenfluß.

»Ach«, sagte Baron Röhl, »das glaub ich Ihnen nicht. Sie wissen schon, weshalb Sie weinen.«

»Durchschauen Sie mich doch nicht immer gleich so fürchterlich genau! Das ist ganz und gar indenzent bei einer Dame . . .«, sagte die Brautlacht-Drommersheim und winkte mit der Hand, in der sich das Taschentuch flatternd entfaltete; es wurde zu einer kleinen weißen Fahne, in die die Worte: ›Der Abend ist das Beste‹ gestickt waren. Flüchtig sah es Carl, aber dann zog's die Gräfin wieder weg.

»Der Abend . . .«, sagte Röhl und hielt den langen Zeigefinger an die Nase, »ja, der Abend . . ., leider ist es jetzt schon Nacht.«

»Zerstören Sie nicht meine Illusionen!« rief die Gräfin, wandte sich ab, verschwand zwischen zwei jungen Offizieren in horizontblauen Uniformen, von denen einer einen slawisch hängenden Schnurrbart trug und Carl an die Büste eines böhmischen Königs erinnerte. Von den Treppenstufen aber, die hinter den Offizieren zu gläsernen Türen führten, drehte sie sich um und winkte zurück.

»Gut, daß sie zurückgewinkt hat, nicht wahr?« sagte Carl.

»Ja. Ich dachte auch schon, ich hätte sie beleidigt. Aber es stimmt doch, daß der Abend endgültig vorbei ist, meinst du nicht auch?« – »Es läßt sich nicht bestreiten«, sagte Carl.

»Obwohl ich es auch bedaure, daß der Abend endgültig vorbei ist, kann ich mich doch der Einsicht nicht verschließen . . .«, sagte Röhl und beendigte seinen Satz nicht. Carl wollte ihn fragen, ob er mit ›Abend‹ den Abend einer Epoche oder etwas Ähnliches meine, dachte aber, Röhl hielte es für primitiv, wenn er solche eine Weisheit, die für ihn selbstverständlich war, ausspräche. Dabei schien es Carl, als befänden sich nun nicht mehr so viele Gäste wie zuvor in dem von Säulen gestützten Vestibül, und um jeden werde der Raum weiter; es unterhielten sich wenige, die meisten standen allein, schauten auf den Boden, den ein römisches Mosaik mit einer Jagdszene zierte, oder betrachteten die bräunlichen Stiche, die in Goldrahmen an den Wänden hingen. Dann wurden die Türen aufgestoßen, es war still im Vestibül, und Anton Pössenbacher kam herein, ein großer Kerl im Khakihemd, glasigen Blicks, den Kopf mit der hohen Stirne hoch erhoben. So ging er hindurch und verschwand dort, wo auch die Brautlacht-Drommersheim verschwunden war.

»Ach, der Gestochene . . .«, sagte Röhl. Ein paar, die noch herumstanden, nickten ihm zu, und die beiden Offiziere schauten einander an. Der mit dem Wenzelschnurrbart hob die Schultern und machte eine komische Verbeugung dorthin, wo der Gestochene verschwunden war. Röhl lachte kräftig, und sogleich drängten zwei Männer mit gewichsten, dickpelzigen Bärten und langem Nackenhaar, das ihre hohen Rockkragen überkräuselte, neben Röhl; einer, der eine ovale Goldbrille trug, sagte zu ihm:

»Unverständlich . . . Ich meine: weil der Statthalter es zuläßt, daß der Gestochene hier hereinkommt.«

»Schließlich ist er ja der Autor«, sagte Röhl, worauf die beiden nickten und ins Innere des Palais gingen.

»Der Autor von was?« fragte Carl.

»Der Autor von dem da«, sagte Röhl und deutete mit dem Kopf hinter sich, wo an eine Säule ein Plakat geklebt war, auf dem zu lesen stand: »*Er hat sich überlebt* oder die Sublimierung der Triebhaftigkeit – eine entlarvende Farce von *Anton Pössenbacher.*« Dann waren die Darsteller aufgeführt, unter denen ein Herr Mildred Firnhaber als ›Regent mit halber Brille‹, Groschopf als Hausdiener und Lena Herzfelde für eine Doppelrolle vermerkt war, in der sie die Ziehtochter des Regenten und eine Kammerzofe spielte.

»Lena Herzfelde?« sagte Carl. »Aber das ist doch . . .«

»Ach, du meinst, es sei unmöglich, es sei schlecht, es verrate einen undurchsichtigen Charakter, über ihre Fähigkeiten zum gefährlichen Doppelspiel seist du auch schon düpiert gewesen, und was solle das nun heißen; am Ende gehöre Lena auch noch zu den Chaosbrüdern . . . Aber sei doch froh, daß die sich auch bei denen eingeschlichen hat. Wir brauchen einen solchen Horchposten. Wer nicht weiß, wie der Feind denkt, wer nicht denken kann mit dem Gehirn des Feindes, kommt unter die Räder«, sagte Röhl.

»Du magst recht haben. Groschopf sagt dasselbe. Im Sinne höherer Diplomatie ist es vielleicht angebracht, das mag stimmen«, sagte Carl. Und als innen ein Glockenzeichen klingelte, fügte er hinzu: »Trotzdem macht es mich unsicher. Der Boden wird gewissermaßen brüchig, und die Dielen knistern unter meinen Schuhen. Aber das war schon immer so. Fräulein Herzfelde ist nicht schuld daran. Verlassen kann ich mich sowieso auf nichts.«

»Wer kann das heute?« sagte Röhl.

»Ich verlasse mich auf den Statthalter, da kann sein was will!«

Röhl lächelte, und eine üppige Dame, die eilig, als fürchte sie sich zu verspäten, ein lang wehendes und locker gewobenes Umschlagtuch aus schwarzer Durchbruchstickerei auf den Schultern, ins Vestibül gesegelt kam, winkte Carl, ohne daß er sie gekannt hätte, mit zugeklapptem Fächer zu und flüsterte im Vorbeigehen: »Das ist schließlich das Wichtigste.«

Vor der Farce, dem Vaudeville, das im Theater gespielt werden sollte, graute es dem naiven Carl. Aber als er dann mit Röhl in einer Loge saß und ins Parkett hinunterschaute, wo Crinolinen rauschten und tiefe Décolletés schimmerten, während auf den Rängen Ferngläser die Kerzenflammen widerspiegelten, die an den vertäfelten Wänden flackerten, glaubte er, er befände sich in der Gesellschaft, der anzugehören er immer gewünscht hatte. Freilich, er war Student und stand als solcher außerhalb der distinguierten und mit Würden sichtlich überladenen happy few, bei der er heute zu Gast war – die Würde wurde durch vielgestaltige Ordensschnallen und Glitzersterne an Uniformen und Fräcken documentiert – und der anzugehören sein großer Wunsch war; aber dies würde ihm später gewiß gelingen, davon war er zumindest jetzt in diesen Augenblicken überzeugt, da ihn der Anblick der schillernden Menge heiter stimmte, so daß der rotsamtene Polstersessel, in den er sich zurücklehnte, zur Woge wurde, die ihn in die Höhe trug. Wie's nachher sein wird, wenn dich die Woge wieder fallen läßt, danach wollen wir jetzt nicht fragen, sagte er zu sich selbst und wünschte, daß die Macht des Statthalters, die Größe Drommersheims und der Bestand des Imperium Romanum so lange dauern möge wie er lebte; was danach geschah, das durfte ihm gleichgültig sein.

Der Vorhang wehte auseinander, die rote Draperie, von goldenen Seilen gehalten und mit Quasten behängt, wurde zur Linken und zur Rechten gleichmäßig gerafft und ließ ein Schreibzimmer sehen. Die Zeiger einer Standuhr wiesen auf halb zwölf. Zwischen zwei Fenstern, vor denen ein Garten hellgrün war, stand ein Madonnenbild auf einer Console. Ein Zimmer, einer Bauernstube ähnlich, war mit einem alten Schreibtisch und einem Lehnsessel ausstaffiert. Der stumpige Groschopf kam herein, trug eine weiße Urnenvase voll Glockenblumen und stellte sie auf den Schreibtisch. Es war bekannt, daß der Statthalter Glockenblumen liebte. Die Leute richteten sich in ihren Sitzen auf, die Fächer rührten sich, ein schillerndes Flügeln in der Tiefe des Parketts, als bewege sich Wasser. – »Die Sublimierung . . ., ich stelle sie ihm auf den Schreibtisch«, sagte Groschopf zur Kammerzofe Lena, »sehen Sie, wie sublimiert das leuchtet! Blau wie der Mantel der Madonna!« – »Gut, daß ein Erdenkloß wie Sie der Sublimierung dienen muß«, warf Lena ein, und Groschopf rülpste. ›Der macht es aber simpel, von Groschopf hätte ich mehr erwartet‹, dachte Carl, bis ihm einfiel, die Farce habe ja ein anderer geschrieben. – »Der Gestochene . . . Die Mentalität des Gestochenen wird offenbar«, sagte Baron Röhl, der tief zurückgelehnt in seinem Stuhl saß, den Schläger auf den Knien. ›Es ist enttäuschend, solche plumpen Späße können doch dem Statthalter nicht schaden, und langweilig ist es auch . . .‹, dachte Carl, bis dann Firnhaber in einer weißen Perücke aus kurzem Haar hereinkam, gebeugt und die halbierte stählerne Brille vor den Augen, die der Statthalter zum Lesen aufzusetzen pflegte. – »In der Liebe alles sublimieren . . . alles sublimieren«, sagte er und hob den Zeigefinger, als stünde er, ein hagerer Schulmeister, vor seinen Kindern, die heute das Parkett bevölkerten. Nun lachte jemand laut, es klang, als käme das Gelächter, das sich steigerte und dessen sich der Lacher nur mühsam erwehren konnte, aus einer der vorderen Logen, wo Leute vom Theater ihre Plätze hatten und in die niemand hineinsehen konnte. Ein Belfern und Keckern war's, ein konvulsivisches Gebrodel, das Husten und Geschimpfe glich. Unten wurden alle Fächer starr, und das Lachen verstummte. Auf der Bühne sah der Statthalter seine Ziehtochter an, eine Dreizehnjährige; er hatte sie vor vielen Jahren adoptiert. Das Mädchen war im Biedermeierkleid mit frischen Armen und sah wie ein Kind vom Land aus. ›Das unberührte Idealbild alter Zeiten . . .‹, dachte Carl und erinnerte sich an Photographien, die den Statthalter mit seiner Ziehtochter gezeigt hatten, wie draußen auf der

Bühne. Nun lächelte er zärtlich, sein Gesicht zog sich auseinander; im Mundwinkel rann ihm Speichel nieder. Dann packte er das Kind und zog es zu sich auf den Lehnstuhl. Er lehnte sich zurück, das sich schreiend windende Kind auf den Knien und am Mund immer noch die Speichelsträhne, die ihm aufs Kinn herabgesickert war. Das Kind entwand sich ihm, er verfolgte es, aber es entwischte durch die Tür, wo Groschopf in blauer Livrée mit Silbertressen eintrat. Der Statthalter wandte sich ab. – »Immer sparsam sein«, sagte er zu Groschopf, »ich will keinen großen Aufwand für mich haben, mein Gehalt darf die Bezüge eines Regierungsrats nicht übersteigen ... Das Fleischliche sublimieren ..., das Glück der Armut kennen.«

»Jawohl, der Geist entfaltet seine größte Kraft corps à corps mit dem Sinnlichen, wie ein in Drommersheim geschätzter Dichter sagt«, bemerkte Groschopf.

Hohn und Niedrigkeit ... und schlüpfende Geräusche, als ob Schnecken rutschten. Carl fühlte sich mit dem Rücken im Stuhl festgewachsen. Röhl sah er nirgends, der Sitz neben ihm war leer und zeigte zerschlissene Polster. Unten legte sich Dunst auf die Menschen, ein grünlicher Staub und Nebel, der machte, daß die Gestalten abzusinken schienen, als zögen sie sich zurück in den Boden. Der Saal bleichte aus, und statt der Leute saßen Umrisse unten, eine starre Versammlung blaß bemalter Faschingslarven wie aus Celluloid. Zuweilen rührte sich eine Gestalt, ein Mann drängte mühsam wie einer, der durch wadentiefen Sand geht, zwischen den Sitzen weiter, bis er schwankte und fiel. Sein Fall war lautlos. Draußen stand Firnhaber, der seine Perücke abgenommen hatte und an einem blauen Kohlblatt kaute, wahrscheinlich um zu zeigen, daß der Statthalter Vegetarier sei. Dann hielt er's von sich weg, als läse er in einer Zeitung. Das Kohlblatt in der Hand, sagte er, der Hauptmodus dieses Theaterstücks sei eine Art Nullgrad

des Aktes, dazu bestimmt, die Wirklichkeit zu repräsentieren, nicht aber, sie zu modifizieren.
Hinter Carl schnappte die Tür, und Lena Herzfelde schlich herein. »Wir können nicht aufkommen, die andern sind zu stark. Die Vergangenheit könnte uns helfen, aber sie zieht sich zurück. Du siehst ja selbst, wie alles ausbleicht und zerfällt«, flüsterte sie und hob die Hand gegen den Saal, als müsse sie einen eisernen Sack in die Höhe heben; aber ein Sack war nie aus Eisen . . . ›Die Stille ist ein Sack aus Eisen‹, dachte Carl und sagte:
»Warum hast du mitgemacht?«
»Um sie zu vernichten.«
»Lena . . . Lena . . ., du hast das Kind gespielt!« rief er, als könnte er sich retten.
»Komm, ich helfe dir aus deinem Stuhl.«
Sie riß ihn an den Armen, zog ihn zu sich, und er fragte: »Ist es aus mit Drommersheim?«
»Nein. Aber bald. Vielleicht können wir ein neues Land erreichen, nur weiß ich noch nicht welches.«
»Vielleicht Orplid«, sagte Carl.
»Das wär' ein Land! . . .«, sagte Lena und schaute an die Decke, aus der ein Fischkopf glotzte. Stuckbrocken mitreißend, die Carl ins Gesicht fielen, brach durchs gipsstäubende Schilfgeflecht ein Fisch mit Schlangenleib und wälzte sich im zerfetzten Stuhlpolster, wo zuvor Röhl gesessen hatte. – »Röhl hat uns auch verlassen, aber die Römer haben gewußt, was nach uns kommt«, sagte Carl und deutete auf das Gewürm im Stuhl, das draußen in Sendliacum auf dem Mosaikfußboden abgebildet war, wo in der Mauerlücke Lampenschein geflackert hatte, als er mit Lena dort gewesen war.
Dann gingen sie durch einen Gang hinter den Logen. Dort kam ihnen die Gräfin Brautlacht-Drommersheim entgegen, das Atlaskleid von roten Schnecken überkrochen, die sie abzuschütteln suchte; weil sie festklebten, rissen sie

Streifen und Flecken des Stoffs ab, und das Kleid hing ihr zerfetzt am Leib. Das hochgetürmte Toupet ihres blauschwarzen Haars hatte sich gelockert und in Strähnen aufgelöst; Rücken und Arme der Gräfin waren blutig zerkratzt, als hätte sie durch Dornenbüsche kriechen müssen; sie weinte. Tränen schwemmten ihr Gesicht auf, daß es zu schwellen schien, und sie sagte zu Carl:

»Glauben Sie noch an Sendliacum?«

»Ja. Sendliacum ist ewig. Immer wird der Kaiser die Grenzbefestigungen abreiten, und ich werde ihm mit der Schreibtafel folgen, auch wenn dies alles niemals sein wird, ist und war.«

Die Augen weit geöffnet, so starrte ihn die Gräfin an. Sie hörte auf zu weinen, richtete sich empor und ging vor Carl und Lena durch den Gang. Beide folgten ihr. Im Vestibül kam Carls Großmutter, klein und dick, das Maulwurfsgesicht gerötet, auf sie zu; sie hielt Röhls Schläger überm Kopf und ließ ihn durch die Luft sausen, daß es zischte. Dabei rief sie das Wort ›Saudade‹, das portugiesisch war und soviel wie Sehnsucht bedeutete. »Morgen wird alles weggefegt sein, was euch bedrängt, im Mañana habt ihr Glück. Wenn du alles besitzt und keine Sehnsucht hast, dann bist du tot.«

Sie traten in die grüne Morgenfrühe, und der Wind trug die Melodie des Glockenspiels herüber, das auf dem Rathaus klang, wo der Statthalter seine Empfänge abhielt.

»Karl der Fünfte ist heute bei ihm«, sagte die Großmutter und wiederholte die Worte ›Mañana‹ und ›Saudade‹.

# Geheime Ziffernkanzlei

Im letzten Jahr ging ich an einem Sommermorgen durch die von Phaetons, Comfortables und anderen Kaleschen erfüllte Straße, die zum Rathaus, zum Jesuitencolleg und zum Dom führt. Ich beeilte mich, weil es noch sieben Minuten bis halb acht Uhr war. Die *Geheime Zifferncantzley,* wo ich angestellt war, befand sich damals in der Legionärsgasse, einer hinterm Schäfflerbrunnen abzweigenden, von Wagengewühl freien, weil engen Gasse, die um diese Stunde nur auf den Dächern Licht empfing und sich mit eingeschwärzten und schattenbelegten Häusermauern wie schlummernd streckte. Freilich, die Bewohner wachten schon, sie hatten sich erhoben in ihren hellen Kammern oder dämmerigen, mit Stuckornamenten verzierten Zimmern und standen nun in der Küche am Ausguß vor einem Wasserhahn, der seinen Strahl in ein gußeisernes, innen emailliertes Becken klatschen ließ. Die Spiegel, meistens ovale, in Scharnieren drehbare Gestelle, waren oft zu klein, um ein Gesicht ganz sehen zu lassen, wie bei Else Glück, die einen solchen Spiegel auf ihrer Kommode stehen hatte. Ich stellte mir vor, wie Else jetzt ihr kräftiges schwarzes Haar bürstete und, Bettwärme auf der Haut, zwei Kerzenleuchter neben dem Spiegel zurechtrückte, der blinde Flecken hatte, weil hinterm Glas der Quecksilberbelag abzublättern begann; sie ließ ihn nicht erneuern, wahrscheinlich weil sie sich Drommersheim und der Legionärsgasse zugehörig fühlte, denn diese Gasse war sehr alt. Dielen und Treppen knarrten, wenn Füße sie betraten, und in den Ecken der Schubladen nistete gelbes Holzwurmmehl.
Mir gefiel dieses vorväterisch Verschnörkelte und Abgelebte; ich dachte: ›gut, daß der Statthalter in der Altstadt diesen verschollenen Bezirk unangetastet läßt . . .‹ und erinnerte mich der Gestalten, die dort weiterlebten, aber nun bei auftauchendem Tageslicht mühsam aus den Betten kamen. Seltsamerweise waren unter den Bewohnern der

Legionärsgasse viele junge Leute, eben solche, denen das zuwider war, was man im Blanken Viertel den ›vitalen Drang‹ oder die ›Lust am Aufstrebenden‹ nannte, lauter Aussprüche, die auf den Feuilletonseiten der neuen Zeitungen abgedruckt wurden, während in der Legionärsgasse oder am Judenmarkt, auch dort, wo eine steinerne Spinnerin in faltigem Kleid immer noch ihren aus rissigem Standstein gehauenen Rocken aufgestellt hatte, lediglich stockfleckige Journale aus dem Vormärz oder der Congreßzeit gehandelt wurden. So erfreute sich dort das ›Morgenblatt der gebildeten Stände‹ großer Beliebtheit; Modekupfer gingen von Hand zu Hand, und Mädchen bemühten sich, eine bestimmte Sorte moosgrüner Seide zu ergattern, die im Juni 1815 in Mode gekommen war, hatten sie doch alle längst der Cowboymode enger Nietenhosen den Rücken gewandt und sich über die neu aufkommende Freude am Haartoupieren den Korkenzieher- oder Stirnlocken zugewendet. So geschah's, daß bald niemand mehr wußte, wer nun fortschrittlich gesinnt sei, weil gerade die jungen Leute das noch vor kurzem Hochmoderne eines rasanten, whiskygeschwängerten, in Geschrei und Beineschlenkern sich erschöpfenden Lebensstils belächelten, aus den kahlen Zimmern zeitgenössischer Baalsburgen auszogen, sich einnisteten in Altstadtstuben und schon die Art, wie ihre Großeltern gelebt hatten, für rückständig hielten, kam es doch jetzt darauf an, sich den längst verschollenen Urvätern und Urgroßmüttern zuzuwenden, obwohl selbst die Petroleum- und Gaslampenzeit für abgeschmackt gehalten wurde. Modern war die Kerzenlichtperiode, bewunderns- und nachahmenswert erschien das Lebensideal des unberührten Mädchens und schüchternen jungen Mannes, der bunte Fräcke, Knöpf- und Zugstiefel trug und im übrigen – falls er einem eminent neuen Geschmackstrend huldigte – die eng anliegenden und dünnen, schenkelgespannten Hosen des ancien régime bevorzugte.

Freilich, man war großzügig und duldete auch die, die beispielsweise elektrisches Licht oder Petroleumlampen für bequemer hielten, wenn sie nur alter Musik, nachgedunkelten Bildern, Federkielen und Büchern zugetan waren, die, in Pappe gebunden oder mit goldgepreßten Lederrücken ausgestattet, ein unverfälschtes Bild des Traums vermittelten. Denn das Ideal einer tief versunkenen und zu reiner Geklärtheit durchdringenden Geistesanspannung beherrschte die jungen Menschen in der Altstadt und verfeinerte ihre Empfindungsfähigkeit.
Mir gefiel die Vielfalt, das bis in römische Cultursphären hinabreichende Leben Drommersheims, dem ich mich verbunden fühlte, war ich doch, was meine innere Herkunft und verborgene Biographie betraf, ein dem Imperium Romanum verpflichteter Mensch; es genügte mir, mich in die Zeugnisse und Überlieferungen zu vertiefen, die innerhalb des römischen Weltreichs enstanden waren, womit ich wiederum jener abgewandten Gemütsstimmung verbunden blieb, die meine in der Altstadt ansässigen Zeitgenossen pflegten. Trotzdem wollte ich ungebunden bleiben. Ich verschmähte es nicht, hinüberzuschauen in die Bezirke jenseis der Basteien, wo Häuser wie Glaskästen oder die kahle Rauheit zementierter Bunker nachahmende Bauwerke errichtet waren und Automobile zirkulierten. Denn ich war auf der Grenzscheide zwischen Alt und Neu oder Fortschrittlich und Altfränkisch beheimatet und hatte mich in einem Gartenhaus eingemietet, das der Stadt gehörte und früher für prominente Gäste reserviert gewesen war; seit die Prominenten es aber vorzogen, in der Altstadt zu logieren, war das Basteiengelände für Randexistenzen wie mich frei geworden. Und nun erheiterte es mich, zuzuschauen, wie sich die Mitbürger befehdeten und jeder den anderen für rückständig hielt, je nachdem er vor oder hinter den Basteien wohnte; mit ›vorn‹ und ›hinten‹ war jedesmal etwas anderes gemeint, weil jeder von dort aus urteilte, wo er wohnte.

Drüben – also dort, wo die Neubauten standen, ein Bezirk, der auch ›Das Blanke Viertel‹ genannt wurde – kannte ich eine gewisse Frau Sand, die im siebten Stock eines Hochhauses wohnte und geschieden war. Aber mit Frau Sand, die sich von ihrem Manne, einem Exportkaufmann, getrennt hatte, war ich nur von ferneher befreundet, obwohl sie du zu mir sagte. Insgeheim hatte ich den Verdacht, sie habe mir ihre Freundschaft nur angeboten, weil ich zur *Geheimen Zifferncantzley* gehörte, wo alle Briefe wichtiger Damen und Herren geöffnet und interzipiert wurden. Die Abschriften, sogenannte Interzepte, gingen wie vor hundertfünfzig Jahren an den Staatskanzler Clemens Wenzel Fürst Metternich-Winneburg, dem es, wie es bei uns hieß, einen beachtlichen Spaß machte, sozusagen als Pensionist und für nichts Politisches mehr verantwortlich, die Ergüsse von uns Spätgeborenen zu lesen. Im Amt wurde streng darüber gewacht, daß Metternich nur Abschriften erhielt, die mit bräunlich fließender und aus Gallenäpfeln hergestellter Tinte geschrieben waren; dazu wurde jenes grobkörnige und aus Lumpen gefertigte Papier verwendet, das, getreu der Heraldik der K. u. K. Monarchie, als Wasserzeichen einen Doppeladler trug. Daß alle amtlichen Schriftstücke mit Gänsefedern geschrieben wurden, wird nicht wundernehmen, und für mich war es ein Vergnügen, ein Schreibgerät zu benützen, mit dem die bedeutendsten Zeugnisse unserer Welt angefertigt worden sind. Auch die altmodische Schreibweise, deren ich mich in der Cantzley zu befleißigen hatte, fand meine Sympathie. Kurzum, ich fühlte mich in meiner subalternen Stellung als Conzipist sozusagen beruhigt, besonders weil die *Geheime Zifferncantzley* ein für Drommersheim längst überflüssig gewordenes Amt war, das der Statthalter lediglich aus Gefälligkeit gegenüber Metternich aufrecht erhielt, obwohl in den letzten Monaten des öfteren auch vom Statthalter Anfragen kamen, handelte es sich doch darum, des Babylonismus

Herr zu werden. Das heißt: beseitigen wollte ihn der Statthalter nicht, im Gegenteil; er sagte: »Das sind die, die nach mir kommen, also freundet euch nur rechtzeitig mit ihnen an«, wünschte aber, daß diese – nun, sagen wir einmal: neumodische Geistes- und Gefühlsrichtung überwacht und, wenn möglich, auch eingedämmt werde. Daß ihm dabei Metternichs Geheime Zifferncantzley ehrenwerte Dienste leistete, was den Alten in seiner Empirevilla jenseits der moorigen Wiesen, dort wo die Pappelchaussée nach Sendlach führt, mit Genugtuung erfüllen mußte, versteht sich von selbst. Denn welcher Staatsmann konnte sagen, daß seine Praktiken so unverändert weiterlebten wie die Metternichs? Obwohl natürlich das Interzipieren fremder Briefe viel älter als Metternich war, was er auch gerne zugab; nur derart verfeinert war es in früheren Jahrhunderten niemals ausgeübt worden, um von der Unsichtbarkeit des Agentennetzes ganz zu schweigen. Beraten vom Staatskanzler, hatte der Statthalter alle wichtigen Agentenstellen dadurch unsichtbar gemacht, daß er sie mit Verstorbenen besetzte – ein an sich einfacher, weil naheliegender Trick, nur war er vor ihm keinem eingefallen. Die andern im Amt scherzten oft darüber, was ich nicht leiden mochte, weil ich insgeheim dachte: ›Wer weiß, ob du nicht selber zu den Verstorbenen gehörst, und ob alle deine Collegen nicht auch . . .‹ Denn es war offensichtlich, daß das Altmodische nirgends sonst so gepflegt wurde wie in Drommersheim, und wie sollte es möglich sein, dies ohne die Mithilfe Toter aufrechtzuerhalten?
Nun, jedenfalls mein Vorgesetzter, Sectionschef Dr. Naschold, der war sehr lebendig, darüber gab ich mich keiner Täuschung hin; und dies tröstete mich auch. Aber wenn ich an Else Glück dachte, kamen mir zuweilen Zweifel, doch davon später. Jetzt sei nur angemerkt, daß ich auf dem Wege durch die Legionärsgasse immer wieder den Kopf nach ihrem Dachfenster verdrehte, obwohl ich

wußte, daß es von unten nirgends zu sehen war, weil es sich hinter der Dachrinne verbarg, geschützt und abgeschieden, und lediglich Kaminen, Dächern, Baumwipfeln und den Höhenzügen des Aschenfurther Waldes in der Ferne zugewendet, wo wir oft spazierengingen. Und ich dachte mir Else, ein Lied summend, oben stehen, ja, ich glaubte es zu hören, dies: ›Ein Schäfermädchen weidete . . .‹, das sie von ihrem Großvater, einem Zitherspieler, gelernt hatte.

Ja, so war unser Leben: altbekannt und unwahrscheinlich, als entstamme es einer Sage, an die sich alle jenseits der Basteien, drüben im Blanken Viertel Wohnenden, kaum noch zu entsinnen schienen. Aber uns, den Rückgewandten, die sich moderner dünkten als die andern, deren äußere und innere Zustände, deren Gemütslage wir längst überwunden hatten und deren Comfort und Lebensstandard wir belächelten, bedeutete etwas wie der zitherspielende Großvater oder das Mädchen Else, das als Empfangsdame im Hotel Zaber tätig war und in einer Dachstube der Altstadt wohnte, sozusagen das Glück, das Leben und die Harmonie. Wir, die Altstadtgenossen, fühlten uns mit dem Statthalter verbunden, waren dankbar für den Frieden, der in Drommersheim herrschte, und dachten an die Babylonier auf der anderen Seite mit schmerzendem Unbehagen. Denn sicher fühlten wir uns nicht; wir wußten, daß alles nur kurz dauerte, und die knarrenden Dielen in den Altstadtwohnungen, unseren ›Bruchbuden‹, schienen uns beständig an unsere Unsicherheit zu mahnen. Dagegen waren die ›drüben‹ strahlender und frischer, darüber gaben wir uns keiner Täuschung hin. Und besonders einer wie der Doctor Naschold, der war richtig gesundheitsstrotzend, obwohl auch er . . .

Aber ich möchte alles auf einmal erzählen, während es doch darauf ankommt, der Hohen Behörde und den Nachgeborenen Bericht zu geben über unser Leben in Drommersheim, als es kritisch wurde. Zu denen, die uns wach hielten, gehörte Doctor Naschold, der ein Automobil von jener niederen, gleichsam auf dem Boden schleifenden Bauart fuhr, das sich nach hinten verjüngte und nachts wie mit Phosphor imprägniert leuchtete. Überflüssig, zu erwähnen, daß er im Blanken Viertel wohnte und die Altstadt als einen wurmstichigen Bezirk mit duldsamem Spott bedachte. Er stand – wie man gemeinhin sagt – dem Statthalter kritisch gegenüber, was mich verwunderte, weil er doch auch nur ein Beamter war.

Aber genug von Naschold. Ich gedachte seiner an jenem Sommermorgen auf dem Weg zum Amt. Bald würde er wieder vor mir auftauchen und durch die Bureautür kommen, als wäre er ein Harlekin, der aus dem Kästchen springt. Aber es dauerte noch eine Weile; ich hatte Zeit, mich auf Naschold vorzubereiten, denn der Sectionschef kam erst gegen halb zehn Uhr in die Cantzley, und wir, die Subalternen, hatten derweil die Schriftstücke vorzubereiten, in der Unterschriftenmappe zurechtzulegen und nachzuschauen, ob der Vorrat an Kaffee in Nascholds Kommode nicht erschöpft war, denn der Vorgesetzte konnte ungehalten werden, wenn er nach dem Mittagessen, das er mit Wirtschaftspropagandaminister Zotz einnahm, auf seinen Kaffee warten mußte.

Die Zifferncantzley war in einem ehemaligen Klostergebäude untergebracht, einem nach der Legionärsgasse zu mit dicken Rustikaquadern ausgestatteten Bau. Wie immer, so waren auch heute die schweren, schwarzbraunen Torflügel geschlossen. An der Wand hing ein Klingelzug mit Messinggriff, der in einen Löwenkopf endigte. Ich zog daran, und oben schaute Rembold, der Portier, aus seinem Fenster, ein Mann mit gebräuntem Gesicht, das ein dicker schwarzer Bart umrahmte; großäugig schaute er herunter und nickte mir ernst zu. Dann öffnete sich in den eichenen Türflügeln eine schmale Pforte, und ich ging hinein. Innen

stand der Portier, ein gesiegeltes Couvert in der Hand, das sich wie geschwollen anfühlte. Dabei kam es mir vor, als hätte ich diesen Mann früher einmal gesehen, wenn nicht in Fleisch und Blut wie heut, so doch auf einem stockfleckigen Stich oder in einem Buch, das Abbildungen alter Gemälde enthielt, denn diesen Rembold konnte ich mir gut in einer Beamtenuniform mit goldbesticktem Kragen denken. Der ist früher mehr gewesen als bloß Portier, dachte ich, aber das war mir schon oft eingefallen, wenn ich ihn gesehen hatte. Also wunderte ich mich nicht, daß mir dieser Gedanke heute wieder beikam, denn in der Ziffern-cantzley und auf den Drommersheimer Gassen begegneten mir viele Leute, von denen ich dachte, sie seien mehr, als was sie schienen oder wofür sie sich ausgaben.
Als ich dann hinterm Portierzimmer die knarrende und krachende Treppe hinaufging und mich am Messinggeländer festhielt, kam's mir vor, als fehle der Menschengeruch; es war leer, ich hörte im unteren Gang keine Türen schlagen und begegnete der Putzfrau, die Papier in einen der dicken Säcke neben den Spinden stopfte, den hohen und schmalen Holzkästen der Beamten; wir hängten darin unsere Röcke auf. Hier war es kühl und sauber, Licht fiel durch ein Fenster und zeichnete die Schatten der Geländerstäbe auf die steinernen Treppenstufen zum Oberstock. Wieder dachte ich: ›heut ist hier aber die Luft rein‹, ging rechter Hand in unsere Stube mit den hohen Schreibpulten zwischen den Fenstern, und war allein. Das verwunderte mich, weil ich bisher immer der zweitletzte vor dem polternden Flossenbeck gewesen war, den wir schon von weitem mit eisenbeschlagenen Absätzen im Corridor hatten herankommen und sich schneuzen hören. Jetzt rührte sich nichts. Ich sah mich in dem langen und hohen Raume um, wo in der Mitte der Tisch mit den Gerätschaften fürs Interzipieren: den dünndochtigen, rauchlos brennenden Kerzen, den Leuchtern samt Hütchen, den grauen Päck-

chen mit der Silberamalgampaste, Reibschale und Stößel sowie metallene und beinerne Messer unberührt und sorgfältig ausgerichtet lagen, wie sie am vergangenen Abend der geduldige Zapf versorgt hatte, der so gut manipulieren konnte, wahrscheinlich weil er früher Friseur gewesen war. Auch er war noch nicht da, ebenso wie Nonnenmacher, unser Damenfreud, der die geschickteste, die glücklichste Hand beim Brieföffnen hatte und dem selten ein Sigill zerbrach. Bureauvorsteher war Flossenbeck, der die Arbeit einteilte und sie mit Sprüchen wie: »Langsam, Kutscher, der Wagen kippt«, zu würzen pflegte. Aber weder diesen noch jenen bekam ich zu Gesicht, nur Frau Bräckle, die Putzfrau schaute herein und fragte, ob ich ihr nicht drei Ducaten rheinisch in Currentmünze wechseln könne, der Brieger von der Lottocollectur warte unten, und sie habe doch aufs dritte Spiel für Stettenheim gesetzt; übrigens sei der Brieger ein bedauernswerter Bursche, er habe ein böses Weib, denn die strecke ihm immer bloß den Hintern hin; deshalb hatte ihn Frau Bräckle auch zu einem Vesper eingeladen. – »Wissen Sie, Herr Laub, die Menschen sind bös«, sagte sie, während ich ihr Geld wechselte. »Wenn der Brieger bei mir ißt, lachen sie und klopfen an die Tür; dabei könnten sie doch hereinkommen, auch wenn ich in der Stube ein Bett habe.« Frau Bräckle roch süß nach Seife, eine frisch geputzte Frau, der Tränen aus den Augen tropften, als sie sich jetzt ihres verstorbenen Mannes entstann und von ihm als einem ›so arg guaten Menschen‹ sprach; aber halt auf dem Herzen habe er's gehabt trotz seiner roten Backen; wie ein Apfel, bloß innen leider faulig . . . Und sie wischte sich die Augen, wobei ihr graue Haarfransen in die Schläfen fielen, drehte sich um und ging rasch aus der Cantzleystube fort.
Ich hätte sie nach der Zeit fragen sollen, weil ich nie eine Uhr bei mir trage. Vielleicht bist du eine Stunde zu früh dran, dachte ich. Aber wie jeden Morgen, so berührte auch

heut der Sonnenstreifen drüben neben Flossenbecks Platz den untersten Rand des vergilbten ›Vorsichtsmaßnahmen-Reglements zur Verhütung ärarischer Feuersbrünste‹ und glitt durchs Fenster aufs moosige Dach hinaus, denn unser Zimmer hatte nur in der Frühe Sonne, weil es nach Norden sah. Im Hof regten sich die Akazienwipfel, und dann klang hoch und messingblank der Glockenton vom Rathaus her und verkündete, daß es halb acht Uhr war. Kamine rauchten, eine schwarze, blau umsponnene Wildnis; Hügel schauten übers Dach, und ich stellte mir Else Glück vor, wie sie an ihrem Fenster lehnte und Geranien aus einer grünen, dünnschnäbeligen Kanne begoß; sie wohnte ja nicht weit von hier; im Hotel Zaber war es gestern sicher wieder einmal spät geworden, so daß sie erst gegen zwölf Uhr ins Bett gekommen war.

Ja, so träumte ich auch heut, obwohl ich allein in der Cantzley war und niemand kam. Wenn ein Feiertag gewesen wäre, den ich – so etwas konnte vorkommen – übersehen hatte, dann wäre Rembold nicht in seiner Portierstube gesessen und hätte mich hereingelassen, auch wäre die Feiertagsruhe nirgends so ungeschwächt zu spüren gewesen wie in der Drommersheimer Altstadt. Was also sollte ich jetzt tun? Auf meinem Pult lag das dicke gelbe Couvert, das mir Rembold ausgehändigt hatte und mit der roten Oblate unseres Cantzleysiegels verschlossen war; der Umschlag trug die Aufschrift ›Zifferconzipist Franz Laub, im Hause‹, geschrieben in den kalligraphisch großen Schnörkelbuchstaben der Remboldischen Handschrift.

Ich befühlte das geschwollene Couvert und glaubte, daß sich innen etwas rege. Mit dem dünnen Federmesser, das Zapf so gewissenhaft zu schärfen pflegte, öffnete ich's dann, worauf mir ein Brief mit maschinengeschriebener Aufschrift ›Kennwort Silvana‹ in die Hand fiel. Ihn legte ich beiseite, weil ich wußte, was damit geschehen mußte, enthielt er doch Briefe einer mit Doctor Naschold befreundeten und seiner Frau unangenehmen Dame, weshalb er sie mir zu getreuen Händen zu übergeben pflegte; ich verschloß den Brief in meinem Pult. Dann aber kam ein Päckchen, adressiert an den Statthalter Ferdinand Wasik, zum Vorschein, ein versiegeltes und in gelbliches Schöpfpapier gewickeltes, etwa zwei Finger dickes Convolut, das sich wiederum nachgiebig, ja weich anfühlte. Und dieses mußte nun auf die vorgeschriebene Weise geöffnet werden. Ich bedauerte, daß mir Zapf und Nonnenmacher nicht dabei helfen konnten, denn im Interzipieren war ich nicht so geschickt wie diese beiden. Also hieß es, zunächst die Silberamalgampaste in der Reibschale mit dem Stößel geschmeidig machen, dann das Wappen des Siegels darin abdrücken, die Kerzen entzünden und über ihnen ›mit unruhiger Hand‹, wie die Vorschrift lautete, den Siegellack erwärmen, bis er auseinandergezogen und das Päckchen geöffnet werden konnte. Die Paste bewahrte die Gestalt des Wappens auf dem Siegel, das mir seltsam compliziert erschien, weil es ein übereinanderliegendes Fischepaar in einer herzförmig verschlungenen Schlange zeigte. Aber meine Arbeit glückte, wahrscheinlich weil ich sie ohne Aufsicht tat, und ich sah in der Mulde des erstarrenden Paste-Negativs, dem Gußrelief, dieses seltsame und, wie mir schien, gefährliche Emblem abgebildet, das mir bekannt vorkam und von dem ich glaubte, es sei von einer Frauenhand in den Siegellack gedrückt worden. Aber warum grübeln, was es bedeutete, es kam darauf an, den Inhalt des Päckchens kennenzulernen, das als einziges heute eingetroffen war, während sich sonst Briefstapel auf dem langen Manipulationstisch stauten, alle beigebracht vom Cantzleydiener Kreideweiß, der sich heute auch nicht sehen ließ. Und ich bewegte ›mit unruhiger Hand‹ das Siegel über der Kerzenflamme, zog das Papier auseinander, als der Siegellack weich wurde, und erschrak, weil sich innen etwas regte. Dann glitt eine Schlange heraus, ein grünlich, grau und schwarz gemustertes Tier, das den Rachen aufsperrte und als fleischerner Ring wie tot auf der Tischplatte liegenblieb.

Ich wich davor zurück. Dann untersuchte ich mit einer Pincette die Papierhülle des Päckchens, weil ich dachte, es sei vielleicht noch etwas Gefährliches darin. Es war ein Päckchen, wie sie nur bei uns in der Altstadt gefertigt wurden; auch das Papier war alt, grobkörnig und fest. Solches Papier gab es nur in unserer Cantzley für Briefabschriften an den Fürsten Metternich, und der Absender oder die Absenderin mußten also von einem der unseren das Papier bekommen haben. Sein Inhalt aber, diese Schlange, bedeutete nichts anderes als eine Todesdrohung an den Statthalter.

Ich schob ein Blatt unter die Schlange und trug beides zu meinem Pult. Dort begann ich die Schlange mit einem Silberstift abzuzeichnen, rückte den hölzernen Farbkasten zurecht, um meine Zeichnung hernach colorieren zu können, doch schien die Schlange auf dem Papier tiefer zu sinken, wurde flach, war als genaues Abbild wie auf einem Kupferstich im Blatt und verblich immer mehr, bis sie unsichtbar geworden war. Ich hob das Blatt gegen das Licht. Da schlang die Schlange sich als Wasserzeichen um den Doppeladler.

Jemand räusperte sich neben mir. Ich erschrak und sah drüben in der Ecke Bureauvorsteher Flossenbeck hinter seinem geräumigen Schreibtisch, wie er die Manschettenknöpfe aus den Ärmeln löste und die Hemdsärmel aufkrempelte, so daß seine muskulösen, sommersprossengesprenkelten Arme sichtbar wurden. Sein derbes Gesicht verzog sich zu einer grinsenden Grimasse und zerfloß. Ich war wieder allein und hatte mir alles eingebildet.

Dann klapperte ein Schlüsselbund an der Tür, und Naschold kam herein. – »Ach«, sagte er, »ich glaubte, es sei abgeschlossen.« Er wich meinem Blick aus, sagte: »So, Sie

manipulieren also?« ging zum Gerätetisch, beugte sich übers geöffnete Päckchen und bat mich dann, ihm seine Silvana-Korrespondenz auszuhändigen. Ich holte den heute eingetroffenen Brief und ein verschnürtes, von Naschold versiegeltes Päckchen älterer Briefe aus meinem Pult. – »Gut, daß man sich auf Sie verlassen kann«, bemerkte er, nachdem er die Siegel geprüft hatte, und stand eine Weile schweigend am Fenster, um hinunterzuschauen in den mit Akazien bestandenen Hof. Er war ein kräftiger, auffällig gebräunter Mann, sauber rasiert, mit breitem Kopf und dünnem, nach hinten gebürstetem grauem Haar. Er murmelte etwas, das ich zunächst nicht verstand, hörte aber doch so viel heraus, daß ihm sein Budget gekürzt worden und er deshalb gezwungen sei, den Bureauapparat zu verkleinern; ja, es könne sein, daß im Zuge gewisser Sparmaßnahmen Entlassungen notwendig würden. »Und beispielsweise Sie«, er massierte Kinn und Backe, »müßten damit rechnen, sich eines Tages versetzen zu lassen in ein anderes Ressort, oder den Dienst zu quittieren . . . Ja, es tut mir enorm leid, aber ich ersehe aus Ihren Papieren, daß Sie keine abgeschlossene Vorbildung besitzen, wie dies für eine korrekte Beamtenlaufbahn erforderlich ist. Sie sind doch lediglich im Zuge eines jener der Nachsicht und Güte des Statthalters – eines Mannes, den ich hoch verehre, wie Sie wissen – zu verdankenden Gnadenerlasse ins Amt aufgenommen worden, allerdings mit dem Vernehmen, jederzeit und ohne Kündigungsfrist entlassen zu werden, falls die Verhältnisse einer gewissen Umschichtung des Beamtenapparats bedürfen sollten. Eine solche Situation ist jetzt eingetreten, und ich muß Sie also bitten, so leid es mir persönlich tut, meinen Dank für Ihre aufopfernde Tätigkeit als Entlassungsbescheid entgegenzunehmen.«
Er sah mich an, die Augen in schmelzender Güte verklärt und mir die Hand entgegenstreckend, an der ich vorbeiging, weil ich wußte, daß bei Berührung dieser Hand seine

Augen wie Lämpchen im Kontakt aufglühen würden. Ich ging zu meinem Pult, nahm ein Paar privater Turnschuhe heraus, die ich darin aufbewahrte wie jeder andere Bemate, denn im Dienst mußten wir leise gehen, und dies war nur in Turnschuhen möglich. Naschold trat neben mich und erzählte von Zotz, dem Minister für Wirtschaftspropaganda, der im Blanken Viertel amtierte. »Der Minister«, sagte er, »geht jede Woche einmal zum Boxen und hernach ins Mineralbad. Wir treffen uns im Mineralbad. Ich sage Ihnen: auch im Winter ist der Minister im Freien geschwommen, wenn das Wasser dampft! Im Freien!« wiederholte er, und ich deutete durch bewunderndes Mienenspiel an, für wie enorm gesund ich eine solche Abhärtungstherapie hielte. Naschold nahm das Blatt, auf dem sich die Schlange zum Wasserzeichen verflüchtigt hatte, in die Hand, betrachtete es, hob es gegen's Licht und sagte: »Bringen Sie mir bitte das doch nachher ins Café Sela zur Unterschrift. Ich sitze dort mit einer Dame. Aber sagen Sie bitte nicht, daß ich Beamter bin.«

»Meine letzte Amtshandlung?«

»Wenn Sie so wollen – bitte schön ... Jawohl, ich bitte um diese Gefälligkeit.«

»Es wundert mich, daß Sie mich dazu brauchen können, nachdem ...« Ich schwieg und fügte hinzu: »Zwecks Unterstreichung Ihrer Persönlichkeit komme ich also gern ins Café Sela.«

Nun fiel mir Rembold ein, der Portier der Geheimen Ziffernkanzlei, der außer mir als einziger heute ins Amt gekommen war, und ich dachte: du wirst es Rembold sagen, vielleicht gibt er dir einen Rat und du erfährst von ihm, was heute gespielt wird. Naschold ging, nachdem er auf seine Armbanduhr gesehen hatte; es kam mir vor, als wäre er blaß, unansehnlich, fahl geworden und etwas hätte ihn verwischt. Jedenfalls verschwand er schnell. Ich war wieder allein, sah mich im Büro um, überlegte, wieviel

Geld ich hatte, und dachte: mit der Else Glück zusammen [wenn wir unsere Barschaften zusammenlegen] kannst du, falls das Geld nicht entwertet wird, ein Jahr leben. Dann fiel mir meine Behausung im Gartenhaus ein, die doch so etwas wie eine Drommersheimer Staatswohnung [zu verbilligtem Preis] war, und ich überlegte, was ich tun solle, wenn sie mir gekündigt würde. Unterkünfte waren knapp, es konnte sein, daß viel Zeit verstrich, bis ich einen neuen Unterschlupf fand, aber dann würde mich vielleicht Else bei sich aufnehmen, falls ihre Mietleute es erlaubten. Aber Schluß jetzt, die Ziffernkanzlei war für mich abgetan, ein neuer Abschnitt begann, und es war erfrischend, sie wie ein altes Kleid abzulegen . . . Merkwürdig, daß der Raum nun kahl und öde aussah; das Regal mit den Faszikeln, die Blumenmuster trugen, sank in die Wand zurück, und auf dem Tisch mit den Gerätschaften für die Manipulation lag nur noch der Reibschalenstößel neben dem Papier des Päckchens, in dem die Schlange genistet hatte. Aber die Adresse: ›An den Statthalter in Drommersheim, Herrn Ferdinand Wasik‹, trat deutlich hervor, als wäre sie mit Tusche geschrieben, ein kunstvoll verziertes Buchstabengewirk.

Ich rollte das leere Blatt zusammen, in dem sich die Schlange verflüchtigt hatte, nahm meine Turnschuhe unter den Arm und ging ohne abzuschließen fort, weil ich meine Büroschlüssel auf Flossenbecks Schreibtisch gelegt hatte. Unten klopfte ich an Rembolds Pförtnerzimmer, doch antwortete mir niemand. Ich drückte die Klinke nieder und sah in den Raum hinein, der leerstand, ausgeräumt und ohne jedes Möbel. Eine Ecke hatte grauen Staubbelag und Spinnennester wie braune Dreiecksegel. Auch die Torflügel standen offen. Als ich hinausging, fuhr Naschold im weißen Automobil durchs Tor, ein Lächeln im Gesicht und geradeaus schauend. Sein Auspuff hauchte mir warmes Gas ans Bein, und ich dachte: der triumphiert.

Das Café Sela lag um die Ecke. Es war voll. Lauter Leute aus dem Blanken Viertel saßen dort, alle in neuen Kleidern. Das war ein Gewühl heller Farben, wirkte aber wie graues Gemisch. Naschold saß am Fenster und beugte sich zu einer blondierten Dame. Als ich neben ihn trat, begrüßte er mich mit leutselig ausgestreckter Hand. Ich gab ihm das zusammengerollte Blatt, und nachdem er's geöffnet hatte, war die Schlange deutlich darauf abgedrückt, klar und frisch, als träte sie lebendig hervor. Naschold setzte mit der Füllfeder seinen Namen darunter, sagte zu der Dame, indem er auf mich wies: »Das ist auch so ein Entlassener«, und ich konnte mir nicht verkneifen, zu erwidern: »Der Sectionschef Naschold gehört zu den Mächtigen; er badet mit Minister Zotz im Mineralbad!« – »Ich auch!« rief die Dame. »Erlauben Sie sich nicht, uns zu verhöhnen!« Worauf die Leute mich anschauten, als wäre ich ihr Feind.

Ich war froh, als ich wieder draußen war. Im Einhorngäßchen nun bemerkte ich einen Buben, der barfuß hinter mir herging, und, wenn ich mich nach ihm umsah, die Lippen verkniffen, stehenblieb und auf ein Tor oder eine Mauer schaute. ›Der beschattet dich‹, dachte ich, kümmerte mich aber nicht darum und versuchte, mir im Weitergehen über mich selbst Klarheit zu verschaffen, denn jetzt war ich doch ein entlassener Angestellter. Naschold hatte mich hinausgeworfen, ich wußte nicht, was ich anfangen sollte, aber weil ich unbekümmerten Gemütes bin und gerne alles weiterlaufen lasse wie es von selbst will, sagte ich zu mir: irgend etwas Neues wird sich schon für dich finden, wie oft ist dir der Naschold zuwider gewesen, wenn er eitel und aufgeblasen die Treppe heraufgeeilt ist, als ginge die Ziffernkanzlei ohne ihn zugrunde; und dabei hat er doch nichts anderes getan als vorbereitete Akten unterschrieben. Er hat ja nicht einmal einen Brief an Metternich entworfen, und du fühlst heute noch seine weiche Hand in der deinen oder hörst ihn sagen: ›Oh, das machen am besten Sie allein,

Sie verstehen sich ja mit dem Alten . . .‹ Und dann unterschrieb er, was du gemacht hattest. Dabei hättest du doch am liebsten bloß Briefe abgeschrieben, weil du dabei etwas von den Menschen erfuhrst; aber Naschold war halt zu großzügig, und Frau Naschold wisperte: »Ach, mein armer Mann, er ist ja so dienstfreudig . . . immer ›Kanzlei‹ und wieder ›Kanzlei‹ und: ›Ich muß noch in die Kanzlei‹ sagt er. Er opfert sich ja direkt auf!« Eine gute Frau, aber leider nicht so gescheit wie unsere Putzfrau, die Frau Bräckle . . . Und wieder blieb ich stehen, zog die Pfeife aus der Tasche, stopfte sie und begann zu rauchen, als ich neben mir den blassen Buben mit der Hasenscharte gehen sah, barfuß und mit nackten Knien in einer Lederhose. – »Herr Laub!« rief er mich leise an, bis ich in ihm unseren geduldigen Zapf erkannte, den früheren Friseur mit der sanften Hand, der die Briefe fehlerlos zu öffnen wußte. – »Ach, servus Zapf«, sagte ich zu ihm, »warum seid ihr denn heut nicht im Büro, es ist doch kein Feiertag?«
»Hat dir der Chef nichts gesagt? Ich soll zu Hause bleiben, weil Revolution sei, hat er gesagt. Der Statthalter sei ein Diktator, und der werde heut gestürzt; wir müßten frei werden, alles alte Gerümpel soll verschwinden, sagt er. Später holt er uns dann wieder . . . Und weißt du, was der Flossenbeck gesagt hat: Jetzt kommen wir nach oben, der Naschold wird Statthalter.«
Ich nickte, bedankte mich bei Zapf, weil er mir alles sagte, und erzählte ihm, daß Naschold mich entlassen habe. Da wurden seine Augen groß und rund, er wich einen Schritt zurück und sagte, jetzt verstehe er manches.
»Was verstehst du?«
»Daß wir nicht mehr mit dir sprechen sollen. Gestern, nachdem er dich heimgeschickt hat, sagte er zu uns: ›Ich verbiete Ihnen den Umgang mit Herrn Laub, haben Sie mich verstanden?‹ Mich hat er dabei böse angesehen.« Und Zapf berichtete, wie Nonnenmacher bei diesen Worten

sich tänzelnd umgedreht und gegrinst und Flossenbeck schweren Kopfes und tief nachdenkend genickt hatte. Ich konnte mir die Szene gut vorstellen und ging allein weiter, die Hände in den Taschen und die Stupsnase zum hellen Himmel über Drommersheims schiefer Altstadt erhoben; der Naschold und die Seinen waren ein übles Volk, denen ging's zu gut, deshalb wollten sie den Statthalter beseitigen. Jetzt mal zur Abwechslung ein bißchen revoltieren, das war amüsant und belebte den Kreislauf wie eine neue Liebschaft.

Ich ging zum Hotel Zaber, einem kleinen Gasthof in der Blauen Liliengasse, und traf im langen und dämmerigen Foyer, wo sich an den Wänden die Goldrahmen alter Stiche berührten, so wie ich's gewohnt war, Else Glück hinter der altersbraunen Theke an. Das schwarze Haar hochgesteckt, großäugig und bleich, schaute sie auf den Schreibtisch, wo sich Rechnungen stapelten und ein dickes Hauptbuch mit roten und schwarzen Linien aufgeschlagen war, in das Else dünne Zahlen kritzelte. – »Ich komme nicht zurecht . . ., vielleicht bin ich unfähig, meine Stellung auszufüllen«, sagte sie und flüsterte, während sie die Hand zur Seite drehte: »Bitte, zu beachten, wer jetzt kommt . . . Es ist eine Verabredung, sagt Herr Zaber, ich soll jeden hereinlassen, auch wenn mir die Leute merkwürdig erscheinen.« Und ich sah hinüber zur Treppe, über deren Geländer eine steinerne Frau in griechischem Gewand eine marmorne Tuba an die Lippen drückte. Ein Mann in einer rauhhaarigen Jacke ging hinauf, und graues Haar quoll ihm unter der Baskenmütze in den Nacken; er erinnerte mich an einen Zerlumpten, der unter den Bögen der Römerbrücke schlief. Eine Gruppe von Herren in Diplomatenuniformen mit goldbestickten Krägen, die bis zu den Ohrläppchen reichten, ging vorbei und hielt die Degen neben engen Kniehosen fest. Dann sprach mich jemand an, ich hörte meinen Namen, und als ich zur Seite schaute, stand

Rembold neben mir, der Portier mit dem dicken schwarzen Bart. Er sah auf mich herunter: »Sie gehören auch dazu.« Ich verstand nicht was er meinte und erwiderte, ich hätte nichts damit zu tun, stünde lediglich hier, um meine Verlobte zu besuchen und sei im übrigen aus der *geheimen Ziffernkanzlei* entlassen worden, wie mir Doktor Naschold heut verkündet habe. – »Eben deshalb«, sagte Rembold. »Im übrigen haben Sie den Statthalter vor einem Angriff beschützt. Gewiß, es war kindisch, eine Schlange zu übersenden, aber schließlich hätte ihr Biß auch Sie treffen können . . . Übrigens sehr komisch, daß Naschold das Papier im Café Sela unterschrieben hat, finden Sie nicht auch? Ein beachtlich revolutionärer Akt, um auf ein Fräulein mit geschmeidiger Haut Eindruck zu machen! Also, kommen Sie schon mit«, sagte er und ging auf die Treppe zu. Ich folgte ihm, sah mich nach Else um, die nickte, und bemerkte einen Mann, der vorgebeugt ging, wahrscheinlich weil er sich bemühte, eine Frau zu verstehen, die neben ihm ging und der er einen Eimer abnahm. Es war Frau Bräckle; der Mann war der Statthalter.
Mit Rembold ging ich hinter ihm die Treppe hinauf. Der Portier hatte eine Mappe, die wie ein großes Buch aussah, unter den Arm geklemmt. In abgegriffenes Leder gebunden und am Rand mit einer Goldleiste verziert, schauten die Zipfel vergilbter und eingerissener Blätter heraus. Die Treppe wendete sich an einem Podest zur Seite und hatte rote Seidetapeten mit goldenen Bordüren: ein breiter Aufgang mit Marmorstufen, einer tubablasenden Frauengestalt und gezahntem Gebälk in der Höhe, wo ein Schacht mit einer Kuppel blau gefärbte Fenster zeigte. Ich sah alles zum erstenmal. Wir gingen langsam hinter dem Statthalter und den Männern in den Diplomatenuniformen, und das Hotel kam mir größer vor als früher. Aber dann gingen wir oben wieder durch den alten, gemütlich getünchten Korridor, wo Halbdunkel herrschte und sich die Gestalten in ver-

schiedenen Zimmern verloren, lautlos, als würden keine Türen aufgemacht. Zuletzt führte mich Rembold in den Rauch- und Lesesalon des Hotels, einen mit einem hohen Spiegel überm Kamingesims ausgestatteten Raum, wo ich zwei bronzene Urnen wiederfand, die im Besuchszimmer meiner Eltern gestanden hatten; wenigstens glaubte ich, sie stammten von dort, was mir sonderbar erschien, weil unser Haus an der Pappelchaussée nach Sendlach durch eine Gasexplosion zerstört worden war und meine Eltern dabei den Tod gefunden hatten. Am runden Tisch saßen die Herren, die vor Rembold und mir die Treppe hinaufgegangen waren. Der Statthalter nahm seine Stahlbrille mit den halbierten Gläsern aus der oberen Rocktasche, setzte sie auf und betrachtete ein Blatt, das ihm Rembold reichte. Er saß mit dem Rücken zum Fenster, und im einfallenden Licht wurde auf dem durchschienenen Blatt die Schlange deutlich, die ich zu copieren versucht und die sich ins Papier verflüchtigt hatte. – »Also dies ist ein Dokument der Todesdrohung«, sagte der Statthalter, lächelte und deutete aufs Blatt. Dabei sah er zu dem Mann in der dicken Wolljoppe hinüber, der immer noch seine Baskenmütze aufgesetzt hatte, unter der graue Haarbüschel hervorkamen, und dessen Gesicht mir zwar zerrissen und bitter faltig aber auch durchklärt von jener abwesenden Sanftmut erschien, wie sie bei manchen gestrandeten Existenzen auffällt. Wer es war, wußte ich nicht. – »Mir scheint«, sagte Rembold, »der Zeitstil erfordere eine gewisse Aufsässigkeit. Ich meine es so: viele Damen und Herren – junge, jüngere, alte und ältere – wären gern freundlich, konziliant, aber die Zeitmode verlangt von ihnen, daß sie unsympathisch sind. Das ist der geile Lebensstil von heute. Die Bemühungen des Statthalters haben Erfolg gehabt, ihm ist es gelungen, das Niedere zurückzudrängen, weil er sich mit den Mächten und Erfahrungen der Vergangenheit verbunden hat. Aber hören wir den jungen Mann, Herrn Laub.«

Damit war ich gemeint. Ich lehnte an der Wand, sah mein Gesicht im Kaminspiegel, wo es mir kindlich, naiv und verwischt erschien. Unter so vielen Einsichtigen kam ich mir deplaciert vor, ein bedeutungsloser Mensch, der noch viel Lebenserfahrung ansammeln mußte, um neben diesen hier bestehen zu können. Aber ich sagte dann, daß die Neumodischen, drüben, jenseits der Basteien, also im Blanken Viertel, sich alle so arg vital gebärden müßten, was auf die Dauer doch anstrengend sei. »Und um auf einen Mann zu kommen wie Herrn Doktor Naschold, der, beauftragt mit der Leitung der *Geheimen Ziffernkanzlei*, auch außerehelich sein Leben genießen muß mit einer Silvana genannten Dame – ich meine: warum sollte er's nicht tun? –, ist nur mit Vorbehalt beneidenswert«, sagte ich und schilderte den Herren ein Gespräch mit meinem früheren Vorgesetzten, in dem er mir, die weichen Hände gespreizt und die blauen Kinderaugen aufgerissen, vom Tod eines Freundes berichtet hatte, der in seinen letzten Stunden Eiswürfel mit den Zähnend knirschend zerbiß. »Ich glaube, es ist Todesangst, was die Menschen heute so lebendig zappeln läßt, daß es scheint, als wüßten sie vor Kraft weder aus noch ein. Der Statthalter jedoch hat uns mit dem Tod befreundet, indem er das Vergangene neu machte. In der Altstadt Drommersheims wird das Alte mehr geachtet als das Neue, allein schon deshalb, weil das Neue nur kurz lebt. Das Alte aber bleibt bestehen, es ist unveränderbar, weil es tot ist und trotzdem lebt.«
Der Statthalter lächelte und sagte: »Dann gehen Sie doch einmal hinüber zu den Neuen und ergründen, was sie wollen. Ich glaube nämlich nicht, daß diese Leute töricht sind und Kritik walten lassen, ohne zu wissen was sie wollen. Wie ich höre, haben Sie Verbindung mit einer gewissen Frau Sand, die drüben lebt. Suchen Sie sie auf und berichten Sie hernach, was Sie erfahren haben. Es ist wichtig für uns, nicht wahr, Herr Fisch?« Und der Statt-

halter wandte sich wiederum dem Mann in der Wolljoppe zu, sprach leise mit ihm, wobei ich nichts verstehen konnte, und wandte sich den andern am Tisch zu: »Für Sie, meine Freunde, ist eines bemerkenswert, das ich freilich nur andeuten kann; ich muß auf tieferes Verständnis hoffen, das letzthin nur von Ihnen zu erwarten ist ... Es handelt sich um eine untergründige Empörung, nicht um eine solche mit robusten Mitteln, also Muskeln und Waffen. Wie Ihnen bekannt sein dürfte, ist Drommersheim im greifbaren Sinn einer handfesten Wirklichkeit nicht existent, und was wir erleben, geschieht im Traum. Wie sollten dann auch irgendwelche, vielleicht stoßkräftige, nun sagen wir einmal: Reformbestrebungen anders als in unserem Traume wirksam werden? Auch im Traum der andern jenseits der Basteien, die sich zuweilen täuschen lassen von sich selbst. Es existiert also keine Erhebung, bei der, nun sagen wir einmal: geschossen wird, bei der Bataillone, Regimenter die Herrschenden bedrängen. Die Kämpfe finden in uns selber statt, und was wir außen sehen, ist ein Spiegelbild der in uns minierenden Sorgen. Weil unter uns der Boden knistert, werden wir von solchen bedrängt, die Naschold oder Zotz heißen. Ihre Feindschaft gilt dem Alten, den verfeinerten Gefühlen, die das Alte in uns weckt. Sie wollen's gern robuster haben, schreiende Redner hören und Transparente sehen. Dies vermögen wir leider nicht aufzubringen, weil wir's belächeln. Die Hinfälligkeit, deren wir uns bewußt sind, der Gedanke, daß der Mensch nur eine dünne Haut der Erde ritzt und ein Nachgeben unterer Schichten Gebäude in Steinbrocken verwandelt, bestimmt uns, vorsichtig zu sein; Dauerhaftes existiert nur in der Vorstellung, im Geist, im Traum; dort hält es lebenslänglich. Trotzdem ist es möglich, daß Drommersheim zu Ende gehen soll wie ein Spiel, das abgelaufen ist. Vielleicht ist dies hier der Beginn.« Und er zeigte das Blatt, auf dem die Schlange sichtbar war. »In diesem Falle hätte ich dann abzudanken, doch scheint's noch nicht so weit zu sein.«

Wieder schmunzelte er und sagte: »Die Feindschaft der Babylonier gilt dem Alten«, und ich erinnerte mich, wie drüben in der Ziffernkanzlei die mit geblümten Faszikeln gefüllten Wände sich aufgelöst hatten und wie die Gerätschaften auf dem Tisch verschwunden waren, nachdem Doktor Naschold mir mitgeteilt hatte, ich sei aus dem Dienst entlassen worden. Dort war in der Tat etwas Altes versunken, nachdem ich die Macht eines Babyloniers zu spüren bekommen hatte.

»Es wäre noch zu überlegen«, sagte der Mann, der vom Statthalter als Herr Fisch angesprochen worden war, »ob wir nicht als tot, die drüben im Blanken Viertel aber als erstaunlich quicklebendig zu bezeichnen sind.« Dabei lächelte er.

Die andern schauten sich an, nickten, und ein gewisser Nesselrode, der goldbestickte Diplomatenuniform trug – ich hörte den Namen von Rembold – bemerkte, darüber zu entscheiden stünde uns nicht an, vorausgesetzt, daß Herr Fisch kein klares Urteil spräche, dem wir uns ohne Ausnahme zu beugen hätten; dabei kam's mir vor, als sähe er sich flüchtig nach mir um. Aber Herr Fisch, die Arme vor der Brust verschränkt und im steiflehnigen Stuhl zurückgesunken, schien nichts zu hören. Eine Weile schwiegen alle und schauten auf Herrn Fisch, der schließlich eine Geste in die Richtung machte, wo der Statthalter saß, wie um auszudrücken: Bitte, sich nicht stören zu lassen; ja, es schien mir, als wäre es ihm peinlich, daß nun alle auf ihn schauten.

Rembold ging zum Statthalter und legte ihm Schriftstücke aus der Aktenmappe vor. Dabei glaubte ich das Wort ›Sand‹ zu hören und dachte, es bezöge sich auf den Sand, der zum Trocknen der Schrift auf beschriebenem Papier benützt wurde. Der Statthalter schaute mich an, ich fragte, ob ich Schreibzeug holen solle, aber statt dessen reichte er Nesselrode ein Blatt, der es über die Lehne seines Stuhls mir weitergab. Ich stand hinter ihm an der Wand, nahm das Blatt, und als Rembold mir zunickte, las ich es. Es war ein Bericht über Frau Diana Sand in der siebten Straße des Stadtbezirks U, wo das Hochhaus die Nummer 17 hatte; sie wohnte im siebten Stock, und deshalb lautete ihre Adresse: U7, 17/VII.

Es war ein Personalbericht, und weil ich über Frau Sand manches wußte, mußte ich, als der Statthalter fragte, ob ich das Geschriebene für richtig halte, mit ›nein‹ antworten. – »Aber es ist doch Ihr Bericht?« erwiderte er, und ich sagte, ich habe nie ein Urteil über die Dame geschrieben. – »Geschrieben nicht, aber mündlich geäußert«, kam es zurück, worauf ich sagte, mündliche Äußerungen seien immer ebenso falsch wie schriftliche. – »Er meint, weil sich alles beständig ändert«, sagte Herr Fisch, nickte mir zu und schlug vor, mich ›nach drüben‹ zu schicken, um festzustellen, wie sich dort ›diese sogenannte Empörung‹ auswirke. Ich war bereit dazu und fragte, wer dies – ich deutete auf das Papier, das ich in der Hand hielt – geschrieben habe. – »Es handelt sich um Fräulein Else Glück«, sagte Rembold, und ich wurde rot. Aber da entließen sie mich schon, der Statthalter machte ein Zeichen, das mich weggehen hieß, und als ich vor der Türe stand, schämte ich mich. Wie konnte ich fragen, wer sich über Diana Sand geäußert hatte, wenn doch außer mir nur Else dafür in Frage kam, was ich mir hätte denken können. Und daß Else Frau Sand nicht übermäßig gerne hatte, war verständlich.

Im Foyer suchte ich Else, doch war sie nirgends, und ein stockend und gebrochen Deutsch sprechender Mann sagte, sie sei weggeschickt worden von Herrn Zaber, dem das Hotel gehörte. Ich glaubte es ihm nicht, weil ich dachte, die die oben beisammensaßen, und von denen wahrscheinlich Herr Fisch, hätten sie weggeschickt, was mich niedergedrückt stimmte, denn dieser Fisch schien mir in einem düsteren Sinne allmächtig zu sein.

Hinter den Basteien streckte sich das Blanke Viertel bunt und starr, als wäre in ihm keine Luft vorhanden. Ein Platz, umstellt von glatten Häuserflanken, wurde von gebogenen Lichtmasten überragt, die ineinanderzugreifen und sich zu verkrallen schienen; darunter waren Automobile angesiedelt, als hätten sich Rudel blecherner Schalentiere, die die Köpfe senkten, zusammengedrängt; alles war ein toter Bereich aus Blech und Stein, der von der scharfen Mittagssonne ausgedörrt erschien.
Es war ein Parkplatz. Die Fenster schauten leer herein, aber die Menschen bewegten sich. Ein paar gingen ins Hotel *Majestic,* drüben wo die Leuchtreklame glühten und das Luftreisebüro die Modelle seiner Clipper- und Turbopropmaschinen zeigte, aufgeschnittene Blechinsekten mit daumengroßen Sitzen. Es rauschte, knatterte und brodelte, der trockene Fluß der Gefährte drängte vorwärts, und das Benzingas tötete die Luft. Da stand das steife rote Männchen in der Verkehrsampel, ein grünes mit gespreizten Beinen zuckte auf, und Mädchen gingen braungebrannt, als wären sie bloßgelegt. Da war die alte Dame mit Brille und schleierumwundenem Hut, der gemächliche Mann, der stand und vorgestreckten Bauches Zeitung las, und dann der junge, von unten her schauend und seinen zusammengeschobenen Schirm im Futteral geborgen. Spinnwebenalter und bebrillte Jugend, kurz geschorenen Kopfes, ganz in Schwarz und die Wollhemden unterm Kinn geöffnet, mischten sich, und das Geschwätz der Augenblicke in den Läden voll singender Stimmen und süßer Gerüche floß aus offenen Glastüren. Wer machte die Kinoreklamen gelb und rot und schwarz, wer zeigte gefärbte Schenkel auf Photographien? Ich suchte Schwalben, und ich dachte: vielleicht nisten alle Vögel unsichtbar in Köpfen.

Über eine Feuerleiter auf gummiräderigem Gestell kletterte ein Mann im blauen Monteurkittel, einen Pappkarton in der Hand, bis unters Gebälk einer Passage, die vierkantige Säulen hatte. Dort war ein Taubennest. Der Mann nahm es aus, stopfte die erwürgten Vögel in die Schachtel und schob ein Blechstück unters Nest, während die Muttertaube eine Armlänge entfernt in einer Nische kauerte. Ein Kabel hing an der Leiter herab und eine elektrische Maschine summte.
Kühne Menschen, die die Vögel töteten und ihre Wohnungen elektrisch zerstörten. Hier hatten die Herren, die nun im Hotel Zaber residierten, keine Macht. Ich wünschte mir, daß Herr Fisch hier auftauchen möge, aber nirgends tauchte Herr Fisch auf. Ich mußte Diana Sand besuchen, die am Rande wohnte, dort wo das neue Drommersheim an Schutthalden und Lehmgruben grenzte, deren Mulden rissig und gelb glänzten und wo die grüne Weite anfing, die letzthin alles überdecken würde, wenn auch erst in tausend Jahren. Neues und altes Drommersheim, die waren vor der grünen Weite gleich, und ich betrachtete auf einem frischen Asphaltwege rissige Blasen, die Gras von unten her durchstieß. Da lebte also immer noch das Gras unter den schwarzen Decken, deren Staub den Krebs, die ungezähmte Krankheit, weckte, denn das Gras war ewig.
Dann stand ich vor dem Hochhaus mit den vielen Klingelknöpfen neben dem Tor aus Glas, das wie Luft schien und in das einer aus den fernen Zeiten, die im alten Drommersheim lebendig waren, hineingestolpert wäre, weil er gedacht hätte, der Weg sei frei; aber ich, der dem Alten noch nicht und dem Neuen nicht mehr zugehörte, wußte mich zu hüten. Ich drückte den Glasflügel zurück, stand im Vestibül mit gelbem Ledersofa und fuhr im Aufzug hinauf. Frau Sands schwarze Tür war angelehnt. Ich ging hinein, und der geschmeidige Nonnenmacher glitt an mir vorbei, auf der flachen Hand ein Tablett balancierend, das er im

Zimmer mit der offenen Balkontür auf den Tisch vor der Causeuse stellte, über der eine Efeuranke ein Bild umkletterte; aus dem Rahmen sah ein blaues Auge, das wie ein Blatt zu schwimmen schien. Dann brachte Frau Sand eine Kanne voll Kaffee, sagte: »Ah, der entlassene Entzifferer!« und gab mir ihre gebrechliche Hand. Sie war im crèmefarbenen Negligé, durchsichtig und munter, und Nonnenmacher hielt den kleinen Kopf gesenkt. Beide waren lang und schlank. Nonnenmacher lehnte genießerisch gespitzten Mundes am Regal, in dem Bücher wie Spielsachen, die niemand brauchte, durcheinanderlagen; vielleicht wartete er auf ein verletzendes Wort unserer Diana, die sagte: »Der dort«, sie deutete auf mich, »legt sich eine Menschensammlung an. Er betrachtete mich wie einen Käfer hinter Glas. Bin ich ein schöner Käfer unter Ihren Betrachtungsgegenständen?«

Ich antwortete: »Gewiß« und sah wieder die Narbe auf ihrer linken Backe, dort wo sie einmal einen Karbunkel gehabt hatte, ein tief eindringendes Geschwür, für das ich ihr am Nachtschalter einer Apotheke schwarze Salbe und ein Pflaster geholt hatte; es war kurz nach ihrer Scheidung gewesen, und sie war damals mit einer Freundin, einer gewissen Frau Meyer, im Auto nach Drommersheim gekommen. Diese Frau Meyer war so schwarzhaarig wie sie gewesen, und nun kam sie herein und setzte sich mir gegenüber an den Tisch. Dabei schien es, als wäre ich ihr schon oft im alten Drommersheim begegnet, ohne sie zu erkennen; sie fragte mich auch nach Herrn Fisch und drehte sich mit einem Lächeln zur Seite, als ich sagte, vor einer halben Stunde sei ich noch vor ihm gestanden. – »Wie hat er sich über Sie geäußert, ich meine: hat er Sie aufgenommen?« fragte sie, aber ich konnte nicht verstehen, was sie damit meinte, und antwortete: »Wohin aufgenommen?« – »Er frägt auch noch«, sagte Frau Sand und lachte, aber Frau Jeyer legte die Hand auf die Lippen und sagte zu

ihr: »Wenn der ihn nicht gefragt hat, gehört Herr Laub zu ihnen ... Tja, da sind Sie also zu beneiden«, wandte sie sich mir zu, und Nonnenmacher sagte, während er sich eine Scheibe rot umwickelten Käses abschnitt, auf seine kaltschnäuzige Art: »Die Damen wollen in die Altstadt aufgenommen werden. Entschuldigen Sie, aber ich finde das komisch.« Frau Meyer hatte große Augen unter schwarzpelzigen Brauen, und ihre Handgelenke waren schmal; Arme und Wangen schien sie mit Goldstaub eingerieben zu haben, und ich überlegte, ob seit neuem Goldpuder verwendet würde statt des üblichen, der mir bekannt war und von dem ich immer gedacht hatte, er röche nach Grabkammern; aber da merkte ich, daß es ihre Haut war, die leuchtete.
Frau Sand streckte das Kinn vor wie ich es von gewissen Marmorköpfen kannte, und sagte: »Der Nonno glaubt immer noch nicht, daß für uns jetzt Schluß ist mit dem wilden Leben, das er doch so gern hat, dieser Arme. Ich meine jetzt das Streicheln und Umschlingen wie es üblich ist, wenn man sich liebt. Aber man liebt sich niemals, man umschlingt sich nur; früher war es vielleicht anders.« – »Ach was, jetzt ist Revolution. Das alte Drommersheim wird untersinken«, sagte Nonnenmacher, doch kam's mir vor, als sage er's, ohne daran zu glauben. Und ich erzählte, daß gewisse Leute, besonders solche, die sich ›vital‹ gebärdeten, den Statthalter beseitigen wollten, denn ihm sei eine Todesdrohung brieflich übermittelt worden. »Ich habe sie in der Cantzley copiert«, sagte ich, worauf sich Frau Sand entsetzt zeigte. Die beiden Damen priesen den Statthalter und sagten, nur einer wie er, der fromm sei, könne ›die Leiber durchleuchten‹. Nonnenmacher lachte und sagte: »Ihr macht Sprüche, ihr seid hysterisch, es gibt nur das, was man anfassen kann. Für anderes ist heute nirgendwo mehr Platz ... Aber bitte, wenn ihr glaubt, der alte feinfühlige Bereich sei lebensfähig – ich will mich nicht dage-

gen sträuben. Dann muß sich unsereiner halt umstellen.« Und er blinzelte zum blauen Auge im Goldrahmen hinauf, um das sich der Efeuzweig wand.

»Wenn Sie Herrn Fisch begegnen, werden Sie auch erfahren, daß sich mehr bewegen kann als bloß Motore und Maschinen«, sagte Frau Meyer, und Nonnenmacher wischte sich über die Stirn. – »Sind Sie beunruhigt? Das kann ich nicht verstehen«, sagte ich zu ihm, und er erwiderte, zum Glück habe er Doctor Naschold keine endgültige Zusage gegeben, bei der Revolution mitzumachen, also könne er sich immer noch anders besinnen. »Wissen Sie, wenn es sein muß, springe ich im entscheidenden Augenblick ab und gehe zur anderen Seite, also zum Statthalter«, fügt er hinzu, und Frau Sand sagte, der Nonno sei ein wachsweicher Geselle. – »Aber Sie sind doch geschickt worden, um die beiden Frauen davon zu überzeugen, daß der Statthalter beseitigt werden muß?« fragte ich ihn, und er stimmte mir bei: »Wenn die gewußt hätten, was für einen unsicheren Cantonisten sie zur Seelenwerbung ausschicken, hätten sie die Finger von mir gelassen.« Er lachte, daß seine Augen zu blanken Fliegen zu werden schienen und der süffisante Mund sich dehnte.

»Der Nonno gefällt mir nicht mehr. Er schrumpft zusammen, daß es eine Schande für ihn ist«, sagte Frau Sand. Es verwunderte mich, daß Nonnenmacher glaubte, er könnte leicht die Fronten wechseln und werde vom Statthalter wieder aufgenommen. Freilich, in der *Geheimen Ziffern-cantzley* war er tüchtig gewesen, aber wie sich jetzt herausstellte, schien er dort nur mitgemacht zu haben, um den Feinden des Statthalters zu helfen. Und mich wunderte es, daß es ihm nicht glücken wollte, zumindest Frau Sand davon zu überzeugen, es sei notwendig, an den Leib und an die Maschinen zu glauben, die das Blanke Viertel beherrschten. Aber vielleicht waren durch diese Maschinen die Sinne gelähmt worden, die die Menschengehirne fähig machten, ›das Andere‹ zu empfinden, wie dies in der Sprache des alten Drommersheim hieß. ›Das Andere‹ war stärker. Die Zeit drehte sich weiter und hatte die Lust an Fleisch und an Maschinen überwunden; sie war ihrer überdrüssig geworden, und jeder wurde wieder nach ›dem Anderen‹ begierig.

»Ich würde gern erfahren, wie meine Empfindungen sind«, sagte Frau Sand, ein Wunsch, den ich ihr nur ungenau erfüllen konnte; aber ich bemühte mich darum und zeigte auf ihre Möbel, die alles andere als zeitgenössisch waren; sie hatten den Hauch und Rauch des Vergangenen angenommen; und beispielsweise diese beiden Zinnleuchter drüben auf ihrem Schreibtisch, in denen die roten Kerzen schief standen, die bewiesen, daß sie Angst hatte. Sie hatte diese Kerzen und dieses stille Zimmer, um sich zu trösten. Es war doch leicht, zu erkennen, daß sie etwas brauchte, das sie schützte. Die Ausschweifung und die ständige Vermischung mit anderen Leibern erzeugten nur laue Leere, indes ein Nachmittag in einer Dachkammer, wenn man las und auf moosige Ziegel schaute, das Inwendige fest machte.

»Allein kann ich das nicht. Ich bin doch eine Frau«, sagte sie, als ich davon sprach.

»Freilich. Aber glaubst du, daß man dich allein läßt im alten Drommersheim? Wir werden einmal bei meiner Verlobten zusammensitzen, wenn sie erfährt, daß ich recht gehabt habe.«

»Was hast du Fräulein Glück von mir erzählt?« wollte sie wissen, und ich sagte: »Daß du dich insgeheim nach einem kleinen Garten hinter den Häusern der Legionärsgasse sehnst oder dir eine Villa wünschst, weißt du: an der Pappelchaussée, die nach Sendlach führt. Ja, dort würdest du gut hinpassen. Willst du nicht eine Hängematte wie die Damen der Jahrhundertwende haben? Na also . . . Warte nur, es wird sich alles einmal so einstellen wie du's

wünschst. Else und ich, wir suchen für dich ein Sonnenschirmchen aus, das einen beinernen geschnitzten Griff hat und aus druchbrochener Seide gemacht ist; es muß sich auch zur Seite klappen lassen, damit du geschützt bist vor der Sonne, wenn sie von der Seite kommt. Welche Erleichterung für dich, wenn du dann nicht mehr auf dem Balkon in der Sonne schmoren mußt, sondern im Blätterschatten liegen darfst, sanft geschaukelt von der Hängematte; du wirst aufatmen. Denn bei uns liebt man die Damen wieder wie um neunzehnhundertzehn oder um achtzehnhundertzehn: mit zarter, weißer Haut, verwöhnt . . . Das Feinnervige wird wieder geschätzt, jeder von uns kämmt seine Nerven ganz dünn aus und trägt das Herz in einem Seidefutteral. Denn das Herz ist ja lebendig, es ist kein Steinbrocken, mit dem jeder Fußball spielen darf. Das Rüde und Vulgäre wird verachtet wie es sich gehört.«
Ich sah Nonnenmacher an, der auf den Tisch schaute. Ich dachte: ein solches Gespräch muß ihm doch zuwider sein, denn Nonnenmacher, dessen Vater Senatspräsident war, hatte genug von konventioneller Liebenswürdigkeit, wahrscheinlich weil er sie für verlogen hielt; aber daß sie ein Schutz sein könnte für alle Verletzbaren, das bedachte er nicht. Er liebte das Vulgäre und glaubte, es sei ehrlich, wahrscheinlich weil die, die vor ihm gelebt, alles Feine bis zum Überdruß genossen hatten; deshalb wollte sich der Enkel in der Gewöhnlichkeit erholen. Aber jetzt sagte er nichts, wahrscheinlich weil er merkte, daß eine Luftveränderung im Lebensklima auch des neuen Drommersheim spürbar wurde, denn Nonnenmacher war kein stumpfer Mensch; er ahnte, daß es darauf ankam, sich im entscheidenden Augenblick umzustellen und sich anzugleichen. Und daß nun langsam alles ›Grobschlächtige‹ und ›Vitale‹ verpönt wurde, das spürte einer wie Nonnenmacher bald.
»Ha«, sagte er und lachte, »dann wollen Sie also die Spitzengardinen-Mentalität wiederaufleben lassen? Nun ja,

wenn Sie damit Erfolg haben – bitte schön.«
»Macht auf Sie nur etwas Eindruck, wenn es erfolgreich ist?« fragte Frau Meyer und fügte hinzu: »Seien Sie doch einmal so wie Sie von innen her sein müssen.«
»Von innen her?« Er blinzelte, und sein kleines und bleiches Gesicht zog sich zusammen. Für mich glich er jetzt einem Nagetier, so pfiffig schaute er drein. »Von innen her weiß einer wie ich gar nicht wie er ist.«
Frau Meyer sagte, das wüßten die wenigsten Menschen und richteten sich deshalb nach den andern; wenn die andern rücksichtslos seien, seien sie es auch. »Aber jetzt kommt ja das Gegenteil herauf, und die feinen Hände werden wieder modern, nicht die rauhhaarigen Tatzen«, erwiderte sie, und ich dachte, diese Dame sei vielleicht, was die innere Kraft betraf, stärker als Frau Sand. Denn Ilse Meyer hatte von Herrn Fisch gesprochen, dem Mann in der Wolljoppe, dem graue Haare unter der Baskenmütze hervorquollen und von dem ich glaubte, daß er insgeheim alles lenke. Diese Frau war mit denen vertraut, die ich für mich ›Die Oberen‹ nannte und die eine nach außen unsichtbare Gesellschaft oder Vereinigung wichtiger Leute darstellten, welche alles dirigierten; der wichtigste von ihnen aber war Herr Fisch. Es war nur eine Ahnung, ein Gefühl, das ich nicht hätte beweisen können; daß Ilse Meyer mit ihnen in Verbindung stand, das vermutete ich, weil sie damals, als Diana Sand das Geschwür an der Backe gehabt hatte, von einer Gemütskrankheit heimgesucht worden war; sie hatte immer vor sich hingeschaut und die Arme hängen lassen. In einem Café hatte sie sich großäugig umgesehen und gesagt: »Es ist so schrecklich hier.« Sie erschien wie elähmt, und Diana sagte: »Wenn du die Ilse vorher gekannt hättest, glaubtest du, sie wäre eine andere geworden.« Und sie erzählte, wie Frau Meyer als Pressephotographin in einem Stadion, als ein Heilsprediger mit wilden Gesten und Schreien die Menge aufputschte, unter

Regenflüssen ihre Aufnahmen geknipst, ja, sich auf den Boden gelegt hatte, um den Erweckungsapostel mit den bösen Augen effektvoll aufnehmen zu können. Kurz darauf hatte sie die Gemütskrankheit heimgesucht, ein Ereignis, das mir jetzt bedeutsam erschien, nicht nur dieser Frau wegen, sondern in einem allgemeinen Sinn, glaubte ich doch, diese Gemütskrankheit habe nicht nur sie, sondern viele befallen. Denn im neuen Drommersheim waren die Leute sehr geschäftig und glaubten, sie könnten damit etwas Höheres erreichen, ohne zu bedenken, daß es nur zum Tode führte. Aber jetzt, da Ilse Meyer wieder gesund war, schienen sich manche aufs Beständige zu besinnen, das vom Verfall nicht mehr heimgesucht werden konnte.
»Sie sind jetzt nicht mehr so aufgeregt wie früher, ich meine: damals im Stadion bei den Gesundbetern. Wissen Sie das noch?« sagte ich zu ihr.
»Daran denke ich nicht gerne. Auch Frau Sand hat viele Ecken in ihrer Erinnerung, in die sie nicht gerne hineinschaut. Nicht wahr, Diana?«
Frau Sand nickte und sagte: »Ja . . . Heute kann ich es nicht mehr begreifen, wie es möglich war. Es ist fast so, als wär ich eine andere gewesen. Der Nonno denkt jetzt: Junge Huren – alte Betschwestern . . ., er hat's mir nämlich schon gesagt. Ich kann ihm bloß recht geben. Es ist schlimm, aber wenn ich alles scharf sehe, ist es schlecht für mich; leider sehe ich oft alles scharf.«
Ich wußte, was sie meinte, und zog meine Pfeife aus der Tasche. Ich rauchte, und dabei fiel mir das Document wieder ein, das mir Rembold im Hotel Zaber zu lesen gegeben hatte und auf dem alles dargestellt war, was Frau Sand jetzt verschwieg. Ich wußte, daß in der Privatcantzley des Statthalters solche Akten über Personen angelegt wurden, die fürs alte Drommersheim gewonnen werden sollten, hatte aber bisher nie eine davon zu Gesicht bekommen. Nun war dort zu lesen gewesen, Frau Sand huldige

einer Form des Babylonismus, für die sie zwar nicht verantwortlich zu machen sei, die aber einen gewissen Grad von Haltlosigkeit verrate. Das war falsch, weil statt ›Haltlosigkeit‹ Unglück hätte stehen müssen. Sie war dick geschminkt, ihre Kleider hatten prächtiges Rüschengeriesel an den Seiten, diese ›Wasserfälle‹, wie sie sagte und sich vor mir drehte, wenn ich bei ihr war. Sie erzählte mir alles was sie quälte, ich war ihr ›Mülleimer‹, in den sie's hineinstopfte. Darüber schien sie froh zu sein. Immer hingen die Kerzen schief in den Zinnleuchtern auf ihrem Schreibtisch, Staub machte die Möbel grau, in der Küche wuchsen Säulen aus benützten Tassen und Schüsseln in die Höhe, das Closett war verschmiert und ihr Schlafzimmer besät mit den leeren Schlangenhäuten weggeworfener Strümpfe und mit schminkefettigen Wattebäuschen, abgesehen davon, daß das Bett nie gemacht war. Ich mußte auch ihre Briefe lesen, und es wunderte mich, daß heut noch nicht der Alex angerufen hatte. Das war ein großer Mann mit knochigem Gesicht, ein Vertreter für Futtermittel, der ruhig und nüchtern redete, Pfeife rauchte und verheiratet war; er sah sie oft abwesend an. Wenn er fort war, erzählte sie mir, heute nach sei sie aufgewacht, habe ihn neben sich liegen sehen, stolz, verschlossen, lautlos atmend im Schlaf. Nach einer Weile habe er gesagt: »Du willst mich und dich umbringen.« Das hatte ihr geholfen. Als sie's erzählte, lachte sie, und ich wußte nicht, ob sie's ernst meinte. Freilich, ihr Leben war unerfreulich. Nach dem Kriege hatte Alex die Frau seines gefallenen Bruders mit ihren beiden Kindern geheiratet. Das Leben mußte doch herumgebracht werden, und es war das Beste, wenn man einander half; aber es fehlte etwas, immer fehlte etwas. Was fehlte, wußte weder er noch sie; oder sie taten so, als wüßten sie es nicht. Aber zu erreichen war es nicht. Zu mir sagte Frau Sand: »Du kannst keine Ahnung haben, was es ist, weil du es hast. Ich hasse doch glückliche Liebespaare, wie dich

und Fräulein Glück. Daß sie auch noch Glück heißt ... eigentlich komisch. Oder kitschig ... Ja, so ist es.«
Daß sie neidisch auf Else und mich war, konnte ich verstehen, aber daß Else Frau Sand nicht verstand, das war der Dorn, der mir in der Haut saß; gewiß, es war ein kleiner Dorn, aber ich wollte mit Frau Sand zusammenkommen, um zu erfahren, was eine wie sie quälte. Die Arbeit in der Zifferncantzley war interessant, ich erfuhr viel von dem, was die Menschen beschäftigte, aber schließlich war's auch eine arge Schnüffelei, wenn ich immer bloß fremde Briefe lesen und abschreiben sollte. Ich sah die Menschen nicht, die sie geschrieben hatten und zugehörig zu den Beamten fühlte ich mich nicht. Wenn mir einmal jemand gesagt hätte, wohin ich gehörte, wäre ich froh gewesen. Freilich, ich gehörte zu Else, aber ein Mann wünscht sich Freunde, deren Gedanken ihm vertraut sind, und die hatte ich nicht. Die Bewohner des alten Drommersheim waren entweder zwanzig oder sechzigjährig, aber dazwischen gab's nur Einzelgänger wie ich einer war. Ich war nicht gern ein Einzelgänger. Und obwohl auch Else Glück keine Freundinnen hatte ...
»Herr Laub denkt über etwas Erschütterndes nach«, sagte Nonnenmacher, und ich sagte: »Es ist ungemütlich, wenn Sie mich durchschauen.«
»Nun ja ...«, sagte Nonnenmacher und sah sauer verzogenen Mundes in seine Kaffeetasse. Er nahm einen Schluck, stand auf, ging zu Frau Sand und Frau Meyer, deren Hände er unter die Lippen zog, und drehte sich zur Tür, wo er lautlos verschwand.
Auch ich ging bald. Auf einmal war die Stunde leer geworden, und ich wünschte mich zurück ins alte Drommersheim, hinauf in Elses Dachstube, denn mein Gartenhaus auf der Bastei wollte ich nicht sehen, weil ich dachte: vielleicht hat dort der Naschold Haussuchung machen lassen und will mich verhaften. Weshalb man mich zu Frau

Sand geschickt hatte, wußte ich nicht. Jetzt wollte ich Else wiedersehen, die seltsamerweise aus dem Hotel Zaber verschwunden war. Wo mochte sie sein? Ich hatte das Gefühl, als werde alles brüchig und das Trottoir gäbe unter meinen Füßen nach.

Es war dampfig und warm auf der Straße. Gewühl herrschte, gegenüber streckte sich eine Kaufhalle, ein gläsern glattes, in seiner Fahlheit wie ausgeblasenes Gebäude, das unten weit geöffnet war; es glich einem trockenen Bauch, vollgestopft mit Kleidern. Überm Eingang wölbte sich ein Dach aus gerippten Glasröhren, die fleischfarben leuchteten. Dazwischen lag die Straße, die verwischt schien von Mehl oder Staub, den ein träger Wind von weither gebracht hatte. Kantige Bauwerke stuften sich empor, und neben einem rostbraunen, noch rauhen, unverputzten Turm, der schräge Fenster hatte, schwenkte ein Baukran seinen Ichthyosaurierhals. Gesichter schoben sich vorbei: ein großer Mann schwang die Hüften, den Fischmund vorgestreckt und unter der Brille schwärzlich umnistete Augen. Ein junger Mensch zeigte ein starres Gesicht, und die Frauen mit Handtaschen waren unerlöst, zerknüllt von Sorgen oder schwammig von Gleichgültigkeit.

Ich stand vor einer Scheibe. Dahinter waren Frauenschuhe mit den Absätzen auf gläserne Säulen gestellt und hatten Lederschleifen über ihren spitzen Schnäbeln. Neben mir zeigte ein junger Mann einem anderen ein Stöpselglas, in dem, von gelber Flüssigkeit umhüllt, ein Embryo hockte; die bleiche Nabelschnur umschlang den schlafenden Leib, der nicht größer war als eine halbe Hand. – »Der meine ist schöner als der deine; man beachte den ägyptischen Hinterkopf: wie von einer Königsmumie . . .« Und der Bursch kicherte, und der andere zeigte seinen Embryo vor, ebenfalls in einem Glas, das mit einem Korken verschlossen war. – »Wir sind junge Mediziner, gnädiger Herr, deshalb ist unser Interesse entschuldbar; aber diese Vorformen des

Menschlichen haben wir selbst gezeugt, und darauf sind wir stolz. Jetzt kann man so etwas zeigen ... Sie sehen ja: nicht einer der Passanten dreht sich nach uns um. In Drommersheim herrscht freie Luft, nachdem der Statthalter endgültig beseitigt worden ist; wir atmen alle auf.«
Ich ging weiter, es war, als würde ich geschoben. In einer Passage, die sich zu einem Hof weitete und wo ein Springbrunnen träufelte, standen Gartenstühle mit nachgiebigem Kunststoffgeflecht, auf denen Leute saßen, eine zwar bunte, aber einförmig anmutende Gesellschaft. Schwatzen erfüllte den Hof, ein mit weichem Sand belegter Weg führte durch eine Anlage, wo im Rasengrün ein Stein aufragte, stumpf und schrundig und unten von einem ovalen Loch durchbohrt; das war ein Denkmal, ein Standbild, eine Statue. Dahinter lag ein Paar; die Dame hatte ihre Schuhe fortgeschleudert und die Schenkel unterm hochgeschobenen Rock entblößt; der Mann griff nach ihr. Dann begegneten mir zwei junge Leute, beide nackt und im Gehen eng umschlungen; das Mädchen trug ein Halsband aus rotem Samt, in dem die Worte ›Coito, ergo sum‹ eingewoben waren.
Solche kamen dann in einer Straße mit erleuchteten Reklameschriften mehrmals auf mich zu, und ich hörte, dies sei eine ›befreiende Bewegung‹, die sich endlich entfalten dürfe. An einem Kiosk waren illustrierte Journale ausgehängt, deren Photographien seitengroße Geschlechtsteile zeigten, und darunter standen die Namen von Filmschauspielern und -schauspielerinnen. Ein anderes Blatt bildete solche Wahrzeichen einer neuen Lebensfreude als Quiz ab ... Der Feuilletonbeitrag eines bekannten Schriftstellers lautete: ›Beschreibung meines Penis.‹
Das neue Drommersheim war rasch vorangeschritten auf dem Weg, von dem ich glaubte, daß er in die Tiefe führe. Aber die Leute schienen recht heiter zu sein, nur fehlte mir ein gewisses zögerndes Element, ein Damm, der die rut-

schenden Erdmassen hielt. Denn daß hier alles floß und glitt und unterspült war, auch wenn die Bauten fest verankert nach oben ragten, das mußte jeder sehen. Und wann würden die Menschen genug haben? Zwar folgte auf die Ausschweifung immer eine Pause der Erschöpfung, aber bis dahin war's noch lang, weil jeder die gewonnene Freiheit ausgiebig zu nützen wünschte. Und ich ging weiter, redete mit mir selbst und sah niemand mehr an, weil ich so rasch wie möglich in die Altstadt kommen wollte.
Auf einem Fußgängerpfad durch den Blechdschungel wartender Automobile flossen Leute vorbei. Ich ging mit ihnen und schaute auf die weißen Streifen, die Leitersprossen über dunklem Gewässer glichen. Als ich meinen Fuß aufs jenseitige Ufer setzte, klang neben mir eine Autohupe so laut, daß ich mich umwandte. Da ließ Flossenbeck sein rotbärtiges Gesicht aus dem Fenster eines schwarzen Wagens hängen, grinste und streckte mir, in braunes Wildleder gekleidet, seine haarige Hand zu. Ich freute mich, ihn zu sehen, war er doch in der Cantzley der ehrlichste und außerdem ein nachsichtiger Vorsteher des Conzeptbureaus gewesen, der darauf bedacht war, auf Kosten des Staats bequem zu leben; im übrigen machte er kein Hehl daraus, daß er den Statthalter ablehnte, während der geschmeidige Nonnenmacher sich immer bemühte, Loyalität zu heucheln, was mir nicht gefiel. Jetzt fragte mich Flossenbeck, was ich denn zu seinem Donnervogel sage, und ich war verblüfft. – »Was ist ein Donnervogel?« gab ich zurück, und er lachte, daß es schallte: »Mensch, Laub, was sind Sie für ein Hinterwäldler! Mein Wagen heißt doch so!« Und er deutete auf die Inschrift an der Motorflanke, wo tatsächlich in silberblanken Lettern dieser Name glänzte. – »Ein Zeugnis des gesellschaftlichen Aufstiegs! Der Wagen unterstreicht bekanntlich die Persönlichkeit und macht kreditwürdig, falls Sie überhaupt wissen sollten, was das heißt.«

»Ehrlich gesagt: ganz klar kann ich's mir nicht vorstellen, da haben Sie recht«, erwiderte ich, und Flossenbeck, der sich eine zweifingerdicke Zigarre anzündete und aus der Männlichkeitswolle seines Bartes qualmte, erzählte mir, er denke nicht daran, in die Zifferncantzley zurückzukehren, denn dieser Naschold sei ein Schleicher. Er selbst habe eine beachtliche Anstellung in einem großen Kaufhaus bekommen, und daß er sich für diese neue Stellung hoch verkauft habe, das habe denen dort Eindruck gemacht. Der ›Donnervogel‹ war sein Dienstwagen. Auch im Geschäft bestand seine Aufgabe darin, die Arbeit der Untergebenen zu dirigieren; er hatte eine Villa in einem renommierten Vorort gemietet, und auf seinem Schreibtisch stand ein weißes Telephon. – »Ich bin gut zu Stuhl gekommen«, bekräftigte er und sagte: »Los steigen Sie ein, ich fahre Sie auf Ihre Schutthalde, denn Sie zieht's wahrscheinlich immer noch zur Legionärsgasse hinüber, wie?« Und wiederum lachte er dröhnend, wie's zu seinem Donnervogel paßte. Ich schwang mich so lässig und großspurig, wie mir's möglich war, auf einen der tiefen rückwärtigen Sitze, reckte die Stupsnase und versuchte den Unterkiefer vorzustrecken, wie ich glaubte, daß sich's für einen gezieme, der im Donnervogel fahre. Aber erst jetzt bemerkte ich, daß Flossenbeck eine grazile Fahrerin dabei hatte. Er war ein wilder, stierstößiger Fahrer, und ich sagte zu ihm, ich freue mich, weil er nun endlich so leben könne, wie er wolle, und die Donnervögel und die Hochblonden rücksichtslos genieße. – »Statt Coca Cola könnte ich genauso gut Bücher verkaufen«, sagte er zu mir, und ich sagte, heute sei wohl kaum ein Unterschied zu machen zwischen Coca Cola und Literatur.

Wir waren uns einig. Dann stieg ich aus und sah die Altstadt dunkel und rostfarben im Nachmittag ruhen, umgrenzt von den Basteien, deren Grün sich streckte. Es schien, als wäre Drommersheim so abgerückt und unwirklich, ja wirkungslos geworden, wie es in Wirklichkeit war. Ich sah einen alten Mann, der hinter Spalierbäumen auf und ab ging, Pfeife rauchte und sich anschickte, eine Hecke zu beschneiden, die Schere aber bald beiseite legte, wahrscheinlich weil er dachte, es sei besser, alles zuwachsen zu lassen, ein Gedanke, den ich verstehen konnte.

Ich ging zum Hotel Zaber. Der Corso war ausgestorben, nur in der Ferne, dort wo sich der Jesuitenplatz in flüchtiger Helligkeit weitete, fuhr eine offene Kalesche mit gelben Rädern. Sie begegnete mir wieder, als ich in die Silbernagelgasse einbog und Naschold erkannte, der, wohlig zurückgelehnt, die Arme verschränkt und mit sonnenbraunen Backen an mir vorüberglitt. Dann ließ er halten, winkte mich herbei, fragte, wie zuvor Flossenbeck, ob ich nicht einsteigen wolle, und als ich neben ihm Platz nahm, begann er, wohl des Kutschers wegen, leise auf mich einzureden; er sagte, letzthin sei er wahrscheinlich doch statthaltertreu . . . Ich verstünde ihn hoffentlich richtig, denn ein Beamter müsse sich nach seinen Vorgesetzten richten, und wenn er heute früh ein bißchen zu weit vorgeprellt und zu drastisch, zu deutlich geworden sei, so bitte er, dies zu vergessen. – »Sie haben mich entlassen, wissen Sie das nicht mehr?« fragte ich, und er legte mir seine weiche Hand aufs Knie: Gewiß, es sei kein Wunder, daß ich seine Worte in dieser Richtung gedeutet hätte, aber mit etwas Nachsicht werde ich erkennen, daß unter obwaltenden Umständen – er drehte sich um, als fürchte er von hinten belauscht zu werden – er vielleicht gezwungen worden sein könnte, diese Kündigung auszusprechen, obwohl er, wie ich hoffentlich wisse, meine Gewissenhaftigkeit und Arbeitsfreude immer geschätzt habe.
»Warum fahren Sie jetzt Kutsche? Sie besitzen doch ein weißes Auto?« fragte ich.
»Das ist des Aspectes wegen. Sie wissen vielleicht nicht,

daß drüben im neuen Drommersheim die Dinge nicht so angelaufen sind, wie wir's erwartet haben. Jawohl, ich will's eingestehen: es gibt Widerstände. Die Resonanz der neuen Freiheit war zunächst beachtlich. Aber jetzt . . .« Und er sah starren Blicks am Kutscher vorbei, der abrupt gehalten hatte.

Vor uns gingen nackte Leute, junge und ältere; langsam und lautlos schlichen sie übers bucklige Pflaster und schauten zu Boden. Ich kletterte aus Nascholds Kutsche, um den seltsamen Zug anzuschauen, der einer Prozession von Büßern glich. ›Es sieht komisch aus‹, dachte ich, als die Leute näherkamen und einer, dem schon der erste Fettansatz die Muskeln überdeckte, mich fragte, wo's hier alte Kleider gebe. – »Wenn ich das wüßte . . .«, sagte ich und sagte, er meine wohl solche in altmodischem Stil, in einer verschollenen Mode, und deshalb müsse ich wissen, was er bevorzuge: Kniehosen, griechisch anmutende Directoire-Gewänder, Biedermeierkleider oder solche im Stil des sogenannten zweiten Rokoko, das bekanntlich bis um neunzehnhundertzehn nachgewirkt habe. »Damit sind unsere modischen Möglichkeiten allerdings erschöpft«, erklärte ich und wies ihn nach der Schwarzen Bärengasse. Aber da kam Herr Fisch daher, raschen Schrittes und vermummt in seine Joppe, streckte den Zeigefinger aus, deutete auf den Nackten mit mühsam eingezogenem Bauch und grauem Haar und fragte: »Schon genug vom neuen Lebensstil? Ich kann euch nicht verstehen: da wollt ihr alles haben, und nun habt ihr's, doch es graut euch schon . . . Habt ihr Verwesungsgeschmack im fremden Schoß gefunden?« Und zu mir gewendet fügte er hinzu: »Also führen Sie die Überläufer ins Schuhmannsche Leihhaus in der Schwarzen Bärengasse. Es ist Vorsorge getroffen worden.« Und grinsend ging Fisch weiter, zwar nachlässig abwesenden Schritts, aber leichtfüßig, ein Clochard, der sich rüstig erhalten hat.

Im Verkaufsgewölbe traf ich Zapf aus der Zifferncantzley, unseren vertraulichen Handlanger bei schwierig zu manipulierenden Briefen. Wir begrüßten einander herzlich. – »Das ist mein neues Geschäft«, sagte er und strahlte. »Und was machst du?« – »Ja, wenn ich das wüßte«, sagte ich. »Weißt du, die schicken mich herum, und ich weiß nicht einmal weshalb. Seit heute früh habe ich nichts mehr gegessen, du kannst dir vorstellen, daß mir der Magen allmählich an den Knien baumelt.« Und Zapf zeigte sich besorgt, steckte mir Wurst und Brot zu, und so biß ich denn, an ein Regal des düsteren, nach Kampfer riechenden Kleiderladens angelehnt, in die Wurst und schnitt mir mit dem Taschenmesser einen Ranken Brot ab. Zapf bediente derweil die neuen Kunden, die rasch in die dargebotenen Kostüme schlüpften, doch mußten sich die Männer mit Segeltuchschuhen oder Hausschlappen begnügen. Denn für Männer war im alten Drommersheim nicht so gut vorgesorgt wie für weibliche Gäste, die alles was sie brauchten in wohl assortierter Auswahl fanden. Ich selbst trug meinen Biedermeierfrack bereits im dritten Jahr, aber da ich damals frische Kleidungsstücke vorgefunden und mir im übrigen um meine Toilette seitdem wenig Sorgen gemacht hatte, hielt ich mich immer noch für recht gut angezogen, eine Meinung, die Else Glück zuweilen ironisch lächelnd zu erschüttern wußte. Aber jetzt war Revolution, deshalb kümmerten sich bei uns die wenigsten um Modesorgen, und was mich betraf, so beneidete ich insgeheim einen wie den alten Fisch um die Sorglosigkeit, die er in seiner Kleidung zum Ausdruck brachte.

Das Hotel Zaber lag um die Ecke, sein schwarzes Glasschild mit den goldenen Buchstaben glänzte im unsicheren Nachmittagslicht. Ich ging ins dunkle Foyer hinein, und hinterm Schreibtisch kam, vom rauchigen Licht einer Petroleumlampe, die hinter ihr stand, in Nachtfalterschein gehüllt, Else Glück auf mich zu. Sie umarmte mich, wir waren für eine Minute glücklich, bis sie sagte: »Oben warten sie schon wieder. Du mußt ihnen berichten, was du drüben gesehen hast, obwohl sie das sicher längst wissen; die schicken doch immer einen Beschatter mit.« Nun, das war mir bekannt, aber weil ich mich nicht darum gekümmert hatte und mir im Augenblick mein persönliches Glück am Rande dieser ominösen ›Revolution‹ wichtiger war, als wer nun in Drommersheim herrschte, sagte ich zu Else: »Du solltest nicht vergessen, gut zu essen.« Sie nickte und deutete auf die Treppe, die ich zögernd hinaufging, mich am Geländer festhielt und immer wieder zu Else zurückschaute.

Oben saß Herr Fisch am runden, von einem Sprung gespaltenen, altersbraunen Tisch vor dem Kamin mit dem Spiegel und den vergoldeten Urnen. Ich sah mich im Spiegel, als ich mit ihm redete. Fisch hatte stockfleckige, an den Enden aufgebogene und zerknitterte Papiere vor sich liegen, die aussahen, als hätte er sie unterm Hemd getragen und damit eine lange Wanderung gemacht. Ich mußte ihm berichten, er machte sich Notizen, und ich dachte: eigentlich ist das jetzt eine langweilige halbe Stunde, als er hinter sich in die Kaminöffnung griff und ein Ding, flach und rund wie einen grünen Tortenteller hervorholte; er stellte die Schale auf den Tisch, und dünne Wasserfäden stiegen aus ihr beinahe bis zum Lüster auf. Die Luft erfrischte sich, was an diesem stickigen Nachmittag wohltuend war. Ich erzählte vom ehrlichen Flossenbeck, vom windelweichen Nonnenmacher, vom besorgten Naschold und von Zapf, der mir Wurst und Brot gegeben hatte. – »Eigentlich ist Zapf der beste; aber deshalb ist er auch im alten Drommersheim geblieben«, sagte ich, und Fisch erwiderte: »Ja, den lassen wir nicht weg. Der ist doch naiv. Ein großer Vorzug des Charakters; das Schätzenswerteste ist die Naivität . . .« Ich wollte von Diana Sand und Frau Meyer erzählen, als er mich unterbrach: »A propos, Frau Sand ... Sie wollen jetzt eine günstige Seelenprognose stellen und sagen, ihre Diana wünsche sich eine Hängematte, wie? Dann gehen Sie am besten dort hinein. Und er deutete nach links auf eine weiße Tür.

Ich ging hinüber. Die Tür war hoch und ihre Klinke wackelte im Schloß. Dahinter lag ein Salon mit Plüschmöbeln und einer Ottomane, auf der sich Diana ausstreckte. Sie war frisch wie immer, schwarzhaarig und ein bißchen verschlampt, wie ich's gern habe, doch merkte die Nachlässigkeit nur einer, der sie genau kannte, und ich glaubte ja, sie gut zu kennen. Im Liegen gab sie mir die Hand, stand rasch auf, strich sich den Rock glatt und ging zum Fenster, wo sie mit der Fingerspitze die Gardine beiseite schob und sagte: »So arg verlockend ist es ja bei euch gerade nicht ... Oder glaubst du, eine wie ich werde hier das finden, was sie sich wünscht?« Sie warf den Kopf zurück, eine stolze, ja herrschsüchtige Geste, obwohl Diana Sand eigentlich alles andere als herrschsüchtig war; sie versuchte nur, zu quälen und zu überraschen. Jetzt sagte sie: »Ich muß die Hängematte und die Villa an der Sendlacher Chaussée widerrufen. Staunst du nicht über meinen raschen Sinneswandel? Ja, ich will nicht ins alte Drommersheim, drüben fühle ich mich wohler ... Und jetzt, wo doch diese neue Bewegung kommt und ich mich ausleben kann ... Dumm wär's, wenn ich zu euch ginge, denn hier ist ja nichts los. Du, bei uns liegen Liebende an jeder Straßenecke, mein Lift war eine halbe Stunde lang besetzt, und dann kamen zwei heraus und hatten bloß noch Schuhe an, die Kleider überm Arm. Das kann ich jetzt dort alles wieder haben. Ist's ein Wunder, daß es mich lockt? Alles kommt bei mir aus weiblichem Instinkt: wenn jemand nett zu mir ist, dann will ich vor ihm niederknien und die Früchte darreichen. Weiter ist es nichts. Die andern haben ja gar nie gelebt! Wofür wollen sich denn die andern aufsparen? Vielleicht fürs Alter? Ach, da ist's doch besser, man lebte drei Jahre, und dann ist Schluß. Und nachher hat man die Erinnerung ... Oder haben die andern Angst davor, bald verlebt auszusehen? Und woher kommt das? Wenn eine Verheiratete jeden Abend mit ihrem Mann schläft, ist's doch dasselbe wie bei einer, die jede Nacht mit einem andern ... Oder vielleicht nicht? Ach, du meinst, so der neue Reiz, der verbrauche einen stärker? Vielleicht ...«

So redete sie rasch und wischte sich zuweilen mit der Zungenspitze über die Lippen. Ich erzählte von einer Schauspielerin, die auch so gelebt hatte, wie sie's jetzt beschrieb. Und was war dabei herausgekommen? Ein erloschenes Gesicht, schlaffe Mundwinkel, hängende Lider und mattes Haar. Sie horchte, als lausche sie auf etwas, das in einem fernen Raum geschah, vielleicht in einem andern Zimmer hier im Hotel. Dann schob sie ihren Rocksaum übers Knie, machte eine Fingerkuppe an der Zunge feucht und betupfte einen aufgekratzten Mückenstich überm nackten Knie; das Knie war spitz, und das gefiel mir nicht. Sie lachte leise, stellte sich vor einen Spiegel, strich über die Augenwinkel und sagte ins Glas: »Ich schau doch nicht alt aus – oder?« Sie lachte über die Schulter und legte den Kopf schräg. Dann ging sie fort.

Nach ihr kam jener Mann herein, der Nesselrode hieß und eine Diplomatenuniform mit Kniehosen und goldbesticktem Kragen trug; der Kragen ragte ihm bis zu den Ohrläppchen hinauf. Er hatte lange blonde Bartcoteletten und eine auffallend dünne Gesichtshaut, die an den Schläfen bläuliche Adern durchschimmern ließ. Er beugte sich zu mir und sagte, Fürst Metternich wünsche einen ›Volksbericht‹; was die Dame ausgeplaudert habe, sei von Wichtigkeit, weil sie doch ›eine Typische von drüben‹ sei. – »Will sie zu uns kommen? Ah, sie will also nicht ...« Und Nesselrode, die abgenützten, ledernen und mit einer dün-

nen Goldleiste verzierten Documentendeckel unterm Arm, die ich zum erstenmal in Rembolds Händen gesehen hatte, lächelte gleichmütig und nahm eine candierte Frucht aus einer der beiden Urnen vor dem Kaminspiegel, denn inzwischen waren wir ins Conferenzzimmer hinübergegangen. Ich sah mich um, weil ich dachte, hier würden wir belauscht, aber was ich sagte, wurde sowieso nach oben gemeldet, auch wenn niemand im Zimmer war. Nesselrode aß die candierte Aprikose und sagte: »Schlechtes Zeichen für uns, wenn sie drüben bleiben will ... Wissen Sie, an einer wie der können Sie alle Luftveränderungen der Revolution ablesen. Es beweist, daß die anderen mit ihrer propagierten Zügellosigkeit erfolgreich sind. Nun ja, schließlich wollen alle Menschen sich nur selbst vergessen. Und wo gelingt's ihnen am besten? In der befriedigten Triebhaftigkeit.«
Abstractes Gespräch. Es mochte stimmen, was Nesselrode sagte, aber ich hatte genug davon. Der Nachmittag war hell und scharf geworden, und heiße Lichtbahnen fielen durch hohe Fenster ins stickige Conferenzzimmer. Ich dachte: was bindet dich an diese feinen Herren, unmerklich und ohne es zu wollen bist du in ihre Nähe geschoben worden, und dabei hast du kein Interesse an der Sache ... Kein Interesse? Oh doch, ich wollte, daß der Statthalter weiterhin in Drommersheim regierte, war froh, eine Autorität über mir zu wissen, der ich vertrauen konnte, wunderte mich aber, daß immer Leute wie beispielsweise dieser Herr Fisch, Rembold oder Nesselrode vorne standen, während der Statthalter nur flüchtig und ohne einzugreifen auftauchte; wenigstens kam mir dies jetzt so vor. Oder war ich vielleicht doch nicht bei denen, die man ›Die Oberen‹ nannte? Ich sagte alles Nesselrode, der auch den Fürsten Metternich erwähnt hatte, und hoffte, daß er mir etwas erklären werde. Statt dessen redete er über Herrn Fisch und sagte: »Vor ihm verneigen sich alle, auch die, die ihn

nicht kennen. Herr Fisch beschließt zu allen Zeiten die ganze Prozession.« Ich fragte, was er mit ›Prozession‹ meine, und hörte Worte, die mir unklar blieben, aber auf etwas hinzudeuten schienen, das allen gemeinsam war; auf das Ziel sozusagen, denn mit diesem Ziel hatte Herr Fisch zu tun. Aber was war denn das Ziel Drommersheims anderes, als daß es sich in Staub oder in Luft verwandelte?
»Dann wissen Sie sowieso alles«, sagte Nesselrode in seiner näselnden und singenden Manier, streckte die Hand aus, verbeugte sich und ging aus dem Conferenzzimmer hinaus, wobei sein Degen an der Türe klapperte.

Ich blieb im Conferenzzimmer, wartete, ob noch etwas geschehen wollte, und sah auf den altersbraunen Tisch mit der gesprungenen Platte. Es blieb still. Die Tür war angelehnt, Nesselrode hatte sie nicht geschlossen, und dann ging sie auf. Ein Luftzug wehte, die Gardinen blähten sich, und ich trat in den Gang hinaus, der mit seinem dunkelgrünen Teppich an der großen Treppe hinterm vergoldeten Schmiedegitter vorbeiführte. Auch die Türen der anderen Zimmer standen offen; rote Polster leuchteten auf den Sesseln wie in einem Schloß, es war still, und ich fragte mich, ob alles, was bisher geschehen war, wirklich gewesen sei. Es existierte ja nicht mehr, schon war es ausgelöscht, und ich fragte mich, ob ich überhaupt hier sei und nach Drommersheim gehöre. Wo lag Drommersheim?
Else kam herauf. Sie ging langsam über die Marmortreppe mit dem roten Läufer, schaute zu Boden, summte ein Lied, das in fernen Zeiten berühmt gewesen war, und ließ die Hand übers Geländer gleiten. Es schien, als bewege sie nicht die Füße unter ihrem weiten, dünnen und dunkelgrünen Kleid. Auf ihr schwarzes Haar fiel Licht, die Korkenzierlocken bewegten sich, und die Schultern lagen frei und weiß; ich sah sie von oben und glaubte, sie gehöre nicht zu mir. Wer kann sagen, daß ein anderer zu ihm gehöre,

dachte ich; sie erschien mir fremd im Schacht der breiten Treppe, die schräg durchzogen von Licht war.
Sie fragte dann, was Frau Sand gesagt habe, und ich erzählte ihr unser Gespräch. Wahrscheinlich glaubte sie, ich verschwiege ihr das Wichtigste, aber als ich sagte: »Nebenan ist Herr Fisch gesessen, und kurz darauf hat Nesselrode sich alles berichten lassen«, nickte sie und ordnete eine Decke auf einer Console im Gang. – »Ich weiß schon, daß es stimmt was du erzählst, du brauchst dich nicht zu verteidigen«, sagte sie und schaute auf die mit einer Goldbordüre eingefaßte Decke. »Aber vielleicht sollten wir das alte Drommersheim anschauen, wer weiß, wie lange es noch hält.«
Wir gingen dann auf die Gasse hinaus, in der dunstiges Licht herrschte. Es war hell, nur eine dünne Schicht hoher Wolken verdeckte die Sonne. Else blieb an der Ecke des Hotels Zaber stehen, wo ein Lattenzaun einen schmalen Garten abschloß. Dahinter saß Herr Zaber an einem runden Tisch im Schatten von Jasmingebüsch und las, einen grünen Schild über den Augen, eine Zeitung mit blauer Weltkugel auf der Titelseite, die früher nur im anderen Drommersheim, also drüben in den glatten und kantigen Baalsburgen verkauft worden war; dies wunderte mich, weil es ein Blatt war, das den Statthalter verhöhnte. Allerdings kniff Zaber bei seiner Lektüre die Lippen zusammen und hatte eine tiefe Falte in der Stirn. – »Keine Angst, er ist ein Überläufer. Rembold hat ihm das Blatt gegeben«, flüsterte mir Else zu, und ich sagte: »Ach so . . . ja dann natürlich . . .« Dabei erinnerte ich mich des großen, gebräunten und bärtigen Mannes seltsamerweise mit einem unbehaglichen Gefühl und wunderte mich, weil er seit der ersten Besprechung im Conferenzzimmer nicht mehr aufgetaucht war. Aber dann nahm Else einen Stein von der Mauer unterm Lattenzaun des Zaberschen Gartens und ließ ihn wieder fallen. – »Hat er dich gebissen?« fragte ich,

aber Else schüttelte den Kopf und ging zurück zur Ecke des Hotels, deren olivfarbene Sandsteinquadern sie anschaute. Ich nahm den Stein vom Trottoir; er war ausgehöhlt, und in ihm saß eine schwarze Larve, nicht viel größer als ein Engerling, und nagte mit braunen Kiefern an der Mulde, die sie herausgefressen hatte; dabei glaubte ich ein Rieseln von Sand zu hören, auch fiel Staub aus dem Stein, aber die Larve vermochte ich nicht herauszuschütteln. Ich trat neben Else und fand aus der Mauerkante ein Stück herausgebrochen, in das der Stein mit der Larve paßte.

»Glaubst du, es sei eine Termitenlarve?« – »Nein. Die Larven der Termiten fressen keine Steine; nur ausgewachsene Tiere können das«, sagte ich zu Else, und wir gingen schweigend weiter. Den Stein warf ich in ein Kanalgitter, unter dem er in Wasser klatschte.

Die Legionärsgasse verengte sich vor dem alten Stadtpalais, das nun als Altersheim diente, und wir wunderten uns, weil seine Torflügel dicht verschlossen waren; eine dunkle Mauer, so streckte sich der Bau neben dem schmalen Trottoir, als hätten sich die Eichentore in Stein verwandelt, während früher alles offengestanden war und das Plaudern bejahrter Herrschaften von Altanen und aus dem Hof geklungen hatte; jeder konnte hier eintreten und sich zu ihnen setzen, denn das Altersheim unterhielt ein Kaffeehaus; neben dem Brunnen in der Mitte hatte ein Harfenspieler seinen Platz gehabt, und die alten Melodien waren in die Gasse herausgeklungen. Jetzt blieb hinter Mauern und Toren alles stumm.

Ich tat, als fiele es mir nicht auf, aber Else schaute in die Höhe und sagte: »Wenigstens winkt uns noch die Hand des Weinblatts zu«, als zwei junge Leute uns entgegenkamen, beide so auffallend in der Mode des alten Drommersheim gekleidet, daß es unwahrscheinlich wirkte. Das Mädchen war im hellen weiten Kleide, dessen langer Rock mit

Moosrosen besetzt war; unterm Schutenhut bewegten sich blonde Korkenzieherlocken, und ein rosa Band wehte, das wie alles, was die junge Dame trug, so neu war, wie es selbst Mädchen bei uns nicht bekommen konnten; ihr Begleiter allerdings hielt einen geschweiften Chapeau claque in der Hand, der so flaumig war, wie es sich für einen seit hundertvierzig Jahren am Leben gebliebenen Cylinderhut gehörte, und die Wäsche des jungen Herrn mit Spitzenmanschetten und spitzschnäbelig ausladendem Vatermörderkragen hatte jenes Elfenbeingelb angenommen, das nur altes Leinen haben kann; er trug ovale Augengläser und lächelte linkisch, während sie . . .

»Die hat sich kostümiert, die ist von drüben. Er aber ist echt«, sagte Else und wäre schier an ein Automobil gestoßen, das halb aufs Trottoir heraufgefahren war; schief stand es da und zeigte himmelblau lackierte Blechflanken.

»Ungewöhnlich. Aber wir werden uns daran gewöhnen«, sagte ich.

Die Legionärsgasse führte auf einen Platz mit gläsernem Limonadenkiosk in einem Rondell, dessen Rasen, dicht und seidig, von Rosenbüschen überhangen war. Dort saßen wir gern im Freien, immer gab es genug freie Tische, aber heut waren alle mit Leuten besetzt, denen man ansah, daß sie ›von drüben‹ kamen. Bisher war die Altstadt von denen gemieden worden, weil wir doch rückständig waren, aber jetzt saßen sie dort mit schlaksig übergeschlagenen Beinen, und die Mädchen spreizten ihre Schenkel in hautengen Hosen; eine prustete ins Limonadeglas, als sie uns sah, lachte und verschluckte sich, und ihr Begleiter streckte sein Bein so weit aus, daß ich nicht weiterkam. Hinterm Fenster saß Rembold in einer Lederjacke und schob, als er uns sah, dieselbe Zeitung vors Gesicht, die Herr Zaber gelesen hatte, als wir am Hotel vorbeigegangen waren. Ich machte Else auf Rembold aufmerksam, und sie sagte, ja, das sei in Ordnung; nachher flüsterte sie mir zu, Rembold tue Dienst als Vertrauensmann des Statthalters und habe sich aus diesem Grunde unter die andern gemischt. Mich aber hätte es nicht gewundert, wenn neben dem Kiosk ein nacktes Liebespaar im Gras gelegen wäre. »Ich denke oft: wir machen alles falsch«, sagte ich, und Else antwortete: »Ich auch, aber wir können halt nicht anders sein. Übrigens: merkwürdig, daß wir heut nirgends Menschen begegnen, von denen wir denken: die sind so wie wir.«

Ich nickte und sah die jungen Leute an. Innen, hinter den Scheiben, drängten sich einige an der Theke, und als wir an ihnen vorübergingen, sah ich von hinten auf einen Mädchenkopf. Die hübsche Person hatte ihr Haar toupiert, aber unter der wie eine Perücke hochstehenden Frisur lösten sich flüchtig gekämmte Korkenzieherlocken. – »Hast du's gesehen?« fragte ich Else und bemerkte, daß die jungen Leute uns nachschauten, lächelten und schließlich schüchtern winkten. – »Ja, du hast recht: das sind Studenten aus der Einhorngasse; die gehören zu uns. Sie haben sich bloß angeglichen an die anderen; halt das Kostüm gewechselt. So etwas kann nie falsch sein, wie?« sagte Else, lachte und verstummte schnell. Wahrscheinlich dachte sie dasselbe wie ich, und das stimmte nicht heiter; aber es war schon so, daß die meisten Menschen heutzutage das taten, was allgemein gewünscht wurde; sich anzugleichen war die große Mode, und wie sie zuvor altmodische Kleider geliebt hatten, so hatten sie jetzt hautenge Hosen statt langer Röcke gern; morgen war es vielleicht wieder umgekehrt.

»Die sind glücklich«, sagte Else, »die leiden nicht unter eindeutigen Gefühlen; die sind nicht so engstirnig wie wir. Das sind vieldeutige Naturen.«

»Möchtest du so sein wie die?«

»Nein . . . Das heißt . . . So wie ich bin, das lähmt mich halt. Ich weiß, daß in den Mauern Larven sitzen, die Steine fressen, und deshalb kann ich nicht mehr unbekümmert leben.«

»Wer lebt schon unbekümmert«, sagte ich. »Jedenfalls weiß ich, wohin ich gehöre: zur Vergangenheit. Die steht fest und geht nicht unter wie die Gegenwart.«

»Ich denke schon lange, daß du ein heroischer Mensch bist«, sagte Else, und wir lachten beide, hängten uns beieinander ein und gingen zum Roten Herzfleck hinüber, wo das graue Rathaus mit butzenscheibenschimmerndem Erker ragte. Else sah hinauf und sagte: »Ob der Statthalter dort jetzt mit dem Kaiser spricht, ich meine den mit der Halskrause?« – »Wahrscheinlich könnte der ihm auch nicht helfen.« – Aber Metternich ist ab und zu bei ihm?« – »Ja, der . . . Das ist etwas anderes. Der hat doch schon gemerkt, daß das Trübe heraufgeschwemmt wird, das lange braucht, bis es sich klärt«, sagte ich, und Else erwiderte, das Trübe sei zu allen Zeiten gleich, und auf der Welt existierten nur Augenblicke und Vergangenheit; Zukunft sei ein leerer Nebel. »Oder weißt du vielleicht, was nachher kommt?« fragte ich, und sie sagte, das wolle sie lieber nicht wissen.

Ein Leiterwagen mit einem langgestreckten Faß rumpelte vorbei, einem Faß, aus dem Wasser sprühte, das in der Sonne wie die Haut eines Regenbogens schillerte. Sonst war es hier leer; der Rathausplatz streckte sich in schattiger Stille, drüben lag schräges Licht auf hohen Bürgerhäusern, deren Fenster eine Haut aus Licht spiegelten. Es war alles wie sonst. Das Tor des Rathauses, wo der Statthalter seine Empfänge gab, zeigte sich verschlossen, während früher immer ein Türflügel offengestanden hatte, damit die Besucher hineingehen und den Rathaussaal anschauen konnten, geführt von einem Veteranen der Stadtgarde in horizontblauer Uniform. Beim Kühbogen auf der anderen Straßenseite begegnete uns eine Dame im Crinolinenrock, ein Samtband mit einem Medaillon um den Hals, die ein

Lorgnon aufklappte, und uns musterte; wahrscheinlich wunderte sie sich, weil ihr nun ein jüngeres Paar begegnete, wie sie's bisher in Drommersheim gewohnt war. Das Wasser der Stadtmühle, die mit dunklem Dach unten stand und ihr hohes Rad drehte, rauschte im Schacht neben der Straße, die, von einem Geländer begrenzt, in der Höhe vorbeiführte. Ich sah aufs Rad, es drehte sich gravitätisch, ein geschwärztes und mit dünner Moosschicht belegtes Rudiment des Vergangenen, das nur noch als Gegenstand der Betrachtung lebte wie das ganze alte Drommersheim, dem Else und ich angehörten und das eine brüchige Sache war. Wir wußten es, aber wir hielten daran fest.

In den Flußauen nun, dort wo die Ebene sich streckte und wo sowohl das alte als auch das neumodische Drommersheim hinter einem Höhenrücken lagen, hatte ein Zirkus Zelte und Wagenreihen aufgestellt. Hier war es heiß und still; durchschienene Blätter rührten sich im Wind, und als ich in eines der Zelte hineinschaute, stand dort eine weiße Portraitbüste des Statthalters mit marmornem Lorbeerkranz im römischen Stil auf einem mit purpurrotem Tuch bedeckten Sockel. – »Geht nur hinein«, sagte jemand neben uns, und dann stand Diana Sand in einem malvenfarbenen Kleid da und lachte leise. – »Ihr kommt viel zu früh. Beginn ist doch erst nachts um neun«, sagte die große schwarzhaarige Person, der Else jetzt zulächelte, wahrscheinlich weil das Statthalterportrait sie überraschte. – »Oh, wir sind loyal, der alte Herr genießt bei uns die ihm gebührende Verehrung, denn wer hat dafür gesorgt, daß die Cabarets im alten Stil erhalten bleiben? Doch nur der Statthalter.« Und sie erzählte uns, daß sie schon lange ›zu gewissen Cabaretisten des alten Drommersheim Verbindung aufgenommen‹ habe, eine Bemerkung, die ihr stokkend und leise von den Lippen kam, wahrscheinlich weil sie merkte, daß Else dachte, Cabaretisten seien keine echten Freunde, oder weil sie merkte, daß hier etwas nicht

stimmte, denn von Cabarets im alten Drommersheim hatte ich in den letzten Jahren, da sich Altes und Neues streng getrennt hatten, nie etwas gehört; mir schien es eher so zu sein, daß dies hier – diese Wohnwagen, Zelte und Baracken – ein Bezirk seien, der weder zu uns noch nach Drüben gehörte und daß Diana sich hierher zurückgezogen hätte, um diese ominöse Revolution abzuwarten, denn festlegen und entscheiden wollte sie sich nicht. Aber daß hier eine Büste des Statthalters stand, war nicht merkwürdig. Sollte der Wind bereits wieder umgeschlagen haben, die Sympathie zum Vergangenen stärker geworden sein und sich die vitalen, dynamischen, fortschrittlichen Menschen des Blanken Viertels nicht mehr so siegesgewiß gebärden wie vor einer halben Stunden drüben im Limonadenkiosk?
Wir gingen an der Büste des Statthalters vorbei. Dahinter öffnete sich der Aufgang eines Wohnwagens, und Diana sagte, dies hier sei der Empfangsraum für Gäste, das Vestibül. Im Wohnwagen lag ein Kegel Zigarrenasche in einem zerwühlten Bett. Diana griff in eine Tasse mit Lippenstiftflecken, holte einen Brillantring heraus und steckte ihn an den Finger. Wasser plätscherte, in der Ecke stand ein Weib und wusch sich die Hände in grauem Wasser; ihr Rücken war schwammig und schlaff, sie hatte einen Hängebusen und heftete sich eine Brosche an den Bauch. Ich merkte, daß es ein Mann war, der die weiche Schulterlinie einer alte Frau hatte; auch dieses Erschlaffte ..., dachte ich und hörte Diana von einer Freundin erzählen, die einen ›süßen jungen Amerikaner‹ habe; sie säßen einander immer auf dem Schoß, küßten sich und hätten verklärte Gesichter. Diana wunderte sich, weil die beiden das öffentlich machen müßten, aber schließlich: warum nicht? Einem Rivalen habe der Amerikaner die Hand kaputtgeschlagen, und jetzt trage er sie oft im Gipsverband mit steil aufgerichtetem Finger durch ein Lokal, wo abends Kerzen in Flaschenhälsen brennen und die Wände mit Plakaten beklebt seien.

sah auf Naschold, der einen Milchflecken neben dem linken Mundwinkel hatte. »Wie verhält es sich mit Ihrer Erinnerung an jenen Freund, der im Todeskampf Eiswürfel knirschend zerbissen hat? Es heißt, Sie hätten dies des öfteren in der Cantzley erzählt.«
»Es ist an dem«, sagte Naschold, »daß mir diese Erinnerung ständig im Nacken sitzt.«
»Warum?«
»Weil ich am Leben hänge.«
»Freilich, wer tut das nicht . . .«, sagte Fisch und nickte. »Aber in Ihrem Fall erscheint es uns bedeutungsvoll, weil Sie nicht gemerkt zu haben scheinen, daß Sie – wie übrigens alle hier – entweder zu den Verstorbenen oder zu den Träumern zählen. Bekanntlich gilt bei uns der Traum für eine höhere und tiefere Form der Existenz . . . Und, falls Sie es interessieren sollte: Herr Laub hat diesen versteinerten Fisch erhalten. Als mein Geschenk.«
Herr Fisch wog die Versteinerung in der Hand, und es schien, als mache sie sein Gesicht hell.
»Das war alles, was wir von Ihnen wissen wollten«, fügte er dann, zu Naschold gewendet, hinzu und reichte Rembold Schriftstücke hinüber, der sie in seine Ledermappe legte.
Naschold ging. Abendlicht machte die Zimmerwände hell. Ich schob das Buch, das ich zuvor aus dem Regal genommen hatte, zwischen die anderen Lederrücken, und als ich mich umdrehte, war ich allein in meiner Stube. Else kam herein und brachte zwei Leuchter, die sie auf den Schreibtisch stellte, wo der versteinerte Fisch lag.
»Ich habe die Leuchter geputzt, wenn du gestattest«, sagte sie, und ich erwiderte, gestattet habe ich das nicht, sie wisse doch, daß alte Leuchter immer ein bißchen grünspanig sein müßten.
»Ja, schon . . . Aber jetzt steht doch Drommersheim neu und fest da, und deshalb darf alles festlich sein.«

Am andern Morgen ging ich wieder in unser Bureau, wo Zapf die Gerätschaften fürs Interzipieren der Briefe zurechtstellte und zu mir sagte: »Du wirst bald heiraten? Du, das freut mich aber sehr. Frau Bräckle hat gesagt: Der Laub hat schon sein erstes Hochzeitsgeschenk bekommen, einen Fisch aus purem Gold; und auch noch vom Statthalter . . .« Und Zapf grinste, und ich erzählte ihm, was gestern geschehen war.

»Der einzige, der nicht mehr zu uns kommen wird, ist unser frischer Flossenbeck. Schade, nicht wahr?« sagte Zapf, und ich bedauerte es auch. – »Wen sie uns nach ihm vor die Nase setzen werden, das wüßt ich gerne; etwas Besseres kommt niemals nach«, sagte ich zu Zapf, der mir schmunzelnd recht gab und erzählte, Flossenbeck dürfe seine Stellung als Kaufhausmanager behalten, weil er sich drüben so wohlfühle, und ich fügte hinzu: »Das ist ihm zu gönnen.«

Auf meinem Stehpult lag ein Brief für mich, ein längliches und sorgfältig mit dem Doppelzeichen Fische gesiegeltes Couvert, das ich Zapf übergab, damit er's mir nach allen Regeln der Manipulation öffne, ohne das Siegel zu zerbrechen. Es gelang ihm gut. Der Brief enthielt ein Handschreiben des Statthalters, der mich zum Bureauchef der *Geheimen Zifferncantzley* ernannte.

Ich schob den Brief in meine Fracktasche und dachte: jetzt bist du also ein Beamter. Dann schielte ich zum Schreibtisch des aufrichten Flossenbeck hinüber und versuchte mir vorzustellen, wie ich dort aussehen würde. Ich konnte es mir nicht vorstellen. Nonnenmacher traf ein, lang und schlaksig, die Lippen ironisch geschürzt, zigarettenrauchend und die Bemerkung machend: »Jetzt geht also alles so wie zuvor weiter . . . Ein Glück, daß sich nichts geändert hat.« Und er sah mich schräg von der Seite an, lächelte und zeigte tabakgebräunte Schneidezähne, eine schlecht sitzende Prothese, die, wenn er gut gelaunt war und viel redete, herunterklappte. Dann taten wir unsere Arbeit, weil wir wußten, daß sich die Wirklichkeit nicht änderte, in die immer Unbehagen gemischt ist; aufatmen dürfen wir nur, wenn wir schlafen oder träumen. Und ich erinnerte mich, in der letzten Nacht geträumt zu haben, ein Mädchen sitze am Tisch, küsse mich neben das Auge und sage: »Geh mit mir nach Drommersheim.« Aber da dachte ich an Else und daß es compliziert werden würde, wenn ich sie mit ihr zusammenbringen wollte.

Trotzdem war es gut, in Drommersheim zu sein. Naschold ließ durch Rembold, den Portier, mitteilen, er sei unpäßlich, hoffe aber morgen wieder in die Cantzley zu kommen. ›Vor dem wirst du künftig auch deine Ruhe haben, oder zumindest wird er sich dir gegenüber vorsichtig verhalten‹, dachte ich.

In der Mittagspause ging ich zum Hotel Zaber und begegnete in der Silbernagelgasse jener Frau Meyer, die mit Diana Sand befreundet war; neben der alten Mauer, wo es nach Essig riecht und Kastanienbäume herunterhängen, kam sie in einem engen schwarzen Kleide auf mich zu, die Augen fischförmig und groß. In der Hand hielt sie ein angekohltes Holzscheit, das in einen Schlangenkopf endigte. Wir redeten über den vergangenen Tag, ich sah das Holzscheit an, wagte aber nicht zu fragen, was es bedeute. – »Dann sind also noch einmal alle versöhnt worden«, sagte Frau Meyer und lächelte; dabei hatte ihr Gesicht einen Hauch wie der Goldstaub auf dem versteinerten Fisch, den mir der Statthalter geschenkt hatte. Dann gab sie mir das angekohlte Holzstück mit dem Schlangenkopf und sagte: »Ich habe es von einem Juden. Was es bedeutet, weiß ich, aber nur, weil er es mir gesagt hat. Wenn Sie Feuer machen, kommen Sie in Berührung mit dem Oberen, hat er gesagt. Aber nicht nur beim Feuermachen, auch wenn Sie sich waschen, wenn Sie die Gasse kehren, eben jederzeit. Es ist ein Dienst, und alles reicht schon hier

hinüber in den anderen Bereich, der nachher anfängt.«
Ich wollte fragen, was sie mit ›nachher‹ meine, aber sie ging weiter. Ich nahm das Scheit mit, kam zu Else und erzählte ihr, was Frau Meyer gesagt hatte. – »Ja, ich verstehe. Das ist jetzt das Wichtigste. Das Holz ist im Feuer gewesen, und der Fisch im Wasser. Wenn wir uns anstrengen, wird beides sich vereinigen. Frag nicht, was ich damit meine, das ist meine private Alchemie.«
Wir gingen ins Café Sela und saßen im Freien. Drüben lag das alte Drommersheim hoch aufgerichtet und größer als es mir je erschienen war. Am Hügel streckten sich Gärten aus, die gelbe Front des Jesuitencollegiums war neben dem dunklen Dom hell angeschienen, und alle Häuser standen unberührt, gefestigt im scharfen Mittagsschein; gelbstrahlendes Licht herrschte, eine Haut aus hellem Gold in blauer Gloriole. Der Himmel war lebendig. Befreit von Schleiern, war das Alte aufgerichtet. Vor uns stand eine Kaiserbüste auf einer Säule, beide erst vor kurzem ausgegraben und hier aufgestellt; die Erde hatte sie bewahrt wie sie auch Drommersheim bewahren würde, später, tief im unteren Bereich, der mächtiger war als alles was sich prall gebärdete. Drommersheim war Luft und Licht und seine Gestalt ein Sinnbild, das mit uns verschwinden würde.
Else neigte sich vor und küßte mich neben das Auge. Der Kaiser sah herüber, das angeschwärzte Scheit lag vor uns auf dem Tisch. Im Licht wurde die Stadt durchsichtig. Wir glaubten dahinter das Blanke Viertel jenseits der Basteien mit Häuserburgen und ziehenden Automobilen auftauchen zu sehen; aber auch alle kantigen Hochhäuser und Quader des anderen Bezirks, der kühner sein mochte als der alte und, weil er jünger war, länger zu leben glaubte, erschien uns wie eine Wasserhaut, durch die grüne und blaue Weiten hereinschauten, die mit keinem Auge und keiner Maschine zu ergründen waren. Dann läuteten die Glocken.

# Bibliothek Suhrkamp

Verzeichnis der letzten Nummern

393 Wolfgang Koeppen, Tauben im Gras
394 Cesare Pavese, Das Handwerk des Lebens
395 Theodor W. Adorno, Noten zur Literatur IV
397 Ferruccio Busoni, Entwurf einer neuen Ästhetik der Tonkunst
398 Ernst Bloch, Zur Philosophie der Musik
399 Oscar Wilde, Die romantische Renaissance
400 Marcel Proust, Tage des Lesens
402 Paul Nizan, Das Leben des Antoine B.
403 Hermann Heimpel, Die halbe Violine
404 Octavio Paz, Das Labyrinth der Einsamkeit
405 Stanisław Lem, Das Hohe Schloß
406 André Breton, Nadja
407 Walter Benjamin, Denkbilder
408 Mircea Eliade, Die Sehnsucht nach dem Ursprung
409 Rainer Maria Rilke, Über Dichtung und Kunst
410 Ödön von Horváth, Italienische Nacht
411 Jorge Guillén, Ausgewählte Gedichte
412 Paul Celan, Gedichte I
413 Paul Celan, Gedichte II
414 Rainer Maria Rilke, Das Testament
415 Thomas Bernhard, Die Macht der Gewohnheit
416 Zbigniew Herbert, Herr Cogito
417 Wolfgang Hildesheimer, Hauskauf
418 James Joyce, Dubliner
419 Carl Einstein, Bebuquin
420 Georg Trakl, Gedichte
421 Günter Eich, Katharina
422 Alejo Carpentier, Das Reich von dieser Welt
423 Albert Camus, Jonas
424 Jesse Thoor, Gedichte
425 T. S. Eliot, Das wüste Land
426 Carlo Emilio Gadda, Die Erkenntnis des Schmerzes
427 Michel Leiris, Mannesalter
428 Hermann Lenz, Der Kutscher
430 Ramón del Valle-Inclán, Tyrann Banderas
431 Raymond Queneau, Zazie in der Metro
432 Rainer Maria Rilke, Briefe zur Politik
433 William Butler Yeats, Die geheime Rose
434 Juan Rulfo, Pedro Páramo
435 André Breton, L'Amour fou
436 Marie Luise Kaschnitz, Gedichte
437 Jerzy Szaniawski, Der weiße Rabe

438 Ludwig Hohl, Nuancen und Details
439 Mario Vargas Llosa, Die kleinen Hunde
440 Thomas Bernhard, Der Präsident
441 Hermann Hesse – Thomas Mann, Briefwechsel
442 Hugo Ball, Flametti
443 Adolfo Bioy-Casares, Morels Erfindung
444 Hermann Hesse, Wanderung
445 Ödön von Horváth, Don Juan
446 Flann O'Brien, Der dritte Polizist
447 Giuseppe Tomasi di Lampedusa, Der Leopard
448 Robert Musil, Törleß
449 Elias Canetti, Der Überlebende
450 Robert Walser, Geschwister Tanner
451 Alfred Döblin, Berlin Alexanderplatz
452 Gertrude Stein, Paris Frankreich
453 Johannes R. Becher, Gedichte
454 Federico García Lorca, Bluthochzeit/Yerma
455 Ilja Ehrenburg, Julio Jurenito
456 Boris Pasternak, Kontra-Oktave
457 Juan Carlos Onetti, Die Werft
458 Anna Seghers, Die schönsten Sagen vom Räuber Woynok
459 Harry Levin, James Joyce
464 Franz Kafka, Der Heizer
465 Wolfgang Hildesheimer, Masante
466 Evelyn Waugh, Wiedersehen mit Brideshead
467 Gershom Scholem, Walter Benjamin
468 Rainer Maria Rilke, Duineser Elegien
470 Alain, Die Pflicht glücklich zu sein
471 Wolfgang Schadewaldt, Der Gott von Delphi
472 Hermann Hesse, Legenden
473 H. C. Artmann, Gedichte
474 Paul Valery, Zur Theorie der Dichtkunst
476 Erhart Kästner, Aufstand der Dinge
477 Stanisław Lem, Der futurologische Kongreß
478 Theodor Haecker, Tag- und Nachtbücher
479 Peter Szondi, Satz und Gegensatz
480 Tania Blixen, Babettes Gastmahl
481 Friedo Lampe, Septembergewitter
482 Heinrich Zimmer, Kunstform und Yoga
483 Hermann Hesse, Musik
486 Marie Luise Kaschnitz, Orte
487 Hans-Georg Gadamer, Vernunft im Zeitalter der Wissenschaft
488 Yukio Mishima, Nach dem Bankett
489 Thomas Bernhard, Amras
490 Robert Walser, Der Gehülfe
491 Patricia Highsmith, Als die Flotte im Hafen lag
492 Julien Green, Der Geisterseher

493 Stefan Zweig, Die Monotonisierung der Welt
494 Samuel Beckett, That Time/Damals
495 Thomas Bernhard, Die Berühmten
496 Günter Eich, Marionettenspiele
497 August Strindberg, Am offenen Meer
498 Joseph Roth, Die Legende vom heiligen Trinker
499 Hermann Lenz, Dame und Scharfrichter
500 Wolfgang Koeppen, Jugend
501 Andrej Belyj, Petersburg
503 Cortázar, Geschichten der Cronopien und Famen
504 Juan Rulfo, Der Llano in Flammen
505 Carlos Fuentes, Zwei Novellen
506 Augusto Roa Bastos, Menschensohn
508 Alejo Carpentier, Barockkonzert
509 Elisabeth Borchers, Gedichte
510 Jurek Becker, Jakob der Lügner
512 James Joyce, Die Toten/The Dead
513 August Strindberg, Fräulein Julie
514 Sigmund Freud, Eine Kindheitserinnerung des Leonardo da Vinci
515 Robert Walser, Jakob von Gunten
517 Luigi Pirandello, Mattia Pascal
519 Rainer Maria Rilke, Gedichte an die Nacht
520 Else Lasker-Schüler, Mein Herz
521 Marcel Schwob, 22 Lebensläufe
522 Mircea Eliade, Die Pelerine
523 Hans Erich Nossack, Der Untergang
524 Jerzy Andrzejewski, Jetzt kommt über dich das Ende
525 Günter Eich, Aus dem Chinesischen
526 Gustaf Gründgens, Wirklichkeit des Theaters
527 Martin Walser, Ehen in Philippsburg
528 René Schickele, Die Flaschenpost
529 Flann O'Brien, Das Barmen
533 Wolfgang Hildesheimer, Biosphärenklänge
534 Ingeborg Bachmann, Malina
535 Ludwig Wittgenstein, Vermischte Bemerkungen
536 Zbigniew Herbert, Ein Barbar in einem Garten
537 Rainer Maria Rilke, Ewald Tragy
538 Robert Walser, Die Rose
539 Malcolm Lowry, Die letzte Adresse
540 Boris Vian, Die Gischt der Tage
541 Hermann Hesse, Josef Knechts Lebensläufe
542 Hermann Hesse, Magie des Buches
543 Hermann Lenz, Spiegelhütte
544 Federico García Lorca, Gedichte
550 Ernst Penzoldt, Kleiner Erdenwurm
553 Strindberg, Traumspiel
554 Carl Seelig, Wanderungen mit Robert Walser

# Bibliothek Suhrkamp

Alphabetisches Verzeichnis


Adorno: Literatur 1 47
– Literatur 2 71
– Literatur 3 146
– Literatur 4 395
– Mahler 61
– Minima Moralia 236
– Über Walter Benjamin 260
Aitmatow: Dshamilja 315
Alain: Die Pflicht glücklich zu sein 470
Alain-Fournier: Der große Meaulnes 142
– Jugendbildnis 23
Alberti: Zu Lande zu Wasser 60
Anderson: Winesburg, Ohio 44
Andrić: Hof 38
Andrzejewski: Appellation 325
– Jetzt kommt über dich das Ende 524
Arghezi: Kleine Prosa 156
Artmann: Gedichte 473
– Husaren 269
Asturias: Legenden 358
Bachmann: Malina 534
Ball: Flametti 442
– Hermann Hesse 34
Barnes: Antiphon 241
– Nachtgewächs 293
Baroja: Shanti Andía, der Ruhelose 326
Barthelme: City Life 311
Barthes: Die Lust am Text 378
Baudelaire: Gedichte 257
Bayer: Vitus Bering 258
Becher: Gedichte 453
Becker: Jakob der Lügner 510
Beckett: Erste Liebe 277
– Erzählungen 82
– Glückliche Tage 98
– Mercier und Camier 327
– Residua 254
– That Time/Damals 494
– Verwaiser 303
– Wie es ist 118
Belyj: Petersburg 501
Benjamin: Berliner Chronik 251
– Berliner Kindheit 2
– Denkbilder 407
– Einbahnstraße 27
– Über Literatur 232
Benn: Weinhaus Wolf 202
Bernhard: Amras 489
– Der Präsident 440
– Die Berühmten 495
– Die Jagdgesellschaft 376
– Die Macht der Gewohnheit 415
– Ignorant 317
– Midland 272
– Verstörung 229
Bibesco: Begegnung m. Proust 318
Bioy-Casares: Morels Erfindung 443
Blixen: Babettes Gastmahl 480
Bloch: Erbschaft dieser Zeit 388
– Schiller 234
– Spuren. Erweiterte Ausgabe 54
– Thomas Münzer 77
– Verfremdungen 1 85
– Verfremdungen 2 120
– Zur Philosophie der Musik 398
Block: Sturz 290
Böll: Geschichten 221
Bond: Lear 322
Borchers: Gedichte 509
Brecht: Die Bibel 256
– Flüchtlingsgespräche 63
– Gedichte und Lieder 33
– Geschichten 81
– Hauspostille 4
– Klassiker 287
– Messingkauf 140
– Me-ti 228
– Politische Schriften 242
– Schriften zum Theater 41

– Svendborger Gedichte 335
– Turandot 206
Breton: L'Amour fou 435
– Nadja 406
Broch: Demeter 199
– Esch 157
– Gedanken zur Politik 245
– Hofmannsthal und seine Zeit 385
– Huguenau 187
– James Joyce 306
– Magd Zerline 204
– Pasenow 92
Brudziński: Rote Katz 266
Busoni: Entwurf einer neuen Ästhetik der Tonkunst 397
Camus: Der Fall 113
– Jonas 423
– Ziel eines Lebens 373
Canetti: Der Überlebende 449
Capote: Die Grasharfe 62
Carpentier: Barockkonzert 508
– Das Reich von dieser Welt 422
Celan: Ausgewählte Gedichte 264
– Gedichte I 412
– Gedichte II 413
Césaire: Geburt 193
Cortázar: Geschichten der Cronopien und Famen 503
Cocteau: Nacht 171
Conrad: Jugend 386
Curtius: Marcel Proust 28
Döblin: Berlin Alexanderplatz 451
Duras: Herr Andesmas 109
Ehrenburg: Julio Jurenito 455
Eich: Aus dem Chinesischen 525
– Gedichte 368
– In anderen Sprachen 135
– Katharina 421
– Marionettenspiele 496
– Maulwürfe 312
– Träume 16
Einstein: Bebuquin 419
Eliade: Das Mädchen Maitreyi 429
– Die Sehnsucht nach dem Ursprung 408
– Die Pelerine 522
– Mântuleasa-Straße 328
Eliot: Das wüste Land 425
– Gedichte 130
– Old Possums Katzenbuch 10
Faulkner: Der Bär 56
– Wilde Palmen 80
Fitzgerald: Taikun 91
Fleißer: Abenteuer 223
– Ein Pfund Orangen 375
Freud: Briefe 307
– Leonardo da Vinci 514
Frisch: Andorra 101
– Bin 8
– Biografie: Ein Spiel 225
– Homo faber 87
– Tagebuch 1946–49 261
Fuentes: Zwei Novellen 505
Gadamer: Vernunft im Zeitalter der Wissenschaft 487
– Wer bin Ich und wer bist Du? 352
Gadda: Die Erkenntnis des Schmerzes 426
– Erzählungen 160
Giraudoux: Simon 73
Gorki: Zeitgenossen 89
Green: Der Geisterseher 492
Gründgens: Wirklichkeit des Theaters 526
Guillén: Ausgewählte Gedichte 411
Habermas: Philosophisch-politische Profile 265
Haecker: Tag- und Nachtbücher 478
Hamsun: Hunger 143
– Mysterien 348
Hašek: Partei 283
Heimpel: Die halbe Violine 403
Hemingway: Der alte Mann 214
Herbert: Ein Barbar in einem Garten 536
– Herr Cogito 416
– Im Vaterland der Mythen 339
– Inschrift 384

Hermlin: Der Leutnant Yorck von Wartenburg 381
Hesse: Briefwechsel m. Th. Mann 441
– Demian 95
– Eigensinn 353
– Glaube 300
– Glück 344
– Iris 369
– Josef Knechts Lebensläufe 541
– Knulp 75
– Kurgast 329
– Legenden 472
– Magie des Buches 542
– Morgenlandfahrt 1
– Musik 483
– Narziß und Goldmund 65
– Politische Betrachtungen 244
– Siddhartha 227
– Steppenwolf 226
– Stufen 342
– Vierter Lebenslauf 181
– Wanderung 444
Highsmith: Als die Flotte im Hafen lag 491
Hildesheimer: Biosphärenklänge 533
– Cornwall 281
– Hauskauf 417
– Lieblose Legenden 84
– Masante 465
– Tynset 365
Hofmannsthal: Gedichte und kleine Dramen 174
Hohl: Nuancen und Details 438
– Vom Erreichbaren 323
– Weg 292
Horkheimer: Die gesellschaftliche Funktion der Philosophie 391
Horváth: Don Juan 445
– Glaube Liebe Hoffnung 361
– Italienische Nacht 410
– Kasimir und Karoline 316
– Von Spießern 285
– Wiener Wald 247
Hrabal: Moritaten 360
Huchel: Ausgewählte Gedichte 345
Hughes: Sturmwind auf Jamaika 363
– Walfischheim 14
Humo: Trunkener Sommer 67
Inoue: Jagdgewehr 137
– Stierkampf 273
Iwaszkiewicz: Höhenflug 126
Jacob: Würfelbecher 220
James: Die Tortur 321
Jouve: Paulina 271
Joyce: Anna Livia Plurabelle 253
– Dubliner 418
– Giacomo Joyce 240
– Kritische Schriften 313
– Porträt des Künstlers 350
– Stephen der Held 338
– Die Toten/The Dead 512
– Verbannte 217
Kafka: Der Heizer 464
– Die Verwandlung 351
– Er 97
Kasack: Stadt 296
Kasakow: Larifari 274
Kaschnitz: Gedichte 436
– Orte 486
– Vogel Rock 231
Kästner: Aufstand der Dinge 476
– Zeltbuch von Tumilat 382
Kawabata: Träume im Kristall 383
Kawerin: Ende einer Bande 332
– Unbekannter Meister 74
Koeppen: Jugend 500
– Tauben im Gras 393
Kołakowski: Himmelsschlüssel 207
Kolář: Das sprechende Bild 288
Kracauer: Freundschaft 302
– Ginster 107
Kraft: Franz Kafka 211
– Spiegelung der Jugend 356
Kraus: Nestroy und die Nachwelt 387
– Sprüche 141
Krolow: Alltägliche Gedichte 219

– Fremde Körper 52
– Nichts weiter als Leben 262
Kudszus: Jaworte 252
Lampe: Septembergewitter 481
Landolfi: Erzählungen 185
Landsberg: Erfahrung des Todes 371
Lasker-Schüler: Mein Herz 520
Leiris: Mannesalter 427
Lem: Das Hohe Schloß 405
– Der futurologische Kongreß 477
– Robotermärchen 366
Lenz: Dame und Scharfrichter 499
– Der Kutscher und der Wappenmaler 428
– Spiegelhütte 543
Levin: James Joyce 459
Llosa: Die kleinen Hunde 439
Loerke: Anton Bruckner 39
– Gedichte 114
Lorca: Bluthochzeit/Yerma 454
– Gedichte 544
Lowry: Die letzte Adresse 539
Lucebert: Gedichte 259
Majakowskij: Ich 354
– Liebesbriefe an Lilja 238
– Politische Poesie 182
Mandelstam: Briefmarke 94
Mann, Heinrich: Die kleine Stadt 392
– Politische Essays 209
Mann, Thomas: Briefwechsel mit Hermann Hesse 441
– Leiden und Größe der Meister 389
– Schriften zur Politik 243
Marcuse: Triebstruktur 158
Maurois: Marcel Proust 286
Mayer: Brecht in der Geschichte 284
– Goethe 367
Mayoux: James Joyce 205
Michaux: Turbulenz 298
Miller, Henry: Lächeln 198
Minder: Literatur 275
Mishima: Nach dem Bankett 488
Mitscherlich: Idee des Friedens 233
– Versuch, die Welt besser zu bestehen 246
Musil: Tagebücher 90
– Törleß 448
Neruda: Gedichte 99
Nizan: Das Leben des Antoine B. 402
Nossack: Beweisaufnahme 49
– Der Untergang 523
– Interview 117
– Nekyia 72
– November 331
– Sieger 270
Nowaczyński: Schwarzer Kauz 310
O'Brien, Der dritte Polizist 446
– Das Barmen 529
Onetti: Die Werft 457
Palinurus: Grab 11
Pasternak: Initialen 299
– Kontra-Oktave 456
Pavese: Das Handwerk des Lebens 394
– Mond 111
Paz: Das Labyrinth der Einsamkeit 404
Penzoldt: Kleiner Erdenwurm 550
– Patient 25
– Squirrel 46
Perse: Winde 122
Piaget: Weisheit und Illusionen der Philosophie 362
Pirandello: Mattia Pascal 517
Plath: Ariel 380
– Glasglocke 208
Platonov: Baugrube 282
Ponge: Im Namen der Dinge 336
Portmann: Vom Lebendigen 346
Poulet: Marcel Proust 170
Pound: ABC des Lesens 40
– Wort und Weise 279
Proust: Briefwechsel mit der Mutter 239
– Pastiches 230

– Swann 267
– Tage der Freuden 164
– Tage des Lesens 400
Queneau: Stilübungen 148
– Zazie in der Metro 431
Radiguet: Der Ball 13
– Teufel im Leib 147
Ramuz: Erinnerungen an Strawinsky 17
Rilke: Ausgewählte Gedichte 184
– Das Testament 414
– Der Brief des jungen Arbeiters 372
– Duineser Elegien 468
– Ewald Tragy 537
– Gedichte an die Nacht 519
– Malte 343
– Über Dichtung und Kunst 409
Ritter: Subjektivität 379
Roa Bastos: Menschensohn 506
Roditi: Dialoge über Kunst 357
Roth, Joseph: Beichte 79
– Die Legende vom heiligen Trinker 498
Rulfo: Der Llano in Flammen 504
– Pedro Páramo 434
Sachs, Nelly: Gedichte 161
– Verzauberung 276
Sarraute: Martereau 145
– Tropismen 341
Sartre: Kindheit 175
Schadewaldt: Der Gott von Delphi 471
Schickele: Die Flaschenpost 528
Schmidt, Arno: Leviathan 104
Scholem: Judaica 1 106
– Judaica 2 263
– Judaica 3 333
– Walter Benjamin 467
Scholem-Alejchem: Tewje 210
Schröder: Der Wanderer 3
Schulz: Die Zimtläden 377
Schwob: 22 Lebensläufe 521
Seelig: Wanderungen mit Robert Walser 554
Seghers: Aufstand 20
– Räuber Woynok 458
– Sklaverei 186
Sender: König und Königin 305
Shaw: Handbuch des Revolutionärs 309
– Haus Herzenstod 108
– Heilige Johanna 295
– Helden 42
– Kaiser von Amerika 359
– Mensch und Übermensch 129
– Pygmalion 66
– Selbstbiographische Skizzen 86
– Vorwort für Politiker 154
– Wagner-Brevier 337
Simon, Claude: Seil 134
Šklovskij: Kindheit 218
– Sentimentale Reise 390
Solschenizyn: Matrjonas Hof 324
Stein: Erzählen 278
– Paris Frankreich 452
Strindberg: Am offenen Meer 497
– Fräulein Julie 513
– Traumspiel 553
Suhrkamp: Briefe 100
– Der Leser 55
– Munderloh 37
Svevo: Ein Mann wird älter 301
– Vom alten Herrn 194
Synge: Der Held 195
– Die Aran-Inseln 319
Szaniawski: Der weiße Rabe 437
Szondi: Celan-Studien 330
– Satz und Gegensatz 479
Thoor: Gedichte 424
Tomasi di Lampedusa: Der Leopard 447
Trakl: Gedichte 420
Valéry: Die fixe Idee 155
– Eupalinos 370
– Herr Teste 162
– Über Kunst 53
– Windstriche 294
– Zur Theorie der Dichtkunst 474
Valle-Inclán: Tyrann Banderas 430

Vallejo: Gedichte 110
Vian: Die Gischt der Tage 540
Vittorini: Die rote Nelke 136
Walser, Martin: Ehen in Philippsburg 527
Walser, Robert: Der Gehülfe 490
– Die Rose 538
– Geschwister Tanner 450
– Jakob von Gunten 515
– Prosa 57
Waugh, Wiedersehen mit Brideshead 466
Weiss: Hölderlin 297
– Trotzki im Exil 255
Wilde: Die romantische Renaissance 399
– Dorian Gray 314
Williams: Die Worte 76
Witkiewicz: Wasserhuhn 163
Wittgenstein: Gewißheit 250
– Vermischte Bemerkungen 535
Woolf: Die Wellen 128
– Granit 59
Yeats: Die geheime Rose 433
Zimmer: Kunstform und Yoga 482
Zweig: Die Monotonisierung der Welt 493